AF175630

Im Netz der Algorithmen

Ein Roman von Karl-Heinz Knacksterdt

Bibliografische Information der Deutschen
Nationalbibliothek
Die Deutsche Nationalbibliothek verzeichnet diese
Publikation in der Deutschen Nationalbibliografie;
detaillierte bibliografische Daten sind im Internet
über http://dnb.d-nb.de abrufbar

Karl-Heinz Knacksterdt
Layout und Realisierung Karl-Heinz Knacksterdt

Titelgestaltung: Karl-Heinz Knacksterdt

Alle Personen und Handlungsorte sind frei erfunden, Übereinstimmungen und Ähn-
lichkeiten wären rein zufällig und nicht beabsichtigt.

Titelbildentwurf
Karl-Heinz Knacksterdt

© 2018
Herstellung und Verlag: BoD - Books on Demand, Norderstedt

ISBN 978-3752-86005-4

1. Auflage

Inhaltsverzeichnis

Die Personen

Dr. Matthias Bremer, Neuro-Wissenschaftler bei Brainrise Robotics, Palo Alto, USA - verheiratet mit Helen, 2 Kinder

Susan Hanson, geb. Consuela Martinez , Mitarbeiterin bei Brainrise Robotics, verheiratet mit dem Football-Spieler Patrick Hanson

Robert 'Bob' Mulligan, Besitzer und CEO von Brainrise Robotics

Kitty, Service-Robotta in Brainrise Robotics
Susan-2, Robot-Puppe
Isabella, Spionage-Roboter-Puppe

Berthold Schaf und seine Familie, Beate, Johanna, Malte

John und Petra Bertoli mit ihren Kindern Paul, Jennifer und Lucy

Ellen Winter, Mitarbeiterin bei Future Enterprises, später CEO bei Brainrise Robotics

Tom Altridge, Freund Susans, Puppenmacher

Jerome Tailor und Herb Densel, Agenten im Pentagon

Prof. Dr. Ulrich Perley, Neurologe, MHH Hannover, Freund von Familie Schaf und Dr. Matthias Bremer

Kapitel 1 – Dr. Matthias Bremer, Palo Alto/USA

Versonnen starrt er auf den Bildschirm, auf dem ein Dokument über KI, Künstliche Intelligenz, anzeigt wird, kann sich aber nicht so richtig konzentrieren – seine vor einigen Tagen stattgefundene Reise nach Deutschland beschäftigt ihn noch immer.

Ein direkt greifbares Ergebnis hat der Trip nach Europa nicht gehabt, sinniert Mat, mit vollem Namen Dr. Matthias Bremer, aber immerhin, es gibt eine gewisse Chance, dass sich der Aufwand im Nachhinein doch noch lohnen würde.

Ziel seines Engagements in dieser Angelegenheit war es, einen Probanden mit außergewöhnlichen Fähigkeiten für seine Zwecke zu finden, und das war ihm mit Hilfe seines Freundes Ulrich Perley schließlich gelungen!

Von links hört er eine Polizeisirene kommen, der Wagen scheint vor dem Haus zu halten; das Blinklicht reflektiert an der Raumdecke. Mat steht vom Schreibtischsessel auf, geht zum Fenster. Tatsächlich, der Polizeiwagen steht genau vor der Zuwegung zum Eingang von Brainrise Robotics – 'seiner' Firma, in der er nun schon einige Jahre, gemeinsam mit vielen Kolleginnen und Kollegen, an einem großen Projekt arbeitet.

Die beiden Polizisten haben den Wagen verlassen und gehen mit gewichtigen Schritten auf das Haus zu, Mat betrachtet die Szene etwas gelangweilt.

„Nichts los hier in Palo Alto", denkt er und geht wieder zurück an seinen Schreibtisch, auf dem drei Monitore unterschiedliche Bilder zeigen. Schirm Eins zeigt im Großformat den Sagittalschnitt eines menschlichen Gehirns, Schirm Zwei einen Text und schließlich Schirm Drei das Urlaubsangebot eines Reiseanbieters – schließlich möchte Mat in den bevorstehenden Sommerferien mit seiner Familie einen Wildnis-Urlaub in Kanada verbringen.

Er ist heute Morgen etwas unkonzentriert, was an der letzten etwas zu kurz geratenen Nacht liegen mag.

Gestern waren seine Frau Helen und er bei seinem Chef zum Abendessen eingeladen, was stets zu einem recht ausschweifenden Gelage 'unter Männern' ausartet – Helen ist frühzeitig mit dem Wagen nach Haus zu den Kindern gefahren, er selbst hat sich ein YellowCab genommen.

Sein Boss Robert 'Bob' Mulligan, ein vierschrötiger, aber hochintelligenter irisch stämmiger Typ, spricht bei solchen Gelegenheiten reichlich dem Whisky zu und nötigt seine männlichen Gäste, mitzuhalten, was bei diesen im Normalfall, wie auch heute bei Mat, zu frühmorgendlichen Ausfallerscheinungen führt – er selbst hat keinerlei Probleme mit dem reichlichen Alkoholkonsum und ist schon bei Sonnenaufgang wieder topfit!

Mat geht erneut an das wegen der Vollklimatisierung des Gebäudes leider nicht zu öffnende Fenster und sieht, wie die beiden Polizisten einen ärmlich und abgerissen wirkenden Typ aus dem Haus zu ihrem Wagen führen. Der Mann wehrt sich mit Händen und Füßen dagegen, in den Polizeiwagen verfrachtet zu werden – ein brutaler Schlag eines der Polizisten auf seine Schulter, oder ist es der Kopf, der getroffen wird? - macht ihn gefügig. Mit Blaulicht und Sirenenjaulen rast der Polizeiwagen davon.

Mat ruft nach seiner Sekretärin: „Lindsay, hast du mitbekommen, warum die Polizei im Haus war?"

„Ich glaube, ein Obdachloser hatte es sich in unserem Heizungsraum gemütlich gemacht, und der Hausmanager hat ihn entdeckt!"

„Danke, Lindsay, schickst du mir noch Kitty?"

„Mach ich, sie kommt sofort."

Sie hat es kaum ausgesprochen, als Kitty die Glastür zu Mat's Büro öffnet, hatte sie seinen Wunsch gehört?

Kitty ist eine etwa 1,20 m große, menschenähnlich gestaltete Roboterdame, die hier im Labor von Brainrise Robotics vor etwa zwei Jahren entwickelt und gebaut wurde und seitdem als Prototyp im Einsatz ist. Sie soll später einmal, nach Realisierung des zurzeit in Arbeit befindlichen Projektes, mit der Fähigkeit zur Reaktion auf Gedankenbefehle ausgestattet werden, aber leider ist es zurzeit noch nicht so weit, bisher reagiert sie lediglich auf Sprachkommandos - das aber ziemlich perfekt.

„Was kann ich für dich tun, Mat?", fragt sie mit einer Stimme, die eine gewisse Erotik in sich hat – nicht umsonst wurden die Merkmale ihrer Stimme von

Susan, der nicht nur nach Mat's Meinung attraktivsten der bei Brainrise Robotics beschäftigten Frauen, eingesprochen.

Mat ist beim Klang von Kittys Stimme immer etwas irritiert, schließlich hat er eine gewisse Sympathie für Susan, die diese stärker erwidert, als es ihm Recht sein kann, denn er ist sehr glücklich mit Helen verheiratet und hat zwei ganz wunderbare Kinder …

Kitty wartet geduldig auf die Anweisung von Mat.

„Ich brauche einen starken Kaffee!"

„Du möchtest, dass ich dir einen starken Kaffee hole?"

„Ja, verdammt, aber fix!"

Mat ist verärgert, schlecht gelaunt, was Kitty an Mat's Tonfall und Stimmmodulation sofort merkt.

„Haben wir denn schlechte Laune, Mister Mat?"

Mat muss lachen. „Kitty, bitte, hol mir einen Kaffee!"

„Na, geht doch, Mister Mat!"

Mit diesen Worten surrt Kitty in die kleine Pantry des Büros und kommt nach wenigen Minuten zurück, den Kaffee auf dem angebauten Tablett jonglierend.

„Bitte sehr, mein Herr, stets zu Diensten!"

„Wer hat dir denn diese Ironie beigebracht?" Mat ist erstaunt, so kennt er Kitty noch nicht.

„Susan, aber ich darf sie nur bei dir einsetzen!"

„Sagt Susan? Und seit wann beherrschst du die Fähigkeit?"

„Seit deiner Reise nach Deutschland in der vorletzten Woche. Susan und ich haben sehr lange miteinander an meiner Intelligenz und meinem Wortschatz gearbeitet, du siehst, es hat sich gelohnt!"

„Stimmt! Danke für den Kaffee, Kitty, und jetzt darfst du gehen, äh, wegsurren!"

Mit einem schon wieder ironischen „vielen Dank, Mister Mat!" surrt Kitty davon zu ihrer Ladestation im Flur der Entwicklungs-Abteilung – Mat meint, eine gepfiffene Melodie zu hören …

Der Kaffee ist gut, süß und stark – gerade das Richtige für ihn an diesem Morgen nach dem durch den Whisky geprägten Abend bei seinem Boss …

Er setzt sich an seinen Schreibtisch und versucht, einen Bericht über seine Reise nach Deutschland und die erfolgreiche Implementierung von Nano-Transmitter und -Receiver im Gehirn eines Probanden zu formulieren, als Lindsay hereinkommt: „Du sollst sofort zum Boss kommen!"

Mat sichert das begonnene Dokument auf dem Server und geht hinauf in das Büro seines Chefs.

„Hi, Mat!", wird er von Mulligan begrüßt, „gut geschlafen?" „Naja, etwas wenig, und ich hatte gestern wohl einen Whisky zu viel bei dir ...!"

„Damit hab ich keine Probleme, mein Lieber, du bist eben nicht gut im Training", lacht er Mat mit einem breiten Grinsen an, „üben, üben, üben - ich werde dir mal eine Kiste rüberschicken von dem Teufelszeug!"

„Und was gibt es wirklich zu besprechen?" Mat ist nicht in der Stimmung für Mulligans Geplauder.

„Sei doch nicht so humorlos, Mat! Aber jetzt zum Ernst der Sache, weshalb ich dich hergebeten habe: Wir haben heute von einem Professor O'Sullivan aus Phoenix eine gepfefferte Rechnung bekommen, er will achtzehntausend Dollar von uns haben für den Einsatz in Deutschland vor zwei Wochen; was hat es damit auf sich?"

„Bob, ich habe gerade den Bericht über die Reise nach Deutschland mit allen Details auf dem Rechner, den kann ich dir bis heute Abend zumailen. Eine Information aber vorab: Das Geld ist von mir sehr gut investiert worden, unsere Auftraggeber am Potomac River werden sehr bald von dieser Sache begeistert sein, und O'Sullivan hatte den wichtigsten Part bei der ganzen Aktion. Du kannst ihm das Geld mit bestem Gewissen zuschicken!"

„Erst will ich deinen Bericht lesen, aber bitte mit allen Details, und morgen reden wir weiter!"

Damit ist Mat wieder in sein Büro entlassen, ohne den nach einer Besprechung sonst üblichen Whisky, auf den er heute auch gern verzichtet!

Auf dem Weg hinüber zu seinem Office begegnet ihm Susan: „Wie gefallen dir Kittys neue Fähigkeiten?", lacht sie ihn an und bleibt stehen, um sich ein wenig mit ihm zu unterhalten.

„Nun, es ist schon erstaunlich, was du ihr in der Kürze der Zeit beigebracht hast, Susan! Sehr gute Arbeit!"

Mat ist wegen des Berichtes zu sehr in Eile für einen Flurplausch, aber Susan lässt nicht locker: „Und sie kann jetzt noch viel mehr als nur Kaffee holen, du wirst sehen!" Mit diesen Worten geht sie hinüber in ihr Office.

Mat arbeitet weiter an seinem Bericht, den er wieder in die Textverarbeitung geladen hat, und versucht eine Chronologie der Ereignisse darzustellen …

Memo von Matthias Bremer an Bob Mulligan
Confidential
25, jul 2017 / 15:30 p.m.

Alles begann mit einem Anruf meines Freundes aus Studientagen, Ulrich Perley, der in Deutschland, genauer gesagt in Hannover, an der dortigen Hochschule eine Abteilung für Neurologie leitet. Er arbeitet nicht nur für die Behandlung erkrankter Patienten, sondern auch wissenschaftlich.

Dieser Freund in Deutschland hat mich angerufen, als meine eigenen Studien an dem in Arbeit befindlichen Projekt mit studentischen Probanden gerade arg ins Stocken geraten waren und ich auf der Suche nach neuen Test- und Untersuchungsmöglichkeiten war.

Ulrich Perley berichtete mir von einem Freund, der nach einem schweren Unfall bewegungsunfähig im Koma lag, jedoch trotz des Ausfalls von Seh- und Sprachmöglichkeiten mit seinem Umfeld durch Telepathie kommunizierte - als Proband für das Brainrise Robotics-Projekt optimal geeignet.

Der Komapatient in Deutschland benötigte dringend eine extrem schwierige Operation im Gehirn, um dort ein lebensbedrohliches Hämatom aufzulösen.

Ich hatte und habe noch Kontakt zu einem Institut in Phoenix/Arizona, an dem ein mir bekannter hoch qualifizierter Neurochirurg arbeitet. Dieser Chirurg, Prof. Dr. Dr. O'Sullivan, erklärte sich bereit, den deutschen Patienten zu operieren, deshalb die Rechnung aus Phoenix.

Zunächst hatte ich geplant, durch ihn eine Sonde im Gehirn des Mannes platzieren zu lassen, aber die Familie des Kranken hatte das abgelehnt; alternativ habe ich den Chirurgen jedoch zu einer anderen Maßnahme überreden können: Es wurden bei der erwähnten Gehirn-OP die Prototypen jeweils eines Nano-Receivers und eines entsprechenden Transponders aus unserem Testlabor durch ihn im Gehirn des Patienten positioniert!

Wenn nun die Nano-Teilchen aktiviert werden könnten – dafür habe ich aber noch keine Lösung gefunden – wäre der inzwischen wieder genesene deutsche Patient der optimale Proband für das Projekt der Steuerung von technischen Geräten durch Gedankenkraft.

--- End of Memo ---

Alle Fakten im Dokument notiert und gespeichert, schickt Mat den Bericht an seinen Boss – der wird sehr erfreut sein über diese auch für das Pentagon, den Haupt-Auftraggeber von Brainrise Robotics, interessante Aktion.

Es ist noch früher Nachmittag, als Susan in sein Büro tritt.

Sie ist die Fachfrau für KI, künstliche Intelligenz hier im Hause, hat einige Jahre bei Google gearbeitet und dort Algorithmen für die Erkennung des Kaufverhaltens von Kunden und ihre Verwertung in riesigen Werbe-Netzen erarbeitet, und ist hier bei Brainrise Robotics unter anderem auch für Kitty zuständig.

„Ich habe gerade den Bericht über deine Reise nach Deutschland gelesen, hochinteressant! Kannst du mir mehr erzählen?"

Mat stutzt: „Wieso hast du meinen Bericht an Bob gelesen? Der war schließlich vertraulich und nur für ihn gedacht!"

„Mat, sei nicht so kleinlich! Die Sache ist einfach zu wichtig, als dass wir darüber streiten müssten!"

„Nein, Susan, es geht nicht an, dass du meine Mails liest, ohne dass ich dich dazu autorisiert habe!"

„Mir entgeht hier im Hause nichts, mein lieber Mat, das solltest du inzwischen wissen, und wenn du es noch nicht wusstest, weißt du es eben jetzt!"

„Das geht nicht, Susan! Ich werde mit Bob darüber reden, er wird dir sicher ein paar passende Worte dazu sagen! Und jetzt geh bitte, ich muss arbeiten!"

„Hab dich doch nicht so!" Schmollend - und Mat stellt fest, dass ihr dieser Gesichtsausdruck sehr gut steht, sogar eine gewisse Erotik ausstrahlt - verlässt sie sein Büro und geht wieder in ihr Labor, in dem sie an Algorithmen für die Auswertung der Scans von Gesichtsausdrücken arbeitet.

Er setzt sich sehr nachdenklich an seinen Schreibtisch – die Tatsache, dass Susan anscheinend auf viele, auch vertrauliche Informationen Zugriff hat, macht ihm Sorgen, denn er wickelt auch seinen privaten Email-Verkehr, der ja wirklich nicht für Dritte bestimmt ist, über den Server des Büros ab; er würde mit Bob ernsthaft über die Aktivitäten Susans reden müssen!

Inzwischen ist es schon 6 p.m., Zeit, sich endlich um die Familie zu kümmern. Er sichert seine aktuellen Unterlagen in der Cloud, fährt seinen Laptop herunter und schließt die Bürotür hinter sich. Ein Blick in den langen Gang zu den anderen Büros zeigt ihm, dass nur noch bei Susan Licht brennt – anscheinend arbeitet sie noch an ihrem aktuellen Algorithmusprojekt.

Er ruft einen 'Feierabendgruß' in ihre Richtung, auf den seltsamerweise nur Kitty mit einem fröhlichen „By, By, Mister Mat!" antwortet. Dann fährt er mit dem Lift in die Tiefgarage, wo sein alter Chrysler schon auf ihn wartet.

Schon wenige Minuten später hat er sich in den endlosen Strom der nach Hause strebenden Autofahrer eingereiht …

Kapitel 2 – Susan Hanson

S usan Hanson verbringt in der Tat an diesem Abend noch einige Stunden in ihrem Labor, aber sie arbeitet nicht an ihrem Projekt, sondern verfolgt auf einem Monitor alle Aktivitäten ihres Kollegen Matthias Bremer. Der von der Polizei am Vormittag festgenommenen anscheinend obdachlose Mann hat in ihrem Auftrag den Wagen von Mat manipuliert – eine ganze Reihe von Scannern und hochempfindlichen Sensoren wurde, gegen ein nicht unerhebliches Honorar, von dem Mann im und am Fahrzeug installiert, und jetzt ist sie gespannt auf das, was ihr die Spionagegeräte zeigen werden.

„Eine Susan Hanson weist man nicht zurück", sie verzieht ihr hübsches Gesicht, „nein, ganz bestimmt nicht, Herr Bremer, und du bist außerdem ein so wunderbares Testobjekt für meine Technik!"

****

Es war im Dezember des letzten Jahres, als der Boss von Brainrise Robotics seine Mannschaft (die übrigens überwiegend aus Frauen besteht) in das vornehme „Holiday Inn" in Palo Alto zur Jahresabschlussfeier eingeladen hatte. Wie in jedem Jahr, so sollten auch diesmal die verdienten Mitarbeiterinnen und Mitarbeiter mit den Jahresboni belohnt werden.

Zu den mit besonders hohen Dotierungen ausgezeichneten Mitarbeitern gehörten in diesem Jahr auch Susan und Mat – sie hatten im abgelaufenen Jahr Besonderes geleistet, wie Bob in seiner 'Festrede', die wie in jedem Jahr viel zu lange andauerte, erwähnte.

Anschließend, nach einem hervorragenden Abendessen, ging dann die ganze Crew zum gemütlichen Teil über, das heißt, der Alkohol floss reichlich, das Licht wurde heruntergedimmt und die Musik der erstklassigen Latino-Band spielte immer erotischere Songs, wie es Susan schien …

Sie, die Mat schon seit längerer Zeit richtig intensiv begehrt, sprach reichlich den angebotenen Drinks zu und war schon bald in einer Stimmung, in der bei vielen Menschen die Hemmschwelle sinkt, so auch bei ihr. Mat war und ist immerhin ein sportlicher, charmanter, gut aussehender Mann, der bei Partys stets von den Frauen umschwärmt wird.

Es blieb nicht aus, das Susan ihm bei Rumba und Tango sehr nahe kam, man kann sogar sagen, sie umfing ihn mit allem, was sie an körperlichen Reizen zu bieten hatte – und ihre Berührungen schienen ihm nicht unangenehm zu sein ...

Nach weiteren Drinks und immer engeren und, man kann sagen, sehr körpernahen Tänzen war es ihr gelungen, ihn in einen kleinen Nebenraum des Hotels zu entführen. Sie hatte sich vorgenommen, diesen Mann zur Strecke zu bringen, was ihr fast gelungen wäre, wenn nicht – ja, wenn nicht im letzten Augenblick, sie hatte gerade begonnen, die ersten Knöpfe ihrer durchscheinenden Bluse zu öffnen und er war anscheinend bereit, sich auf sie einzulassen – wenn nicht Bob hereingekommen wäre und nach irgendwelchen unnützen Dingen gesucht hätte.

Mat, der wie alle anderen auch zuvor ebenfalls reichlich Drinks konsumiert hatte, war schlagartig wieder nüchtern geworden und hat sie ziemlich brüsk zurückgewiesen – diese Abfuhr hat sie ihm nie verziehen und setzt jetzt all ihr Können daran, sich für diese Demütigung, wie sie es sieht, zu rächen – vielleicht aber auch, um ihn trotzdem zu verführen ...

****

Mat biegt gerade in die Lowell-Street in Redwood City ein, als sich Susan bei ihm auf dem Smartphone meldet.

„Hi, Mat, wo bist du gerade? Ich habe eine interessante Entdeckung gemacht, die ich mit dir gern durchsprechen möchte!"

„Jetzt? Ich bin in ein paar Minuten zu Hause, hat das nicht Zeit bis morgen?"

„Ich würde mich schon sehr freuen, wenn wir das jetzt gemeinsam erledigen könnten."

Bei Mat klingeln, in Erinnerung an die Party vor einem halben Jahr, einige Alarmglocken: „Ach, Susan, ich will jetzt zu meiner Familie, lass uns das Ganze morgen besprechen ...".

Susan antwortet ein wenig beleidigt: „Na, wenn dir deine Familie wichtiger ist als unser großes Projekt, dann geh du nur zu Mami und Baby!"

„Susan bitte, was soll das? Mach auch endlich Feierabend und geh nach Haus, gute Nacht!"

Ohne eine weitere Antwort beendet Susan das Gespräch. „Dr. Matthias Bremer, das wirst du bereuen", knurrt sie ihr Computer-Display, auf dem sie dank der von ihr in sein Auto eingebauten Scanner Mats aktuelles Konterfei sieht, an: „Das wirst du noch bereuen!"

Kapitel 3 – Berthold Schaf

Die Goethestraße in Werterfehn an der Ems, eine Sackgasse mit Wendeplatz, ist eine sehr ruhige Wohngegend, in der ausschließlich Ein- und Zweifamilien-Häuser zu finden sind.

Morgens um sieben Uhr herrscht ein reger Verkehr dort, wenn die Mütter ihre Kinder mit dem Zweitwagen zur Schule bringen und die Väter dann zumeist mit ihren größeren Autos schon auf dem Weg zur Arbeit sind. Den ganzen Vormittag über hingegen herrscht in der Straße eine fast gespenstisch anmutende Ruhe, denn auch die meisten Frauen gehen einer beruflichen Tätigkeit nach. Erst am Nachmittag, wenn die vielen Kinder - denn die Straße wird fast ausschließlich von jungen Familien bewohnt – aus der Grundschule am Ort und den weiterführenden Schulen in der benachbarten Kreisstadt wieder zurück sind, kehrt wieder Leben in der Straße ein.

Die Familie Schaf, Beate, Berthold, Johanna und Malte, hat sich vor längerer Zeit ihr Haus dort gebaut und lebte hier ruhig und glücklich, bis Berthold durch einen Unfall mit dem Fahrrad schwer verunglückte und längere Zeit im Klinikum der Kreisstadt im Koma lag; inzwischen ist er jedoch wieder genesen, und die Reha-Klinik hat sehr gute Arbeit geleistet. Wie vor seinem Unfall geht er wieder seinem Job als Chef des Wareneinkaufs in 'seinem' Supermarkt nach.

„Der Unfall damals hat mein ganzes Leben verändert", erzählt er an einem wunderbaren Sommerabend, an dem seine Frau und er liebe Freunde und die nächsten Nachbarn zum Grillen eingeladen hatten, „ich lebe jetzt sehr bewusster als zuvor. Vieles, über das ich mich früher aufgeregt habe, sehe ich jetzt in einem ganz anderen Licht, und ihr, liebe Freunde und Nachbarn, seid für mich noch viel, viel wichtiger geworden, als ihr es vor meinem Unfall ohnehin wart."

Nachdenklichkeit ergreift die Runde, und sein direkter Nachbar Torsten, der gemeinsam mit seiner Andrea zur gleichen Zeit wie die Schafs sein Haus gebaut hatte und deren Kinder mit Johanna und Malte in etwa gleichaltrig sind, ergreift das Wort: „Kann ich verstehen, lieber Berthold, kann ich verstehen! Man bewertet die Dinge nach einem solchen Ereignis völlig anders. Aber wenn wir schon heute alle hier zusammensitzen, muss ich euch eine für manche betrübliche Mitteilung machen: Wir werden weggehen! Ich habe ein tolles Angebot von einer Weltfirma in München, und Andrea und ich sind übereingekommen, es anzunehmen. Schon in der nächsten Woche kommen die Möbelpacker, und dann 'Werterfehn ade'!"

Vor allem Berthold ist wie vom Donner gerührt: „Und euer Haus, was wird damit? Und die Kinder, wie kommen die damit zurecht?"
„Alles geklärt, alles ganz wunderbar, können wir sagen. Unser Haus hier wird verkauft, ein Makler hat schon neue Nachbarn für euch gefunden, und wir werden ein sehr schönes Haus in Starnberg bewohnen, zunächst nur gemietet. Die Kinder sind schon in ihren Schulen angemeldet, und Andrea hat sogar schon einen Job am Ort. Natürlich werden wir Werterfehn und vor allem euch alle in bester Erinnerung behalten, aber eine solche Chance bekommen wir im ganzen Leben nicht noch einmal!"
Andrea nickt ihm zu: „Ich freue mich auch schon sehr, und das nahe München ist ja auch eine ganz tolle Stadt, etwas ganz anderes als unser kleines Emsstadt in der Nachbarschaft und auch Oldenburg oder Münster …!"
Die Mitteilung ihrer nächsten und auch liebsten Nachbarn, mit denen sie sich sehr freundschaftlich verbunden fühlen, drückt die Stimmung der Eheleute Schaf und auch manch anderem Gast an diesem bisher so harmonisch verlaufenen Abend doch erheblich - Beate und Berthold haben Mühe, die Stimmung wieder anzuheben. Musik ist schließlich das Zaubermittel dafür, und auf der Terrasse wird bald getanzt.

Am nächsten Morgen, es ist der Samstag, sprechen Beate und Berthold beim gemeinsamen Frühstück mit den Kindern über die neue Situation. Johanna ist entsetzt: „Dann kann ich ja überhaupt nicht mehr mit meiner besten Freundin Dori zusammen sein, das ist ja blöd!", und Malte stimmt ein: „Torben wird in unserer Fußballmannschaft auch sehr fehlen, er ist ein toller Stürmer!"
„Ach, Kinder, da kommt ja wieder eine neue Familie in das Haus, und da werdet ihr neue Freunde finden!", versucht Beate ihre Kinder zu trösten; die

wollen aber nicht getröstet werden und gehen gleich nach dem Frühstück in ihre Zimmer.

Beate und Berthold sitzen noch ein wenig am Tisch und hängen ihren Gedanken nach …

„Berthold", fragt Beate plötzlich, „hast du eigentlich nach der Zeit im Krankenhaus noch einmal einen Versuch mit der Telepathie unternommen?"

„Nein, ich hatte es bei meiner Party ja auch versprochen, wieso fragst du?"

„Du bist seit dem Unfall, wie du gestern Abend auch schon gesagt hast, irgendwie anders geworden, und ich habe das Gefühl, dass dich etwas bedrückt!" Beate sieht ihren Berthold an, „was ist los mit dir?"

Berthold sieht mit einem langen Blick zu ihr hinüber: „Ich habe dir, habe euch eine Sache noch nicht erzählt, die mir unser Freund Ulli, der Professor, während der Gartenparty nach meiner Genesung offenbart hat, und ich bin auch jetzt noch im Zweifel, ob ich irgendjemandem auf der Welt etwas davon erzählen sollte."

„Auch mir nicht, und deinen Eltern und den Kindern?"

„Den Kindern auf gar keinen Fall, und auch meine Eltern sollten es nicht erfahren, es würde nur zu unnützen Spekulationen führen." Er setzt sich ganz aufrecht auf seinen Stuhl, nimmt Beates Hände in die seinen: „Pass auf, und mach dir keine Sorgen über das, was ich dir jetzt erzähle!"

„Ich soll mir nach der Vorankündigung und deiner Geheimniskrämerei keine Sorgen machen? Und du schiebst eine dich extrem belastende Angelegenheit, ohne mit mir zu reden, wochenlang vor dir her? Heraus mit der Sprache, Berthold Schaf, ich will alles wissen!"

„Ach, Beate, ich wollte dich doch nicht unnötig belasten, du hättest dir doch nur Sorgen gemacht; aber lass mich jetzt von Ullis 'Offenbarung' erzählen. Also: Ulli hat mir eröffnet, dass der Professor aus den USA winzig kleine Elektronikchips in meinem Gehirn deponiert hat, die wie ein Sender und ein Empfänger funktionieren. Damit bin ich, wenn die Dinger aktiviert sind, von außen irgendwie erreichbar, als wäre ich ein Smartphone, fürchte ich. Irgendwer kann dann meine telepathischen Fähigkeiten für irgend etwas einsetzen, und davor habe ich Angst!"

„Das ist ja entsetzlich, man wird dich doch nicht fernsteuern können?"

„Ich hoffe nicht, wir müssen einfach abwarten, noch sind die Einbauten in meinem Gehirn nicht aktiviert, und wenn es nach mir geht, wird das auch nicht geschehen, vielleicht kann ich es ja verhindern!"

Beate sitzt nachdenklich auf dem Stuhl: „Und wenn alles rückgängig gemacht wird, durch eine neue Operation?"

„Das geht nicht, glaube ich, die Dinger sind zu klein, und dann bin ich wieder in Todesgefahr, lass uns abwarten, mein Liebling!"

„Bleibt uns eine Wahl?"

„Ich denke nicht; aber wir wollen jetzt auch nicht mehr darüber reden. Ich verspreche dir, nicht zu oft daran zu denken!" Er nimmt Beate liebevoll in die Arme ...

Nur eine Woche nach diesem auch für Beate belastenden Gespräch fährt am frühen Morgen bei Andrea und Torsten der Möbelwagen vor, fleißige Helfer räumen das Haus leer; und am späten Nachmittag kommt die ganze Familie, um sich zu verabschieden. Es wird eine Szene mit vielen Tränen und Schulterklopfen: „Wir fahren jetzt direkt nach Starnberg, unser neues Domizil wartet schon, lebt wohl und denkt hin und wieder an uns!"

„Gute Fahrt!" rufen ihnen die Schafs noch nach, dann sind ihre lieben, jetzt ehemaligen Nachbarn hinter der nächsten Kurve verschwunden.

Kapitel 4 – Entdeckungen

Am Tag nach dem abendlichen Telefonat kann Susan Mat ganz unbefangen und geschäftsmäßig gegenüber treten, wie es scheint.

„Hi, Susan, was war denn gestern Abend so wichtig, dass du mich am liebsten wieder hier im Büro gesehen hättest?"

„Es gab zwei Gründe dafür, aber den Ersten werde ich dir nicht nennen! Der zweite Grund ist eine wirklich hoch interessante Entdeckung, nein, eigentlich eine Entwicklung, die mir gelungen ist. Lass es mich dir in Ruhe erklären."

„Hat es mit unserem Projekt zu tun, ist dir der große Durchbruch gelungen?"

„Das zwar noch nicht, aber ich bin einen großen Schritt vorangekommen. Hier, schau: Die Grundfunktionen sind jetzt in diesem Chip", sie zeigt ihm unter einer stark vergrößernden Lupe einen winzig kleinen elektronischen Chip, „zusammen mit einem Sender und, da staunst du bestimmt, einem GPS-Receiver gespeichert!"

„Grundfunktionen, Sender und GPS-Empfänger, alles in diesem Winzling?" Mat kann es nicht fassen, „das würde mich wahrscheinlich ein gutes Stück weiterbringen, es ist ja noch viel mehr, als ich meinem Probanden in Deutschland zugedacht habe!" In seiner Begeisterung umarmt er Susan stürmisch, die diese Situation sofort ausnutzt, sie erwidert seine Umarmung, drängt sich an ihn, dass ihm der Atem stockt, und noch bevor er abweisend reagieren kann, küsst sie ihn voller Sehnsucht: „Mat, komm, wir gehen in unseren Chill-Room!"

Mat schnappt nach Luft und schiebt Susan sanft von sich weg: „Susan, ich will das nicht! Ich finde dich sehr süß und auch begehrenswert, aber meine Familie ist mir zu wichtig, um sie für ein Abenteuer mit dir aufs Spiel zu setzen!"

Susans Gesichtsausdruck wechselt schlagartig von liebenswert auf hasserfüllt: „Du wirst bereuen, mich abgewiesen zu haben, und deine Familie ist mir völlig gleichgültig. Wenn du denkst, ich gebe auf, dann hast du dich geirrt – ich will dich!"

Mat ist sich sehr wohl bewusst, dass er Susan mit seiner ablehnenden Haltung verletzt hat, aber wie er schon sagte, ihm sind Helen und die Kinder wichtiger. Er verlässt Susans Büro, spricht sie aber vorher erneut noch einmal auf das Projekt an: „Wir ziehen aber beruflich immer noch am gleichen Strang, Susan?" Von Susan kommt keine Antwort, nur ein hochmütiges Nicken …

Susan heißt eigentlich Consuela Martinez, stammt aus Puerto Rico, eine Latina mit einem wohlgeformten Körper, feurigen dunklen Augen und fast schwarzen, gelockten Haaren. Sie hat vor gut zwei Jahren Patrick Hanson, den linken Guard bei den Stanford University Football Stars, geheiratet. Patrick, ein Baum von einem Mann, gut aussehend, athletisch, hat jedoch zu ihrem Bedauern mehr Interesse an seinem Sport als am Studium – und noch viel weniger an Susan, die er mehr als Vorzeigefrau denn als Geliebte und Frau an seiner Seite betrachtet.

Vor ihrer Zeit bei Google war sie in der Entwicklung im Nanoscale Prototyping Laboratory der Universität tätig, und sie hat noch immer sehr gute Kontakte in die Escondrillo Mall zu ihren alten Kolleginnen und Kollegen; an zwei Tagen der Woche ist sie dort noch immer aktiv, und der winzige Chip, den sie Mat gezeigt hat, stammt aus ihrer Arbeit dort – zur Freude und auch zum Nutzen von Bob Mulligan und Brainrise Robotics.

Als Kitty hereinrollt, schaut sich Susan, die Spezialistin für Künstliche Intelligenz und für Nanoscalierungen, den kleinen Serviceroboter an, überlegt.

„Kann ich etwas für dich tun, Miss Susan?"

„Ach, Kitty, wenn du doch ein Mensch wärest – aber du bist nur eine nette Maschine … Ich werde deine Intelligenz erweitern müssen, dir ein wenig Emotionen einprogrammieren - ich will, dass du mir so ähnlich wie möglich wirst, und dann machen wir den stolzen Mat gemeinsam fertig – er soll mich niemals mehr zurückweisen! Hilfst du mir?"

„Miss Susan, du weißt doch, ich tue, was du willst!"

„OK, Kitty, ich werde mir etwas einfallen lassen, an dem Mister Mat seine Freude haben wird – und jetzt geh wieder zu deiner Station. Aber kein Wort von unserem Vorhaben zu Mister Mat, merk dir das!" „Ja, Miss Susan, kein Wort zu Mister Mat!"

Susan überlegt, ob es in ihrem Bekanntenkreis einen Puppenmacher gibt, und wird fündig: Ein Freund aus ihrer Nachbarschaft, Tom Altridge, arbeitet an der Universität in der Theatercrew und ist dort für die Abteilung „Puppenspiel" zuständig.

Sie wird Tom am Abend treffen, nach Feierabend, vorausgesetzt, sie kann sich heute von ihrer Arbeit losreißen, zunächst aber will sie noch einmal mit Mat ganz sachlich über das Projekt reden und geht hinüber in dessen Office.

„Hör zu, Mat, lass uns als vernünftige Menschen handeln und unsere privaten Interessen hinten an stellen, was meinst du?"

Matthias ist beim Auftauchen von Susan in seinem Büro ein wenig erstaunt, lässt sich aber nichts anmerken: „Das geht in Ordnung, Susan. Was führt dich heute so ausnahmsweise zu mir in mein 'Allerheiligstes'?"

„Das Projekt in Deutschland! Du schreibst in deinem Memo an Bob, dass ihr, Sullivan und du, dem Komapatienten die Nano-Prototypen implantiert habt, und das ohne sein Einverständnis. Wenn das herauskommt, seid ihr alle zwei erledigt, für alle Zeiten, also pass auf, dass davon niemand etwas erfährt! Ist der Typ in Deutschland denn überhaupt sicher, oder wird er seine Informationen überall ausplaudern?"

„Da habe ich keinerlei Bedenken, und überhaupt: Wer will denn wem irgendetwas nachweisen?"

„Da hast du natürlich Recht, Mat. Wie wollt ihr denn die Nanos überhaupt aktivieren? Und habt ihr auch bedacht, dass die Chips durch eine Erwärmung nach der Aktivierung das Gehirn verändern können, Areale in ihren Funktionen beeinflussen können?"

„Nun, zunächst haben sie ja etwas Zeit gehabt, Energie zu speichern für alles, was wir vorhaben. Was du zu den Veränderungen im Gehirn gesagt hast – ja, ich habe daran gedacht, kann aber keine Rücksicht darauf nehmen, das Projekt ist zu groß und zu wichtig! Lediglich das Aktivieren der Chips macht mir noch Kopfzerbrechen, aber vielleicht hat Bob dazu eine Idee, er kennt ja tausend Leute in dem Gewerbe und beim FBI."

„Donnerwetter, da staune ich aber! Du bist ja fast noch skrupelloser als ich! Dafür hast du dir eigentlich eine kleine Belohnung verdient." Mit diesen Worten rückt sie ganz nahe an ihn heran.

Matthias steht abrupt von seinem Schreibtisch auf: „Susan! Bitte nicht schon wieder diese Anmache, du weißt von mir und meiner Liebe zu meiner Familie!"

Er ruft nach Kitty, die in Sekundenschnelle hereingesurrt kommt: „Kitty, ich brauche jetzt einen Whisky!" „OK, Mister Mat, Scotch oder Bourbon? Und mit Eis oder ohne?"

„Kitty, wie immer, Bourbon mit Eis, du weißt das doch!"

„Ok, kommt sofort, Mister Mat, und was wünscht Miss Susan? Das Gleiche?"

Susan nickt – eigentlich wünscht sie sich etwas völlig anderes ...

Kapitel 5 – Veränderungen

I n Werterfehn, Goethestraße Nr. 20 haben Handwerker das Kommando übernommen. Wände im Haus werden herausgeschlagen, manche neu aufgemauert, die Terrassenplatten aufgenommen und durch Holzfliesen ersetzt, im Außenbereich, der allerdings, im Gegensatz zu Beates tollem Garten, von Andrea etwas vernachlässigt wurde und ziemlich trostlos aussieht, werkelt ein Arbeiter mit einem kleinen Bagger und einer Planierraupe – die neuen Besitzer gestalten auf dem Grundstück alles um.

Die Bau- und Erdarbeiten dauern bis zur Mitte des Monats August, anschließend bevölkern Maler und Gärtner Haus und Garten.

Ein Möbelwagen mit einem ausländischen Kennzeichen steht an einem warmen, strahlend hellen Samstagmorgen vor dem Haus der neuen Nachbarn, und diese selbst kommen kurz nach dem Frühstück der Schafs mit einem mächtigen schwarzen SUV und einem schnuckeligen weißen E-Smart angefahren. Aus dem großen Wagen steigen drei Kinder aus, so etwa im Alter von Johanna und Malte, dazu der Vater, ein mittelgroßer, etwa fünfzigjähriger sportlicher Typ mit kurz geschnittenen dunklen Haaren. Der Smart, der anscheinend der Mutter gehört, gibt eine große, schlanke mittelblonde Frau frei, die sich sofort den Möbelpackern zuwendet und ihnen Anweisungen gibt, während Mann und Kinder den von den Fachleuten sehr ansprechend gestalteten Garten besichtigen.

„Toll, unser Trampolin ist ja auch schon aufgebaut, und auch die Fußballtore!", hören Beate und Berthold eine fröhliche Jungenstimme, und wie im Chor rufen die beiden Mädchen, anscheinend Zwillinge, „und es gibt dort hinten eine ganz tolle Ecke zum chillen!"

Mit 'dort hinten' sind die Büsche gemeint, die an der Grenze zum Grundstück der Schafs wachsen und an dieser Stelle ein fast undurchdringliches Bollwerk bilden.

****

„Sollten wir die Neuen nicht auf einen Kaffee und zu einem Saft einladen?", fragt Beate.

„Ich weiß nicht, die sind sicher von der Fahrerei ziemlich erschöpft, aber wenn du meinst, geh du ruhig hinüber!" Berthold ist von der Idee nicht so begeistert - Beate macht sich aber schon auf den Weg.

Es dauert nur wenige Minuten, bis sie von ihrer ersten Kontaktaufnahme bei den neuen Nachbarn zurück ist: „Sie kommen in etwa einer halben Stunde – sehr nette Leute!"

„Ich setze schon einmal eine Kanne Kaffee auf, Saft ist noch reichlich im Kühlschrank." Berthold bereitet den Kaffee vor, Beate deckt den Tisch auf der Terrasse, holt den Saft.

„Haben wir noch von den Keksen meiner Mutter, die sie uns bei ihrem letzten Besuch aus Delmenhorst mitgebracht hat?", fragt Berthold seine Frau, die an diesem Samstag glücklicherweise nicht in ihrer kleinen Schmuckboutique arbeiten muss.

„Ja, in der großen Dose im Wohnzimmerschrank, die ist noch ziemlich voll!"

Nach genau dreißig Minuten ruft jemand am Gartenzaun „Hallo, da sind wir, dürfen wir herüberkommen?"

„Kommen Sie nur her, wir sind auf der Terrasse, da sind noch viele Stühle frei", ruft Berthold zurück, und schon nach kürzester Zeit stehen die neuen Nachbarn auf dem Rasen vor der Terrasse.

Es ist jetzt etwa elf Uhr, und die Sonne scheint in Beates Gartenparadies, als John und Petra Bertoli mit ihren Kindern Paul, Jennifer und Lucy freundlich und zurückhaltend auf die die Eheleute Schaf zutreten.

Mit einem fröhlichen „Hallo, liebe Neu-Nachbarn, seien Sie - und natürlich auch ihr drei – herzlich willkommen!" gehen die beiden auf ihre Gäste, ihre Nachbarn zu, „wir sind das Ehepaar Schaf und wohnen jetzt seit fast zehn Jahren hier, und wir haben noch keinen Tag bereut!" - zunächst etwas zurückhaltend, dann jedoch fröhlich und offen gehen auch Malte und Johanna auf ihre neuen Nachbarn zu.

„Hallo, liebe Nachbarn, da sind wir, danke für die Einladung. Sie haben ja einen ganz zauberhaften Garten, alles selbst gepflanzt?"

„Ja, das ist meine große Leidenschaft, außer meiner Familie natürlich. Aber nehmen Sie doch bitte Platz, Kaffee und Saft hole ich sofort." Beate geht in die Küche und kommt sofort mit den Getränken zurück; die Kekse stehen bereits auf dem Tisch. Sie schenkt Kaffee und Saft ein: „Bitte greifen Sie, greift zu!"

Die gemütlich auf der Terrasse zusammensitzenden Ehepaare stellen einander gegenseitig vor: „Ich bin Petra, das ist John. Unser Großer heißt Paul, und die beiden Mädchen sind Jennifer und Lucy."

„Und wir sind Beate und Berthold! Unsere Kinder heißen Johanna und Malte, wir denken, sie werden sich mit euren sehr bald anfreunden! Nochmals: Herzlich willkommen in der Goethestraße!"

Die beiden Familien kommen sehr schnell ins Gespräch miteinander, „Kinder, wollt ihr nicht etwas spielen gehen, oder unser Haus erkunden?"

„Au ja," Johanna ist begeistert, „kommt, Mädels, wir gehen rauf zu mir, die Jungs können ja in der Zeit Fußball spielen!"

Die beiden, Malte und Paul, nehmen den Vorschlag gern auf und kicken sofort im Garten auf Maltes Fußballtore.

Berthold macht einen Vorschlag: „Wollen wir nicht 'Du' zueinander sagen? Wir werden uns ja in Zukunft häufig begegnen, da macht ein 'Du' das Leben doch einfacher!"

Die Bertolis sind sofort einverstanden, sind sie diese freundschaftliche Anrede auch aus Amsterdam gewohnt.

Mit Smalltalk vergeht die Zeit auch sehr schnell, und John drängt zum Aufbruch: „Leider können wir heute aber nicht länger hier auf eurer Terrasse sitzen bleiben, so schön und gemütlich es auch ist - wir haben im Haus noch sehr viel zu tun, Möbel verschieben, Schränke einräumen, und ich will mein kleines Tonstudio auch schon aufbauen." Petra ist wegen der anstehenden Arbeiten ebenfalls etwas unruhig und möchte auch gern zurück in ihr Haus.

„Das können wir durchaus verstehen, aber es war schön, euch schon einmal kennenzulernen", meint Beate. Die Kinder werden gerufen, und gemeinsam verabschieden sie ihre neuen Nachbarn, „heute Nachmittag können die Kinder aber gern wieder mit unseren zusammenkommen, die werden sich ganz bestimmt freuen!"

Familie Bertoli geht wieder durch den Garten hinüber zu ihrem Haus. Beate und Berthold sprechen noch kurz über den Besuch, dann wendet sich jeder wieder seiner für heute vorgesehenen Beschäftigung zu.

„Hast du eine Ahnung, wo die Bertolis vorher gewohnt haben?", fragt Beate.

„Nein, da hat niemand etwas angedeutet, und es hat auch keiner gesagt, was sie beruflich machen, sie haben nur das Tonstudio erwähnt, anscheinend Johns Hobby – aber das werden sie uns schon noch irgendwann erzählen."

Kapitel 6 – Die Bertolis

Das Autokennzeichen des Möbelwagens, mit dem die neuen Nachbarn ihr Hab und Gut haben herbringen lassen, stammt aus den Niederlanden, denn die Familie Bertoli wohnte bisher an einer wundervollen Gracht im Randbezirk von Amsterdam.

John, gebürtig aus Minnesota, und die Kinder haben US-amerikanische Pässe – sie sind während eines langen Aufenthalts ihrer Eltern in den USA geboren, sprechen aber perfekt deutsch. Petra und John haben sich in Lakeville, nicht weit von Minneapolis, kennen- und lieben gelernt, als Petra bei einer Familie dort einen Job als Aupairmädchen angenommen hatte und kurz vor der Heimreise ihren John heiratete.

Den hat sein Beruf als Elektronikspezialist in die Niederlande verschlagen. In Amsterdam haben die Kinder, die zunächst nur Englisch sprachen, die deutsche Schule besucht.

In den letzten Jahren hat Petra Bertoli, welch eine Parallelität, genau wie ihre Nachbarin Beate in einer Modeschmuck-Boutique gearbeitet, allerdings nicht in leitender Funktion.

John war in Amsterdam in einem Unternehmen tätig, das sich mit der Entwicklung elektronischer Bauelemente beschäftigt hat, und als er dort keine Aufstiegschancen mehr für sich sah, hat er aktuell einen Job in einer großen Schiffswerft emsabwärts angenommen - so ist die Familie nach Werterfehn gekommen.

Diese ganze Geschichte erzählen die Bertolis an einem lauen Spätsommerabend bei einem, nein, bei mehreren Gläsern trockenen kalifornischen Rotweines ihren neuen Nachbarn.

Es ist ein langer Abend, den die Erwachsenen miteinander verbringen – die Kinder sind zu einem früheren Zeitpunkt, wenn auch sehr widerwillig, ins Bett gegangen; sie haben sich, wie erwartet, inzwischen gut miteinander angefreundet.

John und Petra haben aus ihrem an Abwechselungen reichen Leben erzählt, und die Eheleute Schaf aus der erst wenige Monate zurückliegenden schweren Zeit nach Bertholds Unfall berichtet.

„Sag, Berthold, du hast wirklich mithilfe der Telepathie mit deinen Leuten kommuniziert? Faszinierend! Und du hast die Leute in der Klinik manchmal gesteuert? Ich kann es kaum glauben!"

John kann sein Erstaunen über Bertholds Fähigkeiten nicht verbergen: „Hast du nach dieser schrecklichen Zeit noch einmal einen Anlauf gemacht, nur so zum Spaß?"

„Nein, ich habe mir geschworen und meiner Familie versprochen, dass ich das nie wieder tun werde. Man soll ja nie 'nie' sagen, aber in diesem Fall werde ich mich ganz sicher an mein Versprechen halten!"

„Beate, und wie bist du mit dieser Sache zurechtgekommen?", fragt Petra.

„Nun, ich war in der Klinik froh und glücklich, wenigstens auf diese Art und Weise mit meinem Mann", sie sieht liebevoll zu Berthold hinüber, „Kontakt halten zu können. Im Verlaufe seines Klinikaufenthaltes hat das auch immer besser funktioniert, und auch die Kinder haben mit ihm kommuniziert. Ich habe ihnen allerdings strengstens untersagt, mit irgendjemand darüber zu sprechen, und inzwischen haben sie es ja auch schon fast vergessen."

Petra hakt noch einmal nach: „Das Thema ist bei euch jetzt schon richtig und endgültig abgehakt? Ich denke, wir könnten das nicht!" John nickt versonnen seiner Frau zu

„Ich würde sagen, ja", meint Berthold, „wir sprechen im Alltag auch nicht darüber, heute Abend ist eine seltene Ausnahme!"

Der volle Mond steht schon hoch am Himmel, und die Schafs verabschieden sich von ihren Nachbarn, die sie heute ein wenig besser kennengelernt haben: „Es war sehr schön bei euch, danke! Und demnächst setzen wir unsere Gespräche bei uns fort, wir laden dann ein. Gute Nacht!"

„Gute Nacht, Beate, gute Nacht, Berthold!"

John und Petra räumen noch ein wenig auf, dann gehen sie ebenfalls schlafen.

„Interessante Sache mit Berthold," John sinnt noch ein wenig über den Abend nach, „sehr interessant!"

****

Der nächste Vormittag findet John Bertoli in seinem kleinen Tonstudio, das er sich im 'Spitzboden' des Hauses eingerichtet hat.

Schon seit vielen Jahren ist er für eine Band als Komponist und Arrangeur aktiv, leider kann er wegen einer Verletzung an der rechten Hand, die er vor einigen Jahren bei einem kleinen Autounfall erlitten hat, nicht mehr als E-Bassist mitwirken – dazu kommt, dass 'seine' Band in Amsterdam zu Hause ist, seinem bisherigen Wohnort. Aber für die Band arbeiten – das ist ihm geblieben, und er nimmt dieses Hobby auch sehr ernst und verfolgt auch die Liveauftritte der „Baseboys", wie die Band heißt, möglichst am jeweiligen Spielort.

Die Kompositionen und Arrangements aus seiner Feder haben der Band schon manchen auch kommerziellen Erfolg gebracht – mit seinem Weggang von Amsterdam nach Werterfehn soll sich das auch nicht ändern, hofft John. Die Musik ist nun einmal seine zweite große Liebe neben der zu seiner Familie.

Petra hat, wie fast alle Hausfrauen, an diesem wundervollen Sonntagmorgen im Haus zu tun, die Kinder sind schon im Garten und warten auf ihre neuen Freunde, um mit ihnen etwas zu unternehmen – allerdings gibt es dafür noch keinen Plan.

Inzwischen ist es elf Uhr geworden und schon wunderbar warm. „Wollen wir schwimmen gehen?" Malte macht seinen neuen Freunden und seiner Schwester den Vorschlag, der begeistert aufgenommen wird, und schon nach kurzer Zeit ist die ganze Horde mit den Rädern unterwegs zum kleinen Waldschwimmbad in Werterfehn – nicht ohne die guten Ratschläge ihrer Mütter.

Berthold hat sich die Sonntagszeitung vorgenommen, kann sich aber nicht so richtig darauf konzentrieren, ihm geht immer noch die Frage von John durch den Kopf, ob er es mit der Telepathie schon wieder einmal versucht habe …

Kapitel 7 – Vorbereitungen

D ie Runde, die sich im Office von Bob zusammengefunden hat, kann man durchaus als hochkarätig bezeichnen, und sie sprechen über ein höchst brisantes und geheimes Thema: den Einsatz manipulierter Menschen für militärische und geheimdienstliche Zwecke!

Jerome Tailor, Abteilungsleiter im Pentagon, ist zuständig für die Anwerbung von Mitarbeitern, die im Ausland bestimmte Personen führen und steuern sollen – man könnte sagen, in einer Agenten-Tätigkeit. Sein ebenfalls in einen dezenten nachtblauen Anzug gekleideter Begleiter scheint in der Hierarchie der großen Firma noch höher angesiedelt zu sein und führt beim Besuch von Bob Mulligan das Wort.

Nach kurzem Smalltalk und einem Begrüßungsdrink will es Herb Densel wissen: „Bob, sagen Sie, wann können wir denn nun endlich mit ersten Ergebnissen rechnen? Unsere Geduld ist nicht unendlich - wir haben schon sehr viel Geld in Ihr Unternehmen investiert, das wir schließlich auch gegenüber meinem Boss verantworten müssen!"

Bob Mulligan, im Alltag seines Unternehmens der unumschränkte Herrscher, ist in einer schwierigen Verhandlungssituation: „Meine Herren!", Jerome Tailor macht sich reichlich Notizen, „wir haben gerade jetzt einen sehr vielversprechenden Ansatz in einem kleinen Ort in Germany und sind in den Vorbereitungen zu einem ersten Einsatz unserer Technik."

"Welcher Technik?", fragt Tailor sofort nach, „erzählen Sie mehr davon!"

„Es ist uns gelungen, einen Probanden mit unseren neu entwickelten Nano-Chips, Transponder und Receiver, direkt im zentralen Teil des Gehirns auszustatten. Wenn diese Chips aktiviert werden, können wir ihn steuern, weit über die Fähigkeiten der Telepathie hinaus, die er ohnehin besitzt. Es wird eine sehr spannende Sache, denken wir!"

Wie immer in derartigen Situationen betont Bob den Korpsgeist seiner Entwicklertruppe.

„Wann aktivieren ihre Leute die Dinger?", insistiert Herb Densel, „die Zeit drängt, und die Testperson muss ja auch überwacht und gesteuert werden!"

„Eine leistungsfähige Steuerungsbox ist zurzeit in Arbeit. Wir sind da auf einem guten Weg und müssen nur noch einen fähigen Mann in einer unmittelbaren Umgebung platzieren, einige Wochen danach werden wir erste Ergebnisse haben."

„Wir könnten Ihnen bei der Suche behilflich sein, Bob, unser Unternehmen Future Enterprises in Nebraska ist auf so etwas spezialisiert!"

„Das wäre natürlich optimal und spart uns sehr viel Zeit, so sollten wir es machen, meine Herren - danke für Ihr Entgegenkommen".

Die Besucher erheben sich: „Sie hören von uns, wenn wir den Mann gefunden haben. Good luck, Bob, und vergessen Sie nicht unsere Kosten - und Ihre finanzielle Situation!"

Der große Chrysler mit den dunkel getönten Seitenscheiben verschluckt geradezu die beiden Männer und fährt Richtung Flughafen, wo eine Regierungsmaschine schon auf sie wartet.

„Was meinen Sie, Jerry," fragt Herb seinen Mitarbeiter, „wird Bob den Job erledigen, kurzfristig erledigen?"

„Ich denke schon, und Sie haben ihm ja mit Ihren letzten Worten auch noch einmal richtig Druck gemacht ...!"

******

Mat und Susan haben sich wieder einmal zusammengerauft und versuchen, ihre privaten Angelegenheiten aus dem Job herauszuhalten, wenn es Susan auch sehr, sehr schwer fällt – aber der Job ist wichtiger.

Während Mat im Wesentlichen mit der 'strategischen' Planung des Einsatzes bei Berthold Schaf befasst ist, kümmert sich Susan um die Funktionen und Einsatzmöglichkeiten der im Gehirn des Probanden implantierten Chips, die immerhin nur Prototypen aus dem Labor der Stanford University sind, jedoch in ihren Funktionen von ihr weiter entwickelt werden. Ganz nebenbei ist sie, und das ist eigentlich ihr Hauptinteresse, mit der künstlichen Intelligenz von Kitty, der kleinen Service-Robotta, befasst. Wenn es ihr gelänge, beides miteinander zu kombinieren – welch ungeheure Möglichkeiten würden sich dann ergeben ...

Mit den Worten „Gibst du mir mal dein Smartphone, Mat?" betritt Susan das

Büro von Mat.

„Wozu?"

„Tu es einfach, bitte!"

Mat reicht ihr das Gewünschte, wie ein Zauberkünstler dreht sie ihm den Rücken zu und wendet sich wieder zurück.

„Hier hast du es zurück. Würdest du mich jetzt bitte anrufen?"

„Wozu?", fragt er erneut.

„Kennst du noch andere Vokabeln?"

Mat geht auf seine Kontakte – nichts. Er sucht in der Anrufliste – nichts.

„Was hast du in der kurzen Zeit mit meinem Telefon gemacht, Susan?"

„Nichts - was du in der Hand hältst, ist die neue Box, optisch von einem normalen Smartphone nicht zu unterscheiden, meinst du nicht auch? Ich muss nur noch die Benutzeroberfläche anpassen, dann ist das Ding perfekt. Übrigens: Eine Frau Winter von Future Enterprises schickt heute am Abend jemanden vorbei, der die Box abholen wird – aber ich habe noch ein zweites Exemplar vorbereitet!"

Susan nimmt das 'Ding' wieder an sich und geht zurück in ihr Labor, einen erstaunten Mat zurücklassend.

****

An einem Samstag im September, Mat ist mit seiner Familie in den lange geplanten Urlaub zum Indian Summer nach Kanada aufgebrochen, wo die Familie ihren Urlaub verbringen wird – mehr als zwei Wochen hatte Bob nicht genehmigt – also an diesem Septembersamstag wartet Susan auf den Besuch des Puppenmachers Tom Altridge, der ihr seine neuesten Schöpfungen vorstellen will.

Mit einem breiten Grinsen im Gesicht kommt er in Susans Office, einen großen Rollkoffer hinter sich herziehend.

„Wer mich so sieht, denkt, dass ich hier einziehen will und mein ganzes Inventar mit mir führe – hallo, Susan, Traum meiner einsamen Stunden!" Mit dieser fröhlichen Begrüßung umarmt er sie.

„Du bist ja heute besonders gut in Stimmung, Tom, was ist los?"

„So fröhlich können nur erfolgreiche Menschen sein! Stell dir vor, Susan, ich soll die ganze Maskengestaltung für unser neues Stück in der Theatercrew entwickeln, ein Bombenjob, stell dir das vor!"

„Gratuliere, Tom! Was hast du für mich?"

„Die schönste Puppe aller Zeiten, Susan, du wirst Augen machen!" Mit diesen Worten öffnet er seinen großen Samsonite, räumt einige Tücher beiseite und nimmt geradezu liebevoll eine etwa 60 bis 70 cm große Puppe heraus, die zwar einen typischen Puppenkörper und auch entsprechende Gliedmaßen besitzt, aber einen Kopf, der ein getreues Abbild von Susan darstellt.

„Tom, du bist verrückt! Das kannst du doch nicht machen, mich als Puppengesicht – aber nett ist es trotzdem, danke. Ich werde Susan die Zweite hier in mein Office stellen und für meine Experimente nutzen, schließlich habe ich damit etwas ganz besonderes vor."

Susan umarmt den Freund noch einmal herzlich – dann ist er entlassen, und sie wendet sich der Puppe zu: „Mat soll seine Freude haben!"

Kapitel 8 – Die Anwerbung

J ohn Bertoli ist mit seiner Arbeit auf der großen Schiffswerft sehr zufrieden. Die Fähigkeiten und Kenntnisse, die er bei seinem vorherigen Job in Amsterdam erworben hatte, kommen ihm jetzt zugute.

Er ist zuständig für die Entwicklung von Steuerungssystemen für die riesigen Passagierschiffe, die auf 'seiner' Werft gebaut werden, und dazu kommen noch die Kontakte in die USA zu Elektroniklieferanten.

Es ist Mitte September, als er in seinem Büro einen Anruf aus den Staaten erhält – es ruft jedoch kein ihm bekannter Mitarbeiter eines Lieferanten an, sondern eine ihm völlig unbekannte Firma meldet sich mit „John Bertoli? Guten Morgen, hier ist Future Enterprises aus Nebraska. Haben Sie ein paar Minuten Zeit für uns?"

„Yes, ok, was kann ich für Sie tun?" ist seine Antwort, und sein telefonisches Gegenüber fällt sofort mit der Tür ins Haus.

„Mister Bertoli, ich möchte Sie zu einer Mitarbeit für unser Unternehmen gewinnen, die für unser Land von enormer Wichtigkeit wäre. Ihre Aufgabe jetzt am Telefon näher zu beschreiben, würde zu weit führen, stattdessen würden wir ein persönliches Gespräch vorziehen. Wäre es Ihnen möglich, sich heute nach Dienstschluss mit unserem Mitarbeiter am Werfttor zu treffen? Dann könnten Sie mit ihm alles Weitere besprechen, auch Verfahrensfragen und Ihr Honorar für eine Mitarbeit!"

John überlegt einen Augenblick, dann willigt er ein – die Neugier siegt über seine Skepsis gegenüber dem Anrufer.

„OK, 17 Uhr am Werfttor, wie wird Ihr Mann mich erkennen?"

„Unsere Mitarbeiterin wird Sie ansprechen, seien Sie unbesorgt. Danke für Ihr Entgegenkommen, bye!", und damit ist das Gespräch beendet.

Etwas ungeduldig und wegen des Telefonats auch unkonzentriert erledigt John die restlichen Dokumentationsarbeiten des heutigen Tages und verlässt nachdenklich und zugleich gespannt das Büro, strebt dem Werfttor zu.

Er hat das Gelände gerade verlassen, als eine Frau auf ihn zutritt: „ Herr Bertoli?"

„Ja, wer will das wissen?", antwortet John auf die Ansprache der Frau, einer Mittfünfzigerin, ca. 1,60 m groß, mit Kurzhaarfrisur und in ein graues Kostüm gekleidet.

„Ich bin Ellen Winter, hallo! Meine Kollegen von Future Enterprises in Nebraska haben mich über Ihre Bereitschaft informiert, mit mir über ein für unser Land sehr, sehr wichtiges Projekt hier in Deutschland zu sprechen. Wollen wir in die Stadt fahren und es uns in einem kleinen Café gemütlich machen? Da lässt es sich besser reden!"

John ist einverstanden, beide steigen in Johns SUV und fahren in die Stadt, die Unterhaltung im Wagen ist ziemlich verhalten.

John kennt in dem Städtchen ein kleines Café am Markt, obwohl er noch nicht sehr lange in der Werft arbeitet. Er hat sich dort schon einige wenige Male mit Kolleginnen und Kollegen getroffen.

Es ist ein gemütliches kleines, altmodisch eingerichtetes Lokal, in dem hervorragender Kaffee und ausgewählte Kuchen und Torten serviert werden.

„Was darf ich für Sie bestellen?", fragt er seine Begleiterin, die das umfangreiche Kuchenbuffet bewundert. „Ich werde in diese Stadt ziehen müssen, bei dem Angebot …! Aber im Ernst: So etwas habe ich in meiner Heimat noch nicht entdeckt, es ist wunderbar!"

Ellen Winter ist voller Begeisterung, wählt ein Stück Marzipantorte, kommt aber, nachdem beide ihre Bestellung aufgegeben haben, sofort zum Thema ihres Besuches hier in Deutschland.

„John, ich darf Sie doch John nennen? Also: John, Sie haben die amerikanische Staatsbürgerschaft, und ich hoffe, dass die Staaten ein wenig noch immer Ihr Land sind. Sie wissen um die vielfältigen Risiken und Bedrohungen, mit denen wir täglich konfrontiert werden, man kann ja fast sagen, dass wir einen 'Viel-Fronten-Krieg' zu führen gezwungen sind.

Wir wissen von Ihnen, dass Sie in der Army gedient haben und für Ihr Land einstehen. Sie sind immer noch Soldat, wenn auch außer Diensten und Ihrem Land verpflichtet, daher unsere Kontaktaufnahme."

„Wieso weiß Ihre Firma so vieles über mich? Und noch eines: Ich habe meinen Dienst ganz regulär quittiert!"

„John, keine Aufregung! Future Enterprises weiß alles über alle ehemaligen Marines, ihre Laufbahn, ihr Leben nach der Verabschiedung, ihre Fähigkeiten und Schwächen, kurz gesagt: Wir wissen alles. Wir sind ein, eigentlich darf ich es Ihnen gar nicht sagen, ein Ableger des Navy Intelligence Service NIS, der Ihnen bekannt sein sollte, und wir führen spezielle vertrauliche und auch geheime Operationen im Auftrag des Pentagon aus."

John mag seinen Käsekuchen nicht mehr, ihm ist der Appetit vergangen, und er denkt, ohne es zu sagen: „Wie weit reicht denn der Arm von NIS und FBI, dass sie mich hier in Deutschland, fern aller militärischen Aktivitäten, für sich einspannen wollen?"

Ellen Winter geht nicht auf seine Fragen ein und hebt wieder an zu reden: „Und jetzt zu Ihnen, John: Sie sind aus einem Pool von Kandidaten für einen Job ausgewählt worden, der hier an Ihrem Wohnort ausgeführt werden muss, und dieser Job ist uns, ist der Regierung eminent wichtig. Sie sind Elektroniker, Musiker – auch das kann wichtig sein – sind seriös, haben Familie, ein Haus, ein ganz brauchbares Einkommen. Warum also sollten Sie mit uns zusammenarbeiten? Ich will es Ihnen sagen, John: Sie haben als Soldat in der 1st Infantry Division des 4th Infantry Brigade Combat Team in Sharana Führungsqualitäten bewiesen, die wir jetzt bei Ihnen abfordern – und Sie werden den Job nicht ablehnen, den wir Ihnen zugedacht haben. Falls Sie mit dem Gedanken, 'nein' zu sagen, spielen sollten – erinnern Sie sich an Major Ryan Anderson? Er steht in unseren Diensten - bedenken Sie bitte: Er hat damals verhindert, dass Sie in Afghanistan wegen der gegen die Taliban missglückten Aufklärungspatrouille vor ein Militärgericht gestellt wurden."

John ist auf seinem Stuhl während der Worte von Ellen Winter immer kleiner geworden. Er war und ist überzeugt, in Afghanistan keinen Fehler begangen zu haben, trotzdem bedrücken ihn die Tatsache mit dem Hinterhalt, in den seine Patrouille geraten war, und der Tod zweier Kameraden noch immer massiv.

„Ich halte diese Erpressung durch mein Heimatland für nicht richtig, Ellen, so könnt Ihr doch nicht mit den Menschen umgehen! Ich habe mein Bestes für unser Vaterland gegeben, und die schrecklichen Ereignisse belasten mich immer noch. Ich will nicht!" John ist empört, aber er sieht keinen Ausweg aus dieser Situation, auch im Hinblick auf seine Familie.

Längeres Schweigen am Tisch in dem kleinen Café. „Doch, John, Sie wollen, und finanziell wird es sich auch lohnen. Außerdem ist es völlig ungefährlich für Sie und Ihre Familie, nur ein kleiner Auftrag, den Sie auszuführen haben - er betrifft Ihren Nachbarn Berthold Schaf."

„Berthold? Was habe ich denn mit Berthold zu tun?"

„Das, lieber John, sagen wir Ihnen später, zunächst aber danke ich Ihnen für Ihre Zustimmung zu unserem Auftrag, die ich unterstelle - Einzelheiten teilen wir Ihnen auf geeignete Weise und zu gegebener Zeit mit. Wundern Sie sich bitte nicht, wenn in der nächsten Woche Ihr Bankkonto einen bedeutenden Geldeingang ausweist."

Sie greift zu Ihrem Smartphone und wählt eine Kurznummer: „Wir sind hier jetzt fertig, ihr könnt mich abholen, ihr wisst ja, wo ich bin!"

Es dauert nur wenige Minuten, bis ein Wagen mit dunkel getönten Scheiben vorfährt und der Fahrer nach „Frau Winter" ruft.

„John, ich darf mich verabschieden und bedanken für das ergebnisreiche Gespräch. Sie sollten übrigens unser Date und alles Gesagte streng vertraulich behandeln!"

Sie geht hinaus, folgt dem Fahrer.

John sitzt noch einige Minuten wie betäubt vor seinem Kaffee, bis er zahlt und sich nachdenklich auf den Weg zu seinen Lieben macht.

Ein geheimer Auftrag für das Pentagon – gegen seinen Nachbarn gerichtet?

John versucht zu verstehen, aber die Informationen von Ellen waren zu spärlich, um Schlüsse daraus ziehen zu können …

****

Eine Woche später, der September neigt sich seinem Ende zu. John sitzt in seinem Studio unter der Dachschräge, das er zugleich als privates Büro betrachtet, vor seinem Laptop und startet seine Bankingsoftware.

Der Blick auf die Auszugsdaten erstaunt ihn sehr. Ellen Winter hat ihre Ankündigung wahr gemacht - der stolze Betrag von achttausend Euro ist auf der Habenseite seines Kontos zu sehen!

Drei Tage später, am Montag zum Feierabend hin, erhält John in der Werft erneut einen Anruf aus Nebraska von Future Enterprises: „Hallo, John, hier ist Ellen Winter. Ist unsere kleine Aufmerksamkeit bei Ihnen angekommen? Sie wissen ja: Zuverlässigkeit ist sowohl für uns als auch für Soldaten wie Sie eminent wichtig.

In der nächsten Zeit werden wir uns wieder mit Ihnen in Verbindung setzen, bye!"

Bevor John antworten kann, ist das Gespräch wieder beendet und lässt erneut einen sehr nachdenklichen John Bertoli zurück ...

Er entschließt sich, seiner Frau zunächst von seinem 'Zweitjob' nichts zu sagen, sie wäre sicher sehr verwundert und würde versuchen, ihn davon abzubringen – aber John erhofft sich natürlich finanziell sehr viel von den Amerikanern, und im Innern seines Herzens ist er natürlich immer noch Patriot und fühlt sich seinem Land verpflichtet, auch wenn er jetzt in Europa lebt..

Kapitel 9 – Susan die Zweite

Susan kann ab sofort wieder auf die Mitarbeit von Mat zählen – er hat seinen Urlaub mit der Familie wie geplant beendet und kommt am Montagmorgen schwungvoll und gut gelaunt in sein Office, wo ihn seine Sekretärin schon erwartet: „Mat, du sollst sofort zu Bob kommen, es gibt Wichtiges zu besprechen."

„Darf ich erst einmal meine Jacke ausziehen und meine Tasche abstellen?"
Mats gute Laune ist schlagartig verflogen.

Bei seinem Eintreffen in Bobs Office hat er seinen leichten Ärger schon wieder vergessen und begrüßt seinen Boss überschwänglich: „Hallo, Bob, da bin ich wieder! Es geht doch nichts über einen erholsamen Urlaub mit der Familie."
Bob ist nicht so fröhlich an diesem Morgen: „Hi, schön, schön. Mat, wir müssen reden. Susan arbeitet, du weißt davon, an der KI für Kitty und auch für unser Projekt in Deutschland, aber damit kommt sie nicht richtig voran."
„Wo liegt das Problem, hat sie dazu etwas gesagt?"
„Ja, und du solltest dich auch umgehend mit ihr zusammensetzen, damit die Sache in Gang kommt, es eilt inzwischen."
„Wieso das so plötzlich?"
„Die Leute, die vor drei Wochen hier waren, Herb Densel und Jerome Tailor, machen richtig Druck. Sie haben inzwischen einen Agenten in unmittelbarer Nähe zu deinem Probanden installiert und wollen jetzt von Susan Ergebnisse sehen. Ich bitte dich: Hilf ihr bei der Realisierung – auch wenn es manchmal zwischen euch Probleme gibt!"
Wie fast immer üblich, nimmt Bob Mulligan zum Abschluss des Gespräches die Whiskyflasche aus seinem Schreibtisch und schenkt zwei Bechergläser ziemlich voll. „Cheers, auf gutes Gelingen, Mat. Wie immer du es hinbekommst, Susan muss endlich liefern!"
„Cheers, Bob, ich kümmere mich darum."
Mit diesen Worten verlässt Mat das Büro seines Bosses und strebt, von dem Whisky ganz leicht benebelt, seinem Büro zu – er muss erst einmal ein wenig

verschnaufen.

„Kitty!"

Kitty kommt sofort hereingesurrt: „Mister Mat, geht es dir nicht gut? Kann ich helfen?" Die erweiterten Funktionen, von denen Susan einmal gesprochen hatte, scheinen inzwischen bei Kitty implementiert zu sein – die Robotta erkennt anscheinend in gewissem Umfang den Seelenzustand ihres Gegenübers.

„Kitty, bitte, ich brauche jetzt einen starken Kaffee, schwarz, ohne Zucker."

„Gern, Mister Mat, und ich bringe dir auch gleich Miss Susan mit, mit der willst du doch jetzt reden?"

Mat ist erstaunt: „Woher weißt du das, Kitty?"

„Kitty weiß inzwischen fast alles, Susan hat mich ziemlich gut weiterentwickelt, oder?"

„Kann man so sagen! Aber die Gedanken lesen kannst du noch nicht! Und jetzt bitte erst den Kaffee - und eine halbe Stunde später Susan, ok?"

„Ok, Mister Mat, wird gemacht!" Kitty surrt in die Pantry, um den Kaffee zu holen.

Es vergehen exakt dreißig Minuten, als Susan mit einem strahlenden Gesicht, attraktiv wie immer, den Raum betritt: „Hi, Mat, schön dich zu sehen, wie war dein Urlaub? Der Familie geht es auch gut? Wo seid ihr denn gewesen?"

Die Fragen, die Susan stellt, sind mehr als überflüssig, denn Dank ihrer in Mats Wagen installierten Überwachungsgeräte war sie während der gesamten Urlaubsreise der Familie dabei und konnte jeden Kilometer Fahrt mitverfolgen, alle Gespräche im Auto mithören, die Gesichter der Insassen beobachten.

Mat beantwortet freundlich und höflich Susans Fragen, dann kommt er zum Kern des Gespräches.

„Susan, Bob macht Druck wegen der Implantate bei unserem Mann in Deutschland – wie weit bist du denn?"

Susan hat während der Abwesenheit von Mat sehr viel an ihren 'Parallel-'Projekten gearbeitet, an der Intelligenz von Kitty, und an den Funktionen der Puppe - dabei hat sie die Algorithmen für die Nano-Chips etwas vernachlässigt.

„Mat, ich bin noch nicht soweit, aber jetzt, da du wieder im Hause bist, werde ich mich verstärkt darum kümmern, alles andere stelle ich zurück. Aber du musst unbedingt Susan-2 kennenlernen, komm mit in mein Büro."

Neugierig folgt Mat seiner Kollegin in deren Büro, das einem Labor gleicht - elektronische und mechanische Geräte stehen auf diversen Tischen, dazwischen ein großer Schreibtisch mit mehreren Laptops und separaten Monitoren.

Susan steuert zielbewusst auf einen an der hinteren Wand des Raumes stehenden Tisch zu, auf dem eine verhüllte Figur zu sehen ist.

„Komm näher, Mat, du wirst staunen!" Mit einem eleganten Schwung reißt sie das Tuch von der Figur, und Mat starrt ungläubig in das Gesicht der Puppe, sozusagen in Susans Gesicht: „Wahnsinn, das bist ja du! Wer hat denn diese tolle Puppe geschaffen? Diese Ähnlichkeit des Gesichtes mit deinem, unglaublich, faszinierend!"

„Wenn du möchtest, setzte ich sie in dein Büro, dann hast du mich zumindest in klein immer bei dir – das Original verschmähst du ja!"

Susan hat die Puppe Susan-2 in der Werkstatt mit diversen mechanischen und elektronischen Elementen ausstatten lassen, die aber auf den ersten Blick nicht erkennbar sind.

„Diese hübsche junge Dame soll uns helfen, deinen Probanden in Deutschland so richtig auf Trab zu bringen, warte, ich erkläre es dir: Die Frequenzen der bei ihm implantierten Nano-Chips sind mir und damit auch Susan-2 bekannt.

Wenn sie in die Nähe des Mannes kommt, wird sie die Chips vorübergehend aktivieren und auch wieder abschalten, wenn wir es wollen, denn sie ist über GPS und Satellit mit uns hier verbunden. Wir können auf diese Art und Weise genau kontrollieren, was dein Mann dort tut, ja, vielleicht schaffe ich ja auch noch, sein Denken zu kontrollieren, wenn du mir dabei hilfst!"

„Susan, wie willst du das machen?"

„Hab ich bisher noch keine Ahnung, aber es müsste gehen. Wenn wir bestimmte Areale in seinem Gehirn auslesen und mit dem Transmitter, vielleicht mithilfe der Puppe, an uns transferieren, haben wir ihn im Griff. Vielleicht bemühst du mal deinen Gehirnatlas, um das richtige Areal dafür herauszufinden".

„Susan, ich glaube, dabei werde ich dir nicht helfen, der Mann wird dann ja zu einem ferngesteuerten Zombie – das geht gegen meine Ehre als Wissenschaftler. Nein, ich bin erst einmal nicht dabei, denke ich, da will ich nicht mithelfen!"

„Was heißt hier 'Ehre als Wissenschaftler'? Unsere Auftraggeber erwarten Ergebnisse, die ihren Vorstellungen entsprechen, und ich denke, dazu gehört auch die Entwicklung menschlicher Kampfmaschinen. Wir sollten mit Bob darüber sprechen."

Susan wendet sich wieder der Puppe und Mat zu. „Kennst du übrigens Pepper?"

„Meinst du das kleinen humanoide Robotermädchen von SoftbankRobotics, die überall in Kaufhäusern herumsteht und Menschen freundlich begrüßen soll? Kenne ich, aber da ist unsere Kitty doch viel weiter ...".

„Und was hältst du von Connie, dem Info-Roboter in den Hilton-Hotels? Der arbeitet mit der Watson-Software von IBM!"

„Ein tolles System, da stimme ich dir zu, aber Kitty ist schon jetzt um Klassen besser, du kennst sie ja, unsere Robotta – und meine kleine Susan wird intelligenz- und emotionsseitig noch viel mehr leisten als Pepper, Connie und Kitty zusammen. Lass uns ein kleines harmloses Experiment mit ihr machen, pass auf: Du wirst ihr jetzt schöne Augen machen – aber schau sie dabei an!"

Mat kann sich ein Lachen kaum verkneifen, tut aber, was Susan ihm gesagt hat, und schaut die Puppe liebevoll an.

„Oh Mat, komm näher zu mir, nimm mich in den Arm!"

Mat macht einen Schritt auf die Puppe zu, die ihn erwartungsvoll anschaut und ihm ihre Ärmchen entgegenstreckt, während Susan, um sich keinem Vorwurf der Manipulation auszusetzen, in der hinteren Ecke des Raumes wartet.

„Mat, streichle mein Gesicht!"

Mat streichelt das Gesicht der Puppe, dessen Ausdruck sich dabei auf 'sehnsüchtig' verändert.

„Bitte, bitte küss mich, Mat!"

ist die nächste Reaktion der Puppe namens Susan-2.

Das geht ihm doch etwas zu weit, und er wendet sich wieder Susan zu, seiner menschlichen Kollegin.

„Da hast du dir aber einen hübschen Spaß einfallen lassen."

Susan kommt wieder zurück aus dem hinteren Teil des Raumes.

„Mat, das ist kein Spaß, ich habe lange an den Aktionen und Reaktionen der

Puppe gearbeitet, und jetzt ist sie fast perfekt, auf manchen Gebieten schon heute viel, viel besser als ihre Konkurrentin! Sie erkennt jeden Menschen, den sie schon einmal gesehen hat, ordnet ihm alle Informationen zu, die sie je bekommen hat – das kann natürlich, jedenfalls zurzeit, noch manipuliert werden, aber ich arbeite daran.

Sie erkennt Emotionen und Gefährdungen, soweit sie selbst betroffen ist, ihr Sprachmodul und ihr Wortschatz sind perfekt, sie kann sogar fluchen, wenn ihr Böses widerfährt. Ihr Körper ist ebenfalls erstaunlich - sie fühlt sich an wie ein Baby.

Kopf-, Arm- und Oberkörperbewegungen sind durchaus harmonisch und an die aktuellen Situationen angepasst, kurzum: Sie ist fast vollkommen, nur laufen kann sie nicht, aber welche Puppe kann das schon. Du siehst, ich war verdammt fleißig während deines Urlaubs! Ach ja, noch etwas: Sie verfügt über Chips, die auf die Nanos deiner Versuchsperson abgestimmt sind und sie aktivieren und auswerten können!"

Mat kann über die Fähigkeiten und Leistungen der Puppe nur staunen, besonders über das zuletzt von Susan Erwähnte, aber einen kleinen Kritikpunkt hat er dennoch: „Es ist faszinierend, wie du all diese Funktionen in den kleinen Körper integrieren konntest. Aber warum, zum Donner, hast du sie mit deinem Gesicht ausstatten lassen, wäre ein neutrales Babygesicht nicht besser?"

„Dreimal darfst du raten, lieber Mat – damit du mich nie vergisst?"

„Ach, Susan, du gibst wohl nie auf, oder? Und jetzt werde ich von zwei Seiten unter Beschuss genommen?"

„Na ja, ganz so würde ich es nicht sehen, aber ein Fünkchen Wahrheit ist schon in deinen Worten erkennbar, lieber Mat, hast du in Kanada vom Baum der Erkenntnis genascht?" Kurze Pause. „Was ist nun, darf ich die Puppe in dein Office bringen? Du hast doch bestimmt einen wunderbaren Platz für sie ...".

„Nein, nein, das lass bitte, sie ist mir irgendwie nicht ganz geheuer, liebe Susan, ich möchte mich auch hin- und wieder unbeobachtet wissen."

Beide Susans machen einen Schmollmund, und Mat bricht in ein schallendes Gelächter aus – die Spannung, die sich im Verlaufe der Vorführung und des Gespräches aufgebaut hatte, löst sich wieder.

Mat denkt an seinen Probanden in Deutschland: „Kann man die kleine Dame auch mit einem Babyface ausstatten und auf zehn bis zwölf Zoll verkleinern?"

„Im Prinzip ja, aber dann muss der Akku kleiner werden, und die Kühlung ist dann vielleicht nicht mehr so lautlos; wegen des Gesichtes mach dir bitte keine Sorgen, mein Freund Tom ist perfekt im Gestalten von Puppengesichtern – bring mir eine Vorlage, am Besten das passende Baby, und er macht das! Aber eines sag mir noch: Wie willst du die Puppe in die Umgebung des Deutschen bringen?"

„Hab ich noch nicht geklärt; aber Bob kennt ja jede Menge Geheimdienstler, der hat sicher einen guten Tipp für mich! Aber eines noch: Die kleinere Puppe, von der ich gesprochen habe, sollte nicht alle Fähigkeiten wie Susan-2 haben. Als Funktionen reichen völlig die Aktivierungsfunktionen, GPS und Satellitenkommunikation aus, sonst wird sie zum Spielzeug für die Mädchen im Umfeld meines Deutschen!"

Kapitel 10 – Das Paket

Der Herbst naht – in den Gärten verblühen die meisten Blumen, das Laub der Bäume und Sträucher beginnt, sich zu verfärben. „Nicht nur der Frühling kann sehr bunt sein", findet Beate.

Für sie ist auch diese Jahreszeit in ihrem Garten hinter dem Haus wunderschön. Wenn die Sonne scheint, setzt sie sich so manches Mal auf die Bank neben dem kleinen Brunnen, den Berthold einmal aufgemauert hat, und sinnt über die Welt im Allgemeinen und ihre Familie im Besonderen nach. „Hoffentlich passiert nichts mit den Implantaten in Bertholds Kopf" – irgendwie hat sie beim Gedanken daran ein ungutes Gefühl, kann es aber nicht artikulieren.

Berthold ist wieder voll in seine Arbeit im Einkaufszentrum eingestiegen - während seiner Erholungsphase hat er sich sogar ein neues Fahrrad gekauft und langsam seine Ängste vor möglichen Unfällen damit abgelegt, jetzt benutzt er es beinahe täglich - allerdings haben sich seine vorherigen Ängste vor einem Sturz oder Unfall jetzt zu Beate verlagert.

In der Goethestraße geht alles seinen gewohnten Gang. Die benachbarten Familien Bertoli und Schaf verstehen sich prächtig, hin und wieder wird gemeinsam gefeiert, die Kinder haben richtige Freundschaften zueinander entwickelt.

An diesem Freitag bekommt John Bertoli in seinem Büro auf der Werft wieder einen Anruf aus den Staaten – er hatte zwar so etwas erwartet, aber gehofft, dass nach der Zahlung auf sein Bankkonto zunächst einmal kein Kontakt mit den Amerikanern stattfinden würde.

„Hi, John, hier ist Ellen Winter! Wie geht es Ihnen?"

Etwas sarkastisch antwortet er: „Bis jetzt noch gut, ich hoffe, dabei bleibt es!"

„Seien Sie doch nicht so pessimistisch, lieber John. Wir haben übrigens veranlasst, dass wieder ein Honorar auf Ihr Konto überwiesen wird, das Geld müsste in den nächsten Tage bei Ihnen ankommen. Und noch etwas wird bei Ihnen ankommen – ein Paket wie von einem Online-Händler. Dieses Paket lassen Sie bitte verschlossen und warten auf unsere Weisungen, wie Sie damit zu verfahren haben – ich vertraue auf Ihre Zuverlässigkeit. Für weitere Kontakte gebe ich Ihnen jetzt noch eine Telefonnummer, unter der Sie später weitere Instruktionen abfragen werden. Ich bitte zu bedenken: Sie ist topsecret, bei Missbrauch werden wir Sie belangen, nicht vergessen. Es ist eine Nummer in den Staaten. Und vergessen Sie nie: Amerika braucht Ihre Unterstützung!"

Mit diesen Worten ist das Gespräch beendet, ohne dass John noch irgendwie nachfragen kann.

Jetzt ist der Zeitpunkt gekommen, an dem er seine Frau in das Problem einweihen muss, denkt er auf dem Weg nach Haus, denn sie ist es wahrscheinlich, die das Paket in Empfang nehmen wird.

Das Abendessen im Hause Bertoli verläuft heute sehr ruhig – die drei Kinder hatten durch ihre sportlichen Hobbys anstrengende Stunden, hinzu kam natürlich auch noch die Erledigung der Hausaufgaben, was vor allem Paul heute besonders schwer gefallen ist – Mathe ist nicht so ganz sein Thema, genau wie bei seinem Freund Malte …

Nach einem frühzeitigen Gutenacht-Sagen der Kinder setzen sich Petra und John mit einem Glas von ihrem kalifornischen Rotwein in die Sitzecke des Wohnzimmers.

„Petra," hebt John an, „wir haben etwas zu besprechen.

„Oh ja, mein Lieber, haben wir, und zwar ganz massiv," entgegnet die mit einem sehr energischen Unterton in der Stimme: „Sag mir bitte, was es mit dem vielen Geld auf dem Konto auf sich hat, das dort so plötzlich ausgewiesen wird, hast du eine Bank überfallen oder in der Lotterie gewonnen?"

„Weder, noch, Darling, es ist ganz anders, lass es mich erklären, aber bitte bleib ganz ruhig dabei."

Petra sieht ihren Mann verwundert an: „Gehaltserhöhung? Bonuszahlung? Du hast ein neues Darlehen auf unser Haus aufgenommen?"

„Nein, nein, nein, es ist etwas ganz anderes. Vielleicht erinnerst du dich daran, dass ich als Soldat in Afghanistan war und meine Patrouille in einen Hinterhalt geriet – fast hätte ich mich deswegen vor einem Militärgericht verantworten müssen, wenn nicht mein Vorgesetzter, Major Anderson, die Sache damals hätte unter den Tisch fallen lassen, denn ich war wirklich unschuldig an dem Desaster! Nach meinem Abschied aus der Armee habe ich die ganze Angelegenheit völlig vergessen, schließlich habe ich jetzt eine ganz tolle Familie, da denke ich nicht mehr an die Kriegsspielerei von damals."

„Und weiter, was ist jetzt passiert?"

„Vor einigen Wochen hat man mich durch eine Art Geheimdienst kontaktiert und mich unter Hinweis auf dieses Ereignis an meine patriotische Pflicht zu den Staaten erinnert – ich soll einen Auftrag, einen für mich und uns aber ungefährlichen Auftrag ausführen, daher stammt das viele Geld, und in den nächsten Tagen wird noch eine Zahlung erfolgen. Außerdem hat man mir heute ein Paket avisiert, das ich ohne weitere Weisung nicht öffnen darf – und ihr werdet es auch nicht tun, ich bitte darum!"

Petra verschlägt es ein wenig die Sprache: „Sollst du die Werft ausspionieren oder eine Bombe bauen? Du kannst nicht von mir verlangen, das Paket ungeöffnet zu lassen, spätestens, wenn es die Kinder finden, ist es fällig, glaube mir. Aber vielleicht kann ich es in deinem Studio verstecken, falls der Paketdienst zu einer guten Zeit kommt, und sonst …!"

John bittet seine Frau noch einmal inständig, das zu erwartende Paket geschlossen zu lassen, aber sie kann das natürlich, wegen der Kinder, nicht garantieren.

Schon am Montag der neuen Woche, das schöne Herbstwetter der letzten Tage hat sich über das Wochenende leider zunächst verabschiedet, ein erster Sturm ist über das Land gefegt, steht der Wagen eines Parcelservice vor Petras und Johns Tür. Es ist etwa elf Uhr am Vormittag, und natürlich ist niemand im Haus, sodass der Paketzusteller beim Nachbarn klingelt.

Beate, die heute einen freien Tag hat und nicht in ihrer Boutique sein muss, nimmt natürlich das an Paul adressierte Paket in Empfang – sie wird es am Nachmittag an Petra weitergeben.

„Eigenartig", denkt Beate, „von einem erwarteten Paket hat von den Bertolis niemand gesprochen. Naja, vielleicht eine Überraschung für die Kinder, oder eine Anschaffung."

Verwundert stellt sie noch fest, dass das Paket zwar diverse Strichcodeaufkleber trägt, aber kein Absender zu erkennen ist ...

Am späten Nachmittag kommt Petra mit ihrem Smart nach Hause und stellt den Wagen in ihr Carport.

„Hallo, Petra, ich habe ein Paket für euch angenommen, soll ich es bringen?" Petra macht eigenartigerweise keinen erfreuten, sondern fast erschreckten Eindruck, als sie antwortet: „Lass mal, Beate, ich hole es selbst, einen Augenblick!"

Sofort danach ist sie bei ihrer Nachbarin an der Haustür und nimmt das Paket in Empfang. Nach ihrem Dank ist sie sofort verschwunden, hinüber zu ihrem Haus, sehr zum Erstaunen von Beate, halten die beiden Nachbarinnen doch immer zumindest einen kleinen Plausch.

„Petra ist vielleicht ein wenig im Stress, so unmittelbar nach der Arbeit, wird schon nichts sein ...“

Es ist inzwischen später Nachmittag geworden. Die Goethestraße hat sich nach der relativen Stille des Tages wieder mit Leben gefüllt, denn fast alle Väter sind inzwischen von ihren Jobs nach Hause gekommen – nur John, der auf der Werft noch eine Sitzung hat, und Berthold, dessen Arbeitszeit erst um 18 Uhr endet, fehlen noch.

Petra bereitet für ihre Familie inzwischen das Abendessen vor, die Kinder müssen ihre vertraute Ordnung haben, ist Petras Ansicht. Sie ruft hinauf zu den Kinderzimmern, dort reagiert jedoch kein Kind. Darüber irritiert geht sie die Treppe hinauf – in den Räumen der Kinder ist jedoch niemand zu sehen. Ein wenig unsicher steigt Sie die steile Raumspartreppe hinauf in Johns Tonstudio, sie mag die halben Stufen nicht – und findet ihre Drei über das Paket gebeugt hockend und herumrätselnd.

„Mama, was ist denn das für ein Paket hier in Papas Zimmer? Ist da schon etwas für Weihnachten drin?" fragt Paul, und alle drei sehen ihre Mama neugierig an.

Petra ist entsetzt über die Tatsache, dass ihre Kinder das Paket entdeckt haben, obwohl sie doch hier in Johns 'Allerheiligstem' nichts verloren haben: „Nein, ganz bestimmt nicht für Weihnachten, und wieso seid ihr überhaupt hier oben? Das Paket ist nur für Papa und geht euch überhaupt nichts an – und wir wollen jetzt zu Abend essen, Papa kommt heute etwas später, er hat noch eine Sitzung auf der Werft."

Alle vier machen sich auf den Weg nach unten in die Küche, in der der große Tisch bereits gedeckt ist.

Petra liebt es, für die Mahlzeiten stets eine anregende Atmosphäre zu schaffen – als Dekoration steht ein kleines Blumensträußchen neben einer brennenden Kerze auf dem Tisch. Das Essen wird so abwechslungsreich wie möglich gestaltet, so auch heute. Mehrere Sorten Brot liegen im Brotkorb, Tomaten und eine Gurke sind schon aufgeschnitten, Margarine, Butter, Käse und Aufschnitt bietet sie ihrer Familie an.

Die amerikanisch-deutsche Familie hat sich auch während ihrer Zeit in den Niederlanden und zuvor in den USA nicht das 'Fast-and Furious-'Prinzip bei den Mahlzeiten angewöhnt, alle legen viel Wert auf eine gewisse Esskultur, an den Wochenenden gehört sogar ein Tischgebet zum abendlichen Ritual.

Die drei Kinder machen sich schon bettfertig, als John nach einer anstrengenden Sitzung endlich nach Hause kommt, wo Petra für ihn das Abendessen bereithält. Während er seine Brote isst, spricht sie ihn auf das angekommene Paket an, das im Tonstudio wartet und von den Kids fast geöffnet worden wäre: „Kannst du mir inzwischen mehr dazu sagen, Darling?"

„Nein, bisher hat man sich noch nicht dazu gemeldet, und ich bin auch nicht besonders versessen darauf, den Inhalt kennenzulernen", und nach dem nächsten Bissen fährt er fort: „Ist das Paket schwer oder leicht?"

„Eigentlich leicht, vielleicht so etwa wie eine Tüte Zucker," entgegnet Petra und nimmt sich noch eine kleine Cherry-Tomate, „aber neugierig bin ich schon …!"

Nach dem Abräumen des Geschirrs und der Lebensmittel setzen sich die beiden ins Wohnzimmer, wo schon die Tageszeitung auf John wartet. Petra blättert ein wenig gelangweilt in einer Frauenzeitschrift, als John bei einer Meldung der Zeitung hochschreckt.

„Stell dir vor, Wissenschaftler behaupten, durch Gehirn-Manipulationen könnten die menschlichen Zellen vom Altern abgehalten und so am Absterben gehindert werden. Das ist doch ungeheuerlich, wollen diese Forscher wirklich in die Gesetze des Lebens und Sterbens so massiv eingreifen? Eigentlich muss man doch dagegen etwas unternehmen!"

„Aber was kannst du als einzelne Person denn schon tun? Eine Online-Petition starten? Leserbriefe schreiben? Politiker ansprechen? Das hat doch alles keinen Sinn, die Wissenschaft lässt sich nicht ausbremsen, das hat schon früher die Kirche versucht, und Galileos Wissenschaft, dass sich die Erde bewegt, hat sich natürlich durchgesetzt, entgegen der damaligen Lehrmeinung."

„Ja, du hast natürlich Recht, und man kann ja auch den wissenschaftlichen Fortschritt nicht abschaffen – aber darf man alles tun, was man tun könnte?"

Die schon fast philosophisch anmutende Diskussion zwischen den Eheleuten geht bei einem und auch zwei Gläsern Rotwein bis in den späten Abend hinein, natürlich ohne zu einem konkreten Ergebnis zu führen …

Kapitel 11 – Ein Rückfall

Berthold hat an diesem Mittwoch ein Meeting mit Ben Kossendahl, dem Verkaufsleiter einer großen überregionalen Molkerei, und mehreren von dessen Mitarbeitern, und aus dem eigenen Hause sind der Fachbereichsleiter und sein Geschäftsführer anwesend.

Es geht, wie eigentlich immer bei solchen Treffen, um Verkaufsmengen, Anlieferungsprobleme, Preise, Termine. Bis zu einem bestimmten Punkt der Verhandlungen ist es ein sachliches Gespräch, dessen Moderation Berthold übernommen hat – sein Chef ist bei derartigen Anlässen viel zu impulsiv und zerschlägt, im übertragenen Sinne, leicht einmal Porzellan …

An diesem Vormittag, die Sekretärin hat gerade Kaffee und Wasser serviert und die Herren fechten hart um Konditionen und Preise, platzt Berthold als verantwortlichem Einkäufer der Marktkette der Kragen, als seine Gegenüber neben höheren Einkaufsmengen und -preisen auch noch deutlich niedrigere Margen verlangen.

Berthold wird angesichts des Gesprächsverlaufes energisch: „Wenn Sie glauben, meine Herren, dass Sie mit uns Katze und Maus spielen können, was Preise und Mengen betrifft, haben Sie sich geirrt. Wir haben bisher immer gut zusammengearbeitet, aber die Preiserhöhungen akzeptieren wir nicht – das können Sie uns nicht zumuten, und die Preissenkungen im Verkauf ruinieren total unsere Spanne in diesem Segment! Sie wissen doch genau wie wir: Auch andere Mütter haben hübsche Töchter, und im Zweifel werden wir uns bei Ihren Wettbewerbern orientieren müssen!"

Sein Gegenüber, ein smarter Mittvierziger im dunkelblauen Anzug mit farblich gut abgestimmter Krawatte, blickt völlig erstaunt von seinen Unterlagen auf: „Aber, Herr Schaf, wir wollen doch auch in Zukunft gut mit Ihrem Hause zusammenarbeiten. Aber auch unsere Möglichkeiten sind bei der derzeitigen Lage auf dem Weltmarkt für unsere Produkte begrenzt: Entweder akzeptieren Sie unsere Vorschläge, oder …!"

„Oder was? Sie streichen uns aus Ihrer Kundenliste? Kann ich mir, können wir uns nicht vorstellen, wenn wir an die Umsätze mit Ihrem Haus in den letzten Jahren denken!"

Bertholds Chef, Tobias Monsel, hat ihn während seiner Antwort an Ben Kossendahl mit großen Augen angesehen. „Herr Schaf, ich möchte gern mit Ihnen kurz unter vier Augen sprechen", wendet er sich an Berthold, „kommen Sie bitte!"

„Was ist denn mit Ihnen los, Herr Schaf? So können Sie doch nicht mit unserem Hauptlieferanten für Molkereiprodukte umgehen, bitte reißen Sie sich zusammen – ich müsste sonst in Ihre Gesprächsführung eingreifen. Bringen Sie die Sache konstruktiv zu einem guten Abschluss!"

Berthold schluckt bei dieser Zurechtweisung: „Sie stimmen mir in der Sache aber zu, nicht wahr? Unsere Marge geht mit deren Preisen und Konditionen in den Keller!"

„Fachlich-sachlich haben Sie ja Recht, aber wir dürfen die großen Discounter mit ihrer Preisgestaltung, gerade bei Molkereiprodukten, nicht aus den Augen verlieren, daher kommen doch diese Probleme! Und jetzt lassen Sie uns bitte das Gespräch fortsetzen."

Gemeinsam betreten sie wieder das Konferenzzimmer, in dem sie schon erwartet werden.

Berthold ist zwar etwas betroffen ob der Zurechtweisung durch seinen Boss, gibt sich aber noch nicht geschlagen.

Irgendetwas in seinen Innersten sagt ihm: „Versuchs mit Telepathie, kann ja nichts passieren!"

Er konzentriert sich auf Kossendahl, den er als den 'härtesten Brocken' unter den Verhandlungspartnern betrachtet: „Gib nach, du hast den Spielraum. Zeig dich von deiner positiven Seite! Gib nach, jedenfalls bei den Einkaufspreisen!"

Der Adressat seiner Gedanken blättert in seinen Notizen und mitgebrachten Preislisten.

„Herr Kossendahl?" spricht ihn Berthold an, „wie entscheiden Sie sich?"

„Ok, ok, wir lassen die Einkaufspreise zunächst unverändert, aber bei den Verkaufspreisen müssen Sie uns entgegenkommen!"

Monsel sieht erstaunt zu Berthold hinüber, der intensiv auf sein Laptop schaut: „Dann sind wir uns also einig?"

„Ja, wir machen das so – eigentlich weiß ich gar nicht, warum ich mich darauf einlasse, aber meine Entscheidung steht!" Nachdenklich verstaut er, nachdem die Vereinbarungen unterschrieben wurden, seine Unterlagen im Aktenkoffer, und die Besucher wenden sich zum Gehen: „Bis zum nächsten Jahr, meine Herren, gute Fahrt!"

„Wir reden morgen, Herr Schaf? Es ist schon spät geworden, ich wünsche einen guten Abend!"

Berthold geht noch kurz in sein Büro, um seine privaten Utensilien in seiner Bürotasche zu verstauen, dann fährt er nach Hause, hängt seinen Gedanken nach: „Sollte ich tatsächlich den Kossendahl zu seiner Entscheidung durch meine Gedanken genötigt haben? Bin ich rückfällig geworden, entgegen meinem Versprechen, nie wieder die Telepathie einzusetzen?"

Das Abendessen mit Beate und den Kindern verläuft ziemlich einsilbig, zu sehr ist er in seinen Überlegungen gefangen.

„Beate, können wir nachher reden? Ich habe da ein Problem, über das ich unbedingt mit dir reden muss!"

„Natürlich, mein Schatz, aber wir reden doch sowieso immer miteinander ...", staunt Beate, ohne näher nachzufragen – sie kennt ihren Mann, weiß, dass der sich jetzt trotz der Andeutung nicht damit befassen wird.

Es wird neun Uhr am Abend, das TV ist ausgeschaltet. Berthold öffnet eine Flasche von dem guten Roten, den ihnen Nachbar John bei seinem letzten Besuch geschenkt hat.

Nach dem Anstoßen und gegenseitigem 'Auf dein Wohl' kommt er zur Sache: „Beate, ich bin rückfällig geworden, glaube ich jedenfalls! Du erinnerst dich doch an mein Versprechen, nie wieder Telepathie einzusetzen, um Menschen zu beeinflussen? Und heute habe ich einen Geschäftspartner unserer Firma dazu verleitet, Bedingungen zu akzeptieren, die er so eigentlich nicht wollte! Soll ich mit meinem Chef darüber reden, ihm sagen, wie das Gesprächsergebnis zustande gekommen ist?"

„Berthold, bist du wahnsinnig? Das darfst du auf keinen Fall tun, der würde das sofort ausnutzen oder, im Gegenteil, dich aus Angst vor Manipulationen deinerseits entlassen! Tu das nicht, auf gar keinen Fall, das ist extrem gefährlich!"

„Ja, du magst Recht haben, aber ich fühle mich so unwohl bei dem Gedanken daran, etwas Unkorrektes getan zu haben!"

„Wir wollen nicht mehr daran denken, und du solltest die Aktion auch vergessen, schließlich ist es ein einmaliger Vorgang, und du hast doch deiner Firma sogar etwas Gutes getan, so solltest du die Sache betrachten.

Aber noch einmal ein solcher Versuch wäre sicherlich nicht gut, nicht für dich, nicht für deine Firma und auch nicht für uns! Lass uns jetzt das Thema wechseln und über Malte und Johanna sprechen, da gibt es auch etwas zu bereden ...".

Geschickt lenkt Beate das Gespräch in eine andere Richtung, sie kennt ihren Berthold gut und weiß, dass mit dem Thema 'Kinder' bei ihm alles Andere verblasst.

Trotz dieses Gesprächs schläft Berthold in dieser Nacht sehr unruhig, seine Gedanken und auch Träume drehen sich um die Zeit in seinem 'schwarzen Kokon' im Krankenhaus, als er sich lediglich durch die Telepathie mit anderen Menschen verständigen konnte ...

Wie gerädert wacht er am Morgen auf, sitzt unausgeschlafen und einsilbig mit seiner Familie am Frühstückstisch.

Es ist Donnerstag, Malte hat am späten Nachmittag Fußballtraining. „Papa, kannst du mich abholen?"

In Bertholds Erinnerung steigen die Ereignisse an seinen Unfall vor nun etwa fünf Monaten wieder hoch, auch an dem Unfalltag damals wollte er Malte nach Dienstschluss vom Training abholen ...

„Malte, kannst du mit jemand anderem fahren? Ich kann nicht garantieren, wann ich Feierabend habe."

„Och Papa, du warst doch sonst immer pünktlich, nur nicht das eine Mal damals!"

Beate wirft ihrem Jungen einen strafenden Blick zu – das Thema sollte eigentlich Tabu sein, so hatte sie es mit den Kindern abgesprochen.

„Ist schon gut, Beate, alles gut, aber es passt zeitlich heute wahrscheinlich überhaupt nicht – könnt ihr euch nicht mit John abstimmen, damit er Paul und Malte abholt?" „Ich rufe gleich an, bevor er aus dem Haus geht."

„Danke, Mama!", ruft Malte über den Tisch.

Kapitel 12 – Soldat John Bertoli

Bis zum Nachmittag läuft es in John's Büro planvoll und ruhig – er arbeitet zurzeit an der Elektronik für die Steuerung des Fernsehstudios des auf der Werft gerade in Arbeit befindlichen Schiffes.

Er hat sich gerade einen Becher Kaffee aus dem Automaten geholt, als sich sein Smartphone meldet. Für ihn nicht ganz unerwartet ist Ellen Winter die Anruferin, und sie hat einen konkreten Auftrag für ihn: Er solle das bei ihm bereits angekommene Paket öffnen und sie anschließend auf dieser Rufnummer informieren – er bekäme dann weitere Anweisungen. „John, Sie sind immer noch Soldat, vergessen Sie das nie!" Damit endet schon das kurze Gespräch.

Mit seiner Nachbarin Beate hat er vereinbart, Malte und Paul heute vom Fußballtraining in der Werterfehner Sporthalle abzuholen, und deshalb macht er sich unmittelbar nach dem offiziellen Feierabend auf den Weg, heute ohne einen Zwischenstopp in dem kleinen Café am Markt, wie er es eigentlich mag – viele Kollegen sind dort ebenfalls Stammgäste.

Sein erster Weg im Haus, nach der Begrüßung der Familie, führt ihn in sein kleines Tonstudio und dort unmittelbar zu dem immer noch verschlossenen Paket 'ohne Absender'.

Er öffnet es und findet darin ein Smartphone, es sieht nicht ungewöhnlich aus.

Eine beiliegende Bedienungsanleitung trägt als dicke Überschrift „Top Secret – Level red", und als ersten Text „Please read first, Major Bertoli".

Es ist also kein Massenprodukt, sondern speziell auf ihn und seine Aufgabe, die noch nicht genau definiert ist, zugeschnitten.

Aus der Wohnung hört er Petra rufen. „John, wo bleibst du denn? Das Abendessen ist fertig, bitte komm herunter!"

John verstaut die Box einschließlich der Anweisungen sorgfältig in seinem Notenschrank, verschließt ihn sorgfältig und geht hinunter zu seiner Familie, äußerst nachdenklich …

Mit den Worten „Ich habe noch etwas im Studio zu erledigen" steht er nach dem Abendessen vom Tisch auf, „es kann etwas länger dauern!"

In seinem Studio nimmt er sich zunächst die geheime Bedienungsanleitung zur Hand, blättert ein wenig darin herum. „Aktivieren Transponder", „Aktivieren Receiver", „Fixieren GPS-Position" - das sind nur einige der Themen, die dort aufgeführt sind, selbstverständlich in Englisch, aber das ist für ihn als Amerikaner natürlich kein Problem.

Eine Rufnummer in den Staaten auf der Innenseite des festen Umschlages erinnert ihn an den Auftrag, Ellen Winter anrufen zu müssen.

„001-402-....." Der Ruf geht direkt zu Ellen Winters Büro, sie hat Johns Anruf bereits erwartet.

„Hi, John!"

„Hi, Ellen! Warum soll ich bei Ihnen anrufen?"

„Nun, es ist Zeit, dass Sie mit dem Auftrag beginnen, den wir Ihnen zugedacht haben. Das besondere Smartphone haben Sie eingeschaltet und einen ersten Blick in die Bedienungsanleitung geworfen?"

„Ja, und so manches dort verwirrt mich! Wozu das Ganze?" Ellen Winter geht nicht auf seine Fragen ein, das Gespräch dreht sich zunächst nur um einen Punkt: John soll den Transponder aktivieren.

„Welchen Transponder?" ist die logische Frage an Ellen. „Natürlich den im Kopf von Berthold Schaf, Ihrem Nachbarn. Wissen Sie denn nicht um seine Besonderheit? Nein? Dann will ich es Ihnen erklären!", und holt zu einem etwas längeren Vortrag über Bertholds Kopf-Operation und die im Gehirn implantierten Nano-Chips aus.

„Wir müssen jetzt zunächst als ersten Schritt den Transponder aktivieren, damit wir bei Bedarf seine GPS-Daten via Internet auslesen können, das ist sehr wichtig - Sie haben doch WLAN?"

John antwortet nicht direkt auf die Frage von Ellen: „Und was passiert dann im Kopf meines Nachbarn und Freundes?"

„Voraussichtlich wird er davon überhaupt nichts spüren, vielleicht ein leichtes Wärmegefühl, wenn wir gerade seine Position abfragen, aber das sind immer nur Sekunden!"

„Ich weiß noch nicht, ob ich das tun werde, Ellen! Ich möchte nichts tun, was einem Menschen schadet, es war in Afghanistan schon schlimm genug. Ich bin Ingenieur und kein CIA-Agent!"

In Anlehnung an das berühmte Flaggensignal von Admiral Nelson vor der Schlacht von Trafalgar führt Ellen das Gespräch mit den Worten „America expects that everybody will do his duty!" fort. Dann legt sie auf und hinterlässt einen sehr, sehr nachdenklichen John Bertoli, der das neue Smartphone nachdenklich anschaut: „Ich muss darüber nachdenken", sagt er zu sich selbst, bevor er wieder zu seiner Familie hinuntergeht.

Kapitel 13 – Beginn der Aktion

E s ist eine sehr, sehr stressige Situation bei Brainrise Robotics. Gestern waren die Herren aus dem Pentagon noch einmal im Büro von Bob und haben mit ihm ein sehr eindrückliches Gespräch geführt – man erwartet dringend Ergebnisse.

Bob konnte ihnen mitteilen, dass Brainrise Robotics die Firma Future Enterprises in Nebraska tatsächlich mit ins Boot genommen hat – die Herren nicken bei dieser Information wissend, zustimmend.

„Wir haben dadurch erreicht, dass der Nachbar unserer Zielperson als Kontaktmann für FE gewonnen werden konnte und seinem Land durchaus verpflichtet ist – wir erwarten schon bald die ersten Ergebnisse aus diesem Kontakt". Bob blickt seine Gegenüber erwartungsvoll an: „Damit ist der erste Schritt gegangen, und viele erfolgreiche werden folgen!"

Tailor und Densel sehen sich bedeutungsvoll an, Tailor ergreift das Wort.

„OK, ok, Bob, dann scheint die Sache ja ins Laufen zu kommen – wir werden entsprechend berichten, damit die Finanzierung von Brainrise Robotics, soweit in unserer Zuständigkeit, weiterhin gesichert ist".

Die Herren verabschieden sich und fahren zufrieden zurück nach Arlington (Virginia) am Potomac River.

Am heutigen Donnerstag will Bob die Sache endgültig mit seinen Hauptakteuren klären.

„Susan, wie weit bist du mit deiner Puppe? Kann sie schon Befehle empfangen? Und reagieren?"

„Susan-2 ist schon fast perfekt! Es fehlen noch einige ganz wenige Komponenten, die ich ihr aber in den nächsten Tagen einprogrammieren kann, wenn mich kein anderes Projekt davon abhält ..."

„Mit Sicherheit nicht, du bist von allen anderen Aufgaben freigestellt!"

„Ok, dann konzentriere ich mich ganz auf meine neue Freundin, aber Mat hat gesagt, sie darf nicht so aussehen wie ich!"

„Mat, hast du etwas gegen Susan?" grinst Bob zu Mat hinüber, der zu Boden schaut – Bob kennt ganz genau die besondere Beziehung zwischen den bei-

den, nachdem er sie bei der letzten Weihnachtsfeier fast bei Intimitäten ge-
stört hätte.

„Bob, was denkst du denn von mir, von uns? Wir haben nichts miteinander,
du kennst doch meine Helen, der bin ich absolut treu!"

Susan blickt ihn bei seinen Worten ganz intensiv an: „Ja, ja, du und deine Helen!"

Bob übernimmt wieder das Gespräch: „Nun aber wieder zum Thema, Herrschaften! Die Leute vom Pentagon waren sehr zufrieden über unsere Kontakte zu Future Enterprises. Zu eurer Information: In der direkten Nachbarschaft
zu unserem Probanden haben sie einen Agenten platziert, der die Aktivierung
der Nano-Chips übernehmen wird, und dann, mein lieber Mat, beginnt deine
Arbeit, wenn auch über Tausende Meilen hinweg. Du sollst den Mann dazu
bewegen, bestimmte Aktionen auszuführen, die uns die Geheimdienstler noch
aufgeben werden."

„Susan," wendet er sich seiner Mitarbeiterin zu, „deine Puppe kommt dann
etwas später zum Einsatz – wir wissen noch nicht, wie wir sie in die Nähe des
Probanden schaffen können."

„Nichts einfacher als das," antwortet ihm Susan, „der Mann hat doch eine
Tochter, wie Mat erzählte, und die soll doch etwas Schönes zum Geburtstag
oder zu X-Mas bekommen, oder?"

„Genial, deine Idee, Susan, bleibt nur die Frage, wann der Geburtstag ist. Bis
X-Mas ist es ja noch etwas lange Zeit, so lange werden unsere Auftraggeber
nicht warten wollen. Mat, kannst du erfahren, wann die Kleine Geburtstag
hat?"

Mat denkt einen Augenblick nach. „Ja, ich habe da eine Idee."

Bob Mulligan nimmt drei Whiskygläser aus einem Aktenschrank und schenkt
von dem alten Malt reichlich ein: „Auf unser großes Projekt! Viel Erfolg euch
beiden!" Susan und Mat verlassen das Chefbüro – ein zufriedener Bob schaut
ihnen nach ...

„Kommst du noch einen Augenblick mit in mein Office?" Mit einem vollen-
deten Augenaufschlag sieht sie Mat an, der ihrem Blick kaum standhalten
kann.

„Nee, lass mal, Susan, ich muss jetzt mit Deutschland telefonieren wegen des kleinen Mädchens, bis später!" Mit diesen Worten verschwindet er schnell in Richtung seines Büros – Susan sieht ihm mit einem überlegenen Lächeln im Gesicht nach ...

In seinem Smartphone ist die Nummer von Prof. Ulrich Perley, Hannover, Germany noch gespeichert, den will er jetzt anrufen.

Ein Blick auf die Uhr zeigt, dass es jetzt 5 p.m. ist, also in Hannover etwa 22 Uhr. Zu dieser Zeit kann er jetzt unmöglich in Deutschland anrufen – die Zeitverschiebung spricht dagegen, also heißt es warten bis zum nächsten Tag.

Wie immer sichert Mat seine aktuellen Dokumente in der Cloud und will gerade in den Feierabend starten, als Kitty in sein Office gesurrt kommt.

„Mister Mat", mit Susans Stimme spricht ihn die kleine Robotta an, „ ich soll dir etwas von Susan ausrichten, aber ich sage es nur, wenn du mir danach nicht böse bist!"

„Kitty, wann wäre ich dir je böse gewesen?"

„Ja, nein, aber manchmal knurrst du mich schon an. Egal, ich soll dir sagen, dass du heute nicht nach Hause fahren darfst. Susan hat gesagt, du müsstest mit ihr die Nacht durcharbeiten, und ich dürfe euch dabei nicht stören und würde sonst abgeschaltet. Das will ich aber nicht!"

„Liebe Kitty, geh ruhig zu deiner Station, du wirst nicht abgeschaltet, und Susan kommt auch allein zurecht. Ich fahre jetzt nach Hause, bis Morgen!"

Kapitel 14 – Intermezzo

M at packt seine privaten Utensilien zusammen, fährt die Rechner herunter, steigt in den Lift, verlässt das Gebäude und geht mit ruhigem Schritt zu seinem Wagen.

Als er gerade auf dem Fahrersitz Platz genommen hat, entwischt ihm ein „Na, altes Mädchen, dich sollte ich auch mal wechseln und gegen etwas Jüngeres eintauschen!" Dann startet er den Wagen, dessen Motor heute nicht richtig rund läuft: „Hoffentlich bleibe ich nicht unterwegs liegen", denkt er etwas beängstigt, „das wäre sehr unangenehm bei dem dichten Feierabendverkehr!"

Susan, die dank der von ihr im Wagen installierten Spionageelemente alle seine Aktivitäten in dem alten Chrysler im Büro auf ihren Monitoren beobachten kann, grinst in sich hinein: „Mat, pass auf, deine Reise heute ist gleich zu Ende!"

Sie steuert auf einem Monitor die Fahrzeug-Manipulations-Software an und unterbricht, nachdem sie gesehen hat, dass für Mat keine Gefahr besteht, die Zündung – Mat bleibt nur noch die Möglichkeit, eine Parkbox am Straßenrand anzusteuern.

Mit einem herzhaften Fluch auf den Lippen steigt Mat aus, klappt die Motorhaube hoch und versucht, den Fehler zu lokalisieren – er hat keine Chance, es bleibt ihm nur der Hilfsdienst des MCA, des Motor Club Of America, vielleicht kann ihm aber auch der AAA, American Automobile Association, der zweite Automobilklub, dem er angehört, helfen.

Die Telefonate mit den Leitstellen der Klubs machen ihm wenig Hoffnung, seinen jetzigen Standort bald wieder mit dem Wagen verlassen zu können …

Er informiert Helen, die ihn in diesen Minuten bereits zum Abendessen erwartet hatte, dann ruft er bei Susan an, die zwar äußerst erstaunt tut, obwohl sie seine Panne - was er natürlich nicht wissen kann! - verursacht hat: „Eine Motorpanne? Oh je, das ist schlimm. Kann ich dir irgendwie helfen?"

„Ich weiß nicht, wann die Typen vom Pannendienst kommen. Das Beste wird sein, ich verschließe den Wagen und versuche, mit einem Yellow Cab nach Haus zu kommen, und morgen lasse ich die alte Dame dann abholen …"

„Wenn es dir hilft – ich könnte dich abholen, und du übernachtest im Büro. Wenn du mir deinen Standort sagst", - den sie natürlich dank ihrer Spionagesoftware bereits weiß - „hole ich dich ab, aber ich werde dich nicht nach Hause fahren, das ist mir zu weit!"

„In Ordnung, ich bin noch nicht sehr weit gekommen, bin auf dem Parkplatz in der Alma Street in Menlo Park gleich hinter der Willow Road, das wirst du finden, denke ich".

„Ich muss nur noch meine Daten sichern, dann fahre ich sofort los – bis gleich, Mat!"

Es vergehen etwa 25 Minuten, bis er den kleinen roten Wagen von Susan auf den Parkplatz einbiegen sieht. Er geht ihr entgegen, als sie die Parkbucht hinter seinem Wagen ansteuert.

„Da bist du ja schon, ich hatte befürchtet, hier die Nacht mit warten auf ein Service-Car verbringen zu müssen. Ich werde den Leuten erst einmal absagen, und dann kläre ich die Sache morgen in der Früh. Lass uns jetzt ins Büro fahren".

Susan räumt ihre auf dem Beifahrersitz liegenden Utensilien nach hinten in den Font des Wagens: „Wollen wir erst noch etwas essen gehen? Ich habe einen Riesenhunger, und dir geht es doch bestimmt ähnlich!" Sie steuert, ohne auf eine Antwort von Mat zu warten, den Parkplatz des Menlo Grill an.

„Komm, du darfst mir jetzt ein tolles Essen spendieren, schließlich habe ich dich gerettet!"

„In Ordnung, aber erst mal telefonieren". Mat nimmt sein Smartphone und geht einige Schritte zur Seite, informiert Helen von seinem Missgeschick – von Susans Hilfe erzählt er vorsichtshalber nichts, denn Helen kann sehr eifersüchtig sein …

Das Essen ist wirklich ganz vorzüglich, aber da Susan noch fahren muss, hält sie sich bei dem schweren Rotwein, den Mat gewählt hat, zurück – der hingegen genießt den Abend, das Essen, die verheißungsvollen Blicke seiner Begleiterin, die unausgesprochenen Versprechungen, Andeutungen, und er spricht auch dem Wein reichlich zu.

Es mag etwa gegen 11 p.m. sein, als Susan zum Aufbruch mahnt: „Mat, wenn wir noch eine Mütze Schlaf haben wollen, sollten wir jetzt zum Büro fahren, das Lokal wird nicht unseretwegen extra lange geöffnet bleiben ...".

„Nur noch ein Gläschen Roten, liebe Susan, als Absacker sozusagen", Mats Stimme ist schon leicht lallend, „nur noch einen Schluck!"

„Lass uns jetzt zahlen, du hattest genug Wein, sonst ist mit dir doch überhaupt nichts mehr anzufangen, Mat", flüstert Susan ihm ins Ohr, und dabei berührt ihre Wange ganz sanft die seine. Blitzartig wendet Mat seinen Kopf, und ehe sie reagieren kann, küsst er sie auf ihre vollen, sinnlichen Lippen. Er dreht seinen Kopf wieder zurück in Richtung auf den Kellner: „Ich will jetzt zahlen!"

Anschließend verlassen sie den Menlo Grill. Mat hakt sich bei Susan ein und schwankt mit ihr zu ihrem Wagen – er hatte doch ein, zwei Gläser Wein zu viel! Susan hingegen ist absolut nüchtern – Alkohol am Steuer wird auch in Kalifornien sehr, sehr schwer bestraft!

Kaum im Wagen sitzend, lehnt sich Mat an ihre Schulter, atmet tief durch und schläft ein. „So haben wir nicht gewettet, Matthias Bremer, du sollst nicht im Auto schlafen, sondern mit mir!" Mit diesen Worten schiebt sie ihn zurück auf den Beifahrersitz und fährt in Richtung Brainrise Robotics.

Sie hat Mühe, den betrunkenen Mat aus dem Auto und ins Haus zu schaffen, immer wieder sacken ihm die Beine weg - wäre nicht der Pförtner gewesen, der deswegen sogar seine Loge verlässt, hätte sie es nicht geschafft, Mat in den Lift zu transportieren. „Ihr Begleiter hat aber ganz schön geladen, mit dem können Sie heute nichts mehr werden", zwinkert er Susan vertraulich, etwas aufdringlich zu.

„Oh, ja, was habe ich mir da nur eingefangen, den Abend habe ich mir doch etwas anders vorgestellt", antworte sie und transportiert den großen schweren Mat mithilfe des Pförtners in den Chill-Room des Büros, wo sie ihn auf eine Couch packt und ihm die Schuhe auszieht – geplant war von ihr eigentlich etwas völlig anderes ...

Kapitel 15 – Amerika drängt zur Aktion

J ohn sitzt nach dem letzten Anruf von Ellen Winter nachdenklich in seinem Studio. Seit dem Einzug seiner Familie in dieses Haus hier in Werterfehn hat er noch nicht eine Stunde an Keyboard und Mischpult verbracht, kein einziges Arrangement geschrieben für seine Jungs in Holland – jetzt aber bewegt ihn leider das andere Thema und nicht die Musik!

Mit der Vorstellung, mit einem Tipp auf einen Button des Displays seinen Nachbarn und Freund zu schädigen, kann er sich nicht anfreunden, zu unbekannt sind ihm auch die Konsequenzen seines Handelns – was wird im Gehirn von Berthold geschehen? Andererseits besteht die Drohung von Ellen, die alte Sache aus Afghanistan wieder hochkochen zu wollen, und das kann ihm und seiner Familie die Existenz kosten!

Es ist jetzt etwa 22 Uhr, und die Unsicherheit über sein weiteres Vorgehen in Sachen Berthold veranlasst ihn, zum Smartphone zu greifen und die Nummer von Ellen zu wählen: „Hi, Ellen, hier ist John aus Deutschland. Wir müssen reden, Auge in Auge, wir sollten uns treffen, kurzfristig!"

Ellen Winter ist von seinem Anruf nicht gerade entzückt. „Nein, lieber John, das werden wir ganz bestimmt nicht, ich werde wegen dieser Sache zunächst nicht nach Deutschland kommen - es ist doch eigentlich ziemlich klar, was Amerika von Ihnen erwartet, oder etwa nicht? Sie haben einen eindeutigen Auftrag, Sie haben das Geld bekommen und, soweit ich informiert bin, auch schon verwendet, also folgen Sie jetzt bitte auch meinen Anweisungen! Goodbye!"

Die eiskalte Abfuhr bedrückt John noch mehr, als es die Sache ohnehin schon tut. Was bleibt ihm also als Wahlmöglichkeit? Nichts, wie es zurzeit scheint, und es gibt keinen Ausweg aus dieser vertrackten Situation!

Inzwischen ist es 23 Uhr geworden, und John verschiebt die endgültige Entscheidung auf den nächsten Vormittag, geht hinunter ins Wohnzimmer, in dem Petra auf ihn gewartet hat – sie hat von dem Telefonat glücklicherweise nichts mitbekommen ...

„Magst du noch mit mir ein Glas Wein trinken, Liebling?" Ohne auf seine

Antwort zu warten, füllt sie die Gläser, reicht ihm eines davon. „Ich bin so froh und glücklich, dass wir hier in Werterfehn gelandet sind, wir fühlen uns so wohl in diesem kleinen Ort, und auch die Schafs – wo findet man schon solche Nachbarn, meinst du nicht auch?"

John sieht sie nachdenklich an, nickt nur zu ihren Worten und nimmt einen großen Schluck von dem Rotwein. „Auf unser Wohl, mein Schatz!"

Etwa eine Stunde später hat sich das Ehepaar Bertoli zur Ruhe begeben. Petra, die sehr gern mit ihrem Mann noch etwas gekuschelt hätte, muss sich mit einem liebevollen Gute-Nacht-Kuss zufrieden geben – etwas enttäuscht dreht sie sich auf die Seite und versucht zu schlafen.

Zwei Stunden später schreckt sie hoch, ihr John wälzt sich unruhig in seinem Bett hin und her, stammelt unverständliches Zeug, anscheinend auf Englisch. Sie fühlt zu ihm hinüber – John liegt in Schweiß gebadet neben ihr, wälzt sich immer noch herum. Mit sanfter Hand versucht sie, ihn aus seinem Albtraum zu wecken, was ihr schließlich auch gelingt.

„Was ist denn mit dir, mein Liebling? Du bist ja völlig verschwitzt, willst du dich nicht umziehen?"

John ist von seinem Traum noch völlig verwirrt, reagiert nicht auf ihre Worte und stammelt etwas von „Berthold, Manipulation, Gehirn", dann dreht er sich wieder auf seine Schlafseite und ist nach kurzer Zeit wieder eingeschlafen – Petra hingegen liegt noch lange wach und beschließt, ihren Mann am nächsten Morgen ausführlich nach seinem Albtraum zu befragen.

An diesem Samstagmorgen beschließt John, seiner Petra die volle Wahrheit über die wunderbare Geldvermehrung auf ihrem Bankkonto und den Geheimauftrag von Ellen Winter zu sagen, es fehlt nur noch die Gelegenheit, denn ihre drei Kinder dürfen davon natürlich absolut nichts erfahren!

Der Tag verspricht, ein schöner Herbsttag zu werden, und so beschließen ihre Kinder, am Nachmittag gemeinsam mit Johanna und Malte einen kleinen Fahrrad-Ausflug zu unternehmen, was diese natürlich ganz toll finden – so werden Petra und John voraussichtlich die Zeit für ihr von John angestrebtes Gespräch finden.

Nach dem gemeinsamen Mittagessen setzen sie sich auf ihrer Terrasse in die warme Mittagssonne – die Kinder sind wie geplant unterwegs mit ihren Freunden.

John sieht seine Petra nachdenklich an: „Ich muss mit dir besprechen, was mich sehr bedrückt", erzählt es ihr, von Ellen Winter, ihrer Erpressung mit der Katastrophe damals in Afghanistan, dem Gerät, das mit der Post gekommen war und das jetzt zum Einsatz kommen muss.

Petra kommt bei seinem Bericht aus dem Staunen nicht heraus.

„Da verstehe ich natürlich deinen Albtraum von heute Nacht, gibt es keinen Ausweg aus dieser Zwickmühle?"

„Ich weiß mir keinen anderen Rat, Petra, als dem Auftrag, ja dem Befehl der Winter Folge zu leisten – die Existenz unserer Familie steht auf dem Spiel, es gibt kein Entrinnen!"

Johns 'gewöhnliches' Smartphone meldet sich, wie immer mit dem „Stars and Stripes"-March.

„Hier spricht Ellen Winter – bitte hören Sie nur zu, John, und antworten Sie nicht. Sprechen Sie mit niemandem, ich betone, mit niemandem auf der Welt, über dieses Gespräch.

Sie werden heute um 10 p.m. Ihrer Zeit an der Steuerungsbox den Button „Activate GPS" für exakt fünf Sekunden drücken, danach schalten Sie die Box wieder aus. Wenn Sie alles verstanden haben, beenden Sie JETZT unser Gespräch!"

John drückt an seinem Smartphone die „Ende"-Taste – das Gespräch ist beendet. Er sinkt in seinem Sitz zusammen, Petra hat das Gefühl, dass ihm gleich die Tränen kommen, und umarmt ihn: „Es war Amerika, oder?"

John nickt, wirklich den Tränen nahe, und nimmt ihre Hand. „Wir stehen das durch, vielleicht wird ja alles nicht so schlimm," tröstet er Petra und sich selbst ein wenig, „Vielleicht funktioniert das alles ja auch nicht – hoffen wir es".

Der Abend kommt, und mit ihm die Entscheidung zum Handeln. Nach dem Abendessen, die Kinder haben sich in ihre Zimmer zurückgezogen, sieht John seine Petra mit einem langen, vielsagenden Blick an: „Ich tue es, Punkt zehn Uhr werde ich meinen Auftrag erfüllen, hoffentlich passiert dem Berthold dabei nichts – es geht ja nur um GPS-Daten, das kann ja nicht schlimm werden."

Gegen Viertel vor zehn Uhr steigt er hinauf in sein Studio, nimmt die Box zur Hand, exakt um zehn drückt er auf den Button mit der Kennzeichnung „Activate GPS".

Anschließend, noch an seinem Schreibtisch sitzend, stützt er den Kopf in seine Hände – er ist sich, allen vorherigen Beschwichtigungen durch Ellen Winter zum Trotz, der Konsequenzen seines Tuns in etwa bewusst.

Es dauert keine 10 Minuten, bis sich die Winter bei ihm meldet.

Kapitel 16 – Aktivierungen

S usan bemüht sich, nachdem sie mehr schlecht als recht in einem der Sessel im Chill-Room geschlafen hat, zum einen, selbst richtig wach zu werden, bevor die ganze Büromannschaft eintrifft, zum anderen versucht sie auch, Mat wieder ins Reich der Lebenden zurückzuholen, was mit ziemlichen Schwierigkeiten verbunden ist.

Sie ruft Kitty herbei, bittet die kleine Robotta um einen starken Kaffee und zwei Frühstücksbrötchen, dann rüttelt sie Mat wieder und wieder an den Schultern, damit er endlich seinen Tiefschlaf beendet - es gelingt ihr erst nach vielen vergeblichen Versuchen …

„Los, du altes Murmeltier, aufstehen!"

Schlaftrunken reibt sich Mat die Augen.

„Susan, du – hier?"

„Wo soll ich denn sonst sein, du Trunkenbold, gestern Abend hast du mir ganz heftige Probleme bereitet, sogar der Pförtner musste mithelfen, dich auf die Couch zu legen!"

„Da war der letzte Wein bestimmt schlecht," grinst Mat zu Susan hinüber, „tut mir leid, dass ich dir solche Mühe gemacht habe, war nicht geplant!"

Er wälzt sich von der Couch und geht hinüber in die Herren-Toilette, um sich ein wenig frisch zu machen. Nach einigen Minuten ist er zurück: „Kitty, hast du für mich auch einen Kaffee und etwas Essbares?"

„Mister Mat", Kitty hatte an der Tür zum Chill-Room gewartet, „steht doch schon auf dem Tisch, hatte Susan schon geordert!"

„Prima, da kann ich mich gleich um mein Auto kümmern und dann bei Helen anrufen. Danach geht es flott an die Arbeit, meine Damen", grinst er Susan und Kitty zu, die seine plötzliche Aktivität gar nicht so lustig finden ...

Mat ruft zunächst beim MCA an, die sich in der Nacht noch sein Auto vorgenommen und in eine Vertragswerkstatt geschleppt haben, wo der alte Chrysler schon auf Mat wartet. „Wir haben kein technisches Problem an Ihrem Wagen finden können, Mister Bremer, da ist alles in Ordnung. Aber einige andere Dinge sind uns aufgefallen, aber darüber sollten wir vor Ort reden. Wann können Sie hier sein?"

„Um die Mittagszeit, passt das?" „OK, Paul Milster wird Sie dann betreuen, bis dann!"

****

Im Büro läuft die Arbeit wie immer, niemand hat bemerkt, dass Susan und Mat im Chill-Room übernachtet haben.

Gegen Mittag lässt sich Mat von einem YellowCab zur Werkstatt von Paul Milster bringen, der ihn schon erwartet.

„Hi, Mister Bremer, da sind Sie ja schon! Wie Ihnen meine Mitarbeiterin schon gesagt hat, ist der Wagen in Ordnung, auch die Zündung. Aber uns ist aufgefallen, dass der Wagen massiv manipuliert wurde, und zwar sowohl im Bereich der Maschine als auch im Innenraum – zusätzlich haben wir noch einen Sender entdeckt, der anscheinend die Fahrzeug- und Innenraum-Informationen an jemanden übermittelt, dazu kommt, dass auch ein GPS-Modul versteckt im Font angebracht wurde. Da werden Sie massiv ausspioniert, Mister Bremer, ganz massiv! Sie sollten die Polizei informieren!"

Während der Mitteilungen von Paul Milster ist Mat immer tiefer in seinen Sitz gerutscht Die Nachrichten, die er soeben erhalten hat, weisen ganz eindeutig auf Susan und ihre Fähigkeiten hin, und auf ihr Ziel, Mat für sich zu gewinnen, und sei es auch nur für eine Nacht.

„Ich denke, Paul, da ist die Polizei nicht von Nöten, ich kenne die Quelle für diese Manipulationen, und, bitte, bauen Sie alles aus, was Sie in dieser Richtung finden können! Ich werde jetzt wieder ins Büro fahren und mir weitere Schritte überlegen! Den Wagen hole ich zum Abend ab."

Diese Schritte wollen wohl bedacht werden - wenn er Susan direkt damit konfrontiert, wird sie natürlich alles ableugnen. „Nein, ich doch nicht, warum sollte ich?" wird sie sagen. Und andererseits muss er auch in Zukunft mit ihr gemeinsam weiter an dem großen Projekt arbeiten. Mat beschließt, zunächst einmal nichts zu unternehmen und auf Susans Reaktionen zu warten, wenn sie bemerkt, dass ihre Spionagesoftware nicht mehr funktioniert.

****

Im Büro von Bob kommt, während Mat noch unterwegs ist, ein Anruf von Ellen Winter an, der wichtigsten Frau bei Future Enterprises, die ihm bisher nicht bekannt war.

„Hallo, Mister Mulligan! Ich bin Ellen Winter und arbeite bei Future Enterprises in Nebraska, einem Unternehmen, das eng mit dem Navy Intelligence Service NIS kooperiert.

Ich würde Sie gern morgen am Vormittag besuchen kommen und mit Ihnen einige Dinge in Bezug auf Ihr großes Projekt besprechen, ist Ihnen das Recht?"

Bob ist regelrecht überrumpelt und stimmt sofort zu.

„Aber meine wichtigsten Mitarbeiter sind dabei, nicht wahr?" „Das geht in Ordnung, Mister Mulligan, bis morgen dann!"

Bob informiert Susan über den bevorstehenden Besuch, fragt: "Und wo ist Mat?", stürmt wieder hinaus, ohne eine Antwort abzuwarten, und verschanzt sich in seinem Büro – niemand soll ihn jetzt stören.

Er nimmt sich alle Unterlagen, die ihm zum Projekt „Steuerung von technischen Geräten durch Gedanken" vorliegen, und vertieft sich darin, fragt immer wieder telefonisch bei Susan nach, wenn ihm etwas unklar ist, wartet auf Mat, den er sofort zu sich zitiert, nachdem der wieder im Haus ist, und bespricht mit ihm die weitere Vorgehensweise.

„Mir scheint, dass das Pentagon jetzt gewaltig Druck machen will, Mat, da müssen wir vorbereitet sein!"

„Wir sind vorbereitet, frag Susan, wie weit sie mit ihren Algorithmen ist, dann wirst du mir zustimmen. Ich denke, wenn uns der Proband zur Verfügung steht, können wir in die Erprobung gehen!"

Inzwischen ist der Spätnachmittag herbei gekommen, und Mat muss sehen, dass er seinen Wagen aus der Werkstatt zurückbekommt.

„Mat, soll ich dich fahren? Ich will jetzt auch Feierabend haben und zu Hause in Ruhe ein, zwei Whisky trinken ..."

****

Am nächsten Morgen trifft sich Bob mit seinem Projekt-Team in seinem

Büro. Gegen 10 a.m. betritt Ellen Winter den Besprechungsraum, stellt sich kurz vor und kommt sofort zur Sache. „Meine Dame, meine Herren, es ist so weit! Heute Abend um 22 Uhr deutscher Zeit wird erstmals von dem Nano-Chip im Gehirn eines Menschen ein GPS-Signal gesendet werden, das über einen Verstärker in seiner Nähe direkt hier in Ihrem Office ankommen wird. Dieser Chip ist ja vor einiger Zeit auf Ihr Betreiben hin, Mister Bremer, dem Probanden implementiert worden, und jetzt wird er durch die von Ihnen, Miss Hanson, entwickelte Kommunikationsbox aktiviert, ein großer Schritt in Ihrem, unserem Projekt, Bob Mulligan!

Sie werden Ihre Software, die hier im Hause installiert ist, zur GPS-Positions-Dokumentation exakt um 1 p.m. aktivieren, ich werde hier bleiben und die ersten Schritte beobachten. Gehen wir an die Arbeit! Mister Mulligan, wir haben noch etwas zu besprechen. Susan, Mat, Sie können sich ans Werk machen, good luck!"

Ellen Winter hat anscheinend das Kommando bei Brainrise Robotics übernommen ...

Susan und Mat, beide noch etwas unausgeschlafen nach der letzten Nacht, gehen gemeinsam hinaus: „Was hältst du von der Dame?" fragt Susan, „denkst du dasselbe wie ich?"

„Vorsichtig formuliert würde ich sagen, sie ist sehr energisch und zielbewusst, und im Übrigen kann ich sie nicht leiden. Was mich am meisten verwundert, ist ihr Kenntnisstand über alles, was mit dem Projekt zusammenhängt! Woher hat sie dieses Wissen?"

Nach diesem kurzen Austausch gehen beide in Susans Labor, wo sie sofort den Rechner mit der speziellen Software hochfährt und das GPS-Doku-Programm startet. Sie ruft die Stammdatenverwaltung auf, legt einen neuen Überwachungsaccount an. Dabei ist sie ein wenig unaufmerksam, sodass Mat sehen kann, dass sein Name in der Accountliste aufgeführt ist: „Wieso, liebe Susan, sehe ich mich in der Liste, wieso habe ich dort einen Account?"

„Das war nur mal so zum Testen, da sind keinerlei Daten gespeichert, sei unbesorgt!"

Natürlich ist Mat besorgt und verlangt von ihr, auch die Bewegungsdaten einsehen zu dürfen, was Susan allerdings vehement ablehnt – schließlich hat sie seit Wochen sein Bewegungsprofil gespeichert. „Nein, Mat, das will ich nicht, Finger weg von meiner Software."

Mat, der wegen der Erkenntnisse seiner Autowerkstatt ohnehin über Susans heimliche Aktivitäten informiert ist, geht seinem Ansinnen nicht weiter nach: „Lass uns das Projekt bearbeiten – die Detaildaten zu unserem Probanden habe ich auf meinem Schreibtisch, ich hole sie, warte."

Er ist schnell zurück und diktiert Susan die relevanten Informationen über die Zielperson Berthold Schaf.

„Wenn die Winter den Transponderchip aktivieren – ob der Schaf dann nicht Probleme bekommt?", fragt Susan – Mat zuckt nur mit den Schultern: „Keine Ahnung, ist auch unwichtig für das Projekt!"

Inzwischen ist es 12 Uhr geworden – High Noon.

„Wollen wir noch schnell beim McDonalds etwas essen gehen?" „Ok, ich sichere nur noch schnell die Daten und schließe den Rechner elektronisch ab." Susan ist nach wenigen Minuten soweit, und beide verlassen Labor und Gebäude.

Das Fastfood-Restaurant ist nur wenige Gehminuten vom Büro entfernt, beiden fällt nicht auf, dass ihnen seit dem Verlassen des Büros zwei Männer gefolgt sind, die sie nicht aus den Augen lassen.

Das Essen ist wie immer, wie immer in solchen Restaurants, und natürlich kein Vergleich zu dem im Menlo-Grill gestern Abend, und Wein nehmen sie jetzt natürlich auch nicht als Getränke – Cola tut es heute auch.

Sie zahlen, jeder für sich, und starten wieder in Richtung des Bürogebäudes von Brainrise Robotics, als Susan auf die beiden Männer aufmerksam wird, die unmittelbar nach ihnen das Restaurant verlassen. Sie hakt sich vertraulich bei Mat ein und flüstert ihm zu: „Wir werden beobachtet, lass uns einfach weitergehen, als hätten wir es nicht bemerkt. Die beiden Männer haben uns schon seit dem Verlassen des Büros verfolgt!"

Mat bricht in ein schallendes Gelächter aus, als habe ihm Susan einen Scherz ins Ohr geflüstert und raunt ihr zu: „Hab ich schon gemerkt, lass uns zügig ins Büro gehen!" Noch immer lachend betreten sie die Lobby des Brainrise Robotics-Gebäudes und werden dort sofort wieder ernst. „Wieso schickt uns jemand die Männer hinterher?" Susan ist verwirrt. Und Mat meint: „Das kann nur die Winter sein, die ist mir ohnehin nicht ganz geheuer …!"

Die Uhr zeigt inzwischen 12:45 p.m., Zeit, die Software in Susans Labor zu starten. Aus dem Chefbüro kommen gleichzeitig Ellen Winter und Bob Mulligan – beide wollen beobachten, ob die erste GPS-Ortung erfolgreich ist.

Gespannt starren alle vier auf die mit Susans Monitor verbundene Präsentationswand, auf der ein GPS-Tracking-Archiv, zurzeit noch leer, anzeigt wird.

Kapitel 17 – Die Nacht

Berthold und Beate sitzen im Wohnzimmer und sehen sich die Tagesthemen an, in der letzten Zeit sind sie kaum dazu gekommen, immer stand etwas anderes auf dem Programm.

„Johanna und Malte haben heute mit den Bertoli-Kindern einen Ausflug gemacht, sie waren ganz begeistert. Am Fluss haben sie den Kanuverleih besucht und wollen in diesem Herbst noch unbedingt eine Kanutour machen. Ob wir sie begleiten können?"

„Weiß ich so nicht, aber vielleicht können ja auch Petra und John mitkommen, dann machen wir anschließend, wenn das Wetter mitspielt, noch ein 'Saison-Abschluss-Picknick', das wäre doch nett!" meint Berthold.

Claus Kleber verabschiedet sich gerade von den Zuschauern, als sich Berthold mit vom Schmerz verzerrtem Gesicht, mit einem Aufstöhnen, den Kopf hält. „Was ist denn los, Liebling?" fragt Beate besorgt, „hast du Schmerzen?"

Die Anspannung, der Schmerz sind aus Bertholds Gesicht nach ganz kurzer Zeit wieder verschwunden. „Gerade schien es mir, als würde jemand mit einem Messer in meinen Kopf stechen, fürchterlich, das möchte ich nicht noch einmal erleben!"

Beate sieht ihn, noch immer besorgt, an. „Und jetzt ist es wieder gut? Kann das ein Migräneanfall gewesen sein?" Berthold schüttelt den Kopf, noch immer etwas benommen von dem plötzlichen Schmerz. „Glaube ich nicht, aber jetzt ist ja alles wieder gut, nur noch ein Druckgefühl. Lass uns schlafen gehen!"

****

In Palo Alto werfen zur gleichen Zeit, mit einer nur ganz kleinen Verzögerung, vier Menschen vor Freude die Arme in die Luft: Die Videowand zeigt exakt die GPS-Position, die nach Mat's Informationen für das Haus der Schafs in Werterfehn/Germany zuvor eingespeichert wurde.

„OK, meine Herrschaften, das war der erste kleine Stepp, und jetzt ist das Projekt wieder Ihre Sache, ich kann nur mithilfe meines Agenten unterstützend tätig sein. Und stellen Sie endlich die Software fertig, die für die Steuerungsfunktionen notwendig ist – nur zu wissen, wo sich jemand gerade aufhält, ist uns zu wenig! Ich werde jetzt meinem Agenten weitere Anweisungen geben, und wir sehen uns bald wieder. Goodbye!"

Mit diesen Worten rauscht sie aus dem Labor. Im Foyer wird sie von den beiden Männern in Empfang genommen, mit denen sie gemeinsam eine große schwarze Regierungslimousine besteigt und noch aus dem Wagen bei John Bertoli in Werterfehn anruft.

„John, ich gratuliere, alles hat geklappt! Vielleicht hat Ihr Nachbar jetzt etwas Kopfweh, aber das wird sicher schnell vergehen, und Sie selbst können auch wieder ruhig schlafen.

Wegen der nächsten Schritte setze ich mich dann mit Ihnen in Verbindung, zunächst aber sollten Sie die Kommunikationsbox auf keinen Fall abschalten!"

Grußlos und ohne eine Antwort abzuwarten beendet Ellen Winter das Gespräch.

****

Am nächsten Morgen, es ist ein wunderbarer herbstlicher Sonntag, ist im Haus Schaf das Problem des Vorabends fast vergessen – ein Aspirin vertreibt bei Berthold den letzten noch vorhandenen Kopfschmerz, alles scheint wieder gut zu sein.

Am Frühstückstisch fragt Berthold seine beiden Kinder nach ihrem Ausflug gestern. „Was meint ihr, wollen wir unsere Nachbarn fragen, ob wir alle heute eine Kanutour unternehmen? Und anschließend könnten wir ein Picknick hier im Garten veranstalten, oder wir Grillen – die Saison ist ohnehin fast vorbei!"

Die Begeisterung von Johanna und Malte ist enorm, am liebsten würden sie sofort zu den Bertolis laufen und den Vorschlag allen zurufen, aber „erst in Ruhe frühstücken, ihr Lieben", ist Papas Forderung, und so wird es gemacht.

Paul, Jennifer und Lucy sind natürlich begeistert, und Petra und John stimmen sofort zu – um 11 Uhr soll die Aktion starten.

Bereits am frühen Morgen hat John einen Anruf aus den Staaten bekommen.

Ellen hat ihn in ihrer uncharmanten Art darauf hingewiesen, dass er bei Aktivitäten mit oder in der Nähe der Zielperson, so hat sie sich ausgedrückt, die Kommunikationsbox immer mitzuführen hat.

Zielperson – allein dieser Begriff stößt John ab, ganz abgesehen von der Art und Weise, wie diese Frau mit ihm – und damit letztlich ja auch mit seiner Familie – umgeht!

Kurz vor elf Uhr geht John hinauf in sein Studio, um die Box zu holen. Ein Gedanke schießt ihm auf diesem Wege durch den Kopf: „Werde ich durch Ellen Winter, durch die Box ebenfalls überwacht? Spioniert die Box meine Gewohnheiten, mein Verhalten aus? Wieso hat sie mich gerade heute früh auf meine Pflicht wegen der Box hingewiesen?" Er denkt in diesem Zusammenhang auch an die Möglichkeiten seines interaktiven Lautsprechersystems mit der 'Alexa'-Software, mit dessen Hilfe eine riesige Überwachungsmaschinerie in Gang gesetzt werden könnte – oder schon wird?

All diese Gedanken bewegen ihn noch immer, als die beiden Familien zu ihrem gemeinsamen Kanuausflug starten.

Die Fahrt zum Fluss ist nicht sehr weit, etwa vierzig Minuten, und schon bald haben alle die Schwimmwesten angelegt und besteigen die drei Kanus.

„Warum dürfen die Jungs ein eigenes Kanu haben, und wir Mädchen müssen mit euch Eltern fahren?", moniert Johanna als Wortführerin der 'Mädchengang' die Einteilung.

„Du hast Recht, Johanna, das ist ungerecht, kommt, wir nehmen für euch auch ein separates Kanu!" Bertholds Entscheidung ruft großen Jubel hervor.

„Aber ich bitte sehr um Disziplin, meine jungen Damen und Herren, keine Wasserschlachten, kein Wettrennen, dies ist ein Sonntagsausflug und kein Wettstreit!", ermahnt John die jungen Leute, „aber wir wissen ja, dass wir euch vertrauen können!"

Die Eltern haben für diesen Kanuausflug vereinbart, die Partner, sozusagen als zusätzliche 'Vertrauen bildende' Aktion für ein noch besseres Kennenlernen, zu tauschen – Beate fährt also mit John, und Petra steigt mit Berthold ins Boot.

„Auf geht's!", ruft Berthold, und die Boote stechen 'In See'.

Eigenartigerweise drehen sich in den Elternbooten die Gespräche um das gleiche Thema, ohne dass die eine von der anderen Mannschaft dieses weiß – Bertholds Telepathie.

Berthold erzählt Petra von seinem 'Rückfall' in Sachen 'Menschen beeinflussen' bei den Verhandlungen in seiner Firma, und Beate berichtet John von dem Migräneanfall Bertholds gestern Abend.

„Und hat Berthold heute auch noch Probleme damit?"

„Nein, nach einer Kopfschmerztablette war und ist alles wieder gut."

Die kleine Bootsarmada kommt zügig flussaufwärts voran, und nach etwa einer Stunde Paddelzeit gibt Berthold das verabredete Zeichen zum Anlegen.

Die Kinder, die sich wirklich sehr diszipliniert verhalten haben, erobern sofort das Terrain mit Wettrennen, Fußballspielen und anderen Aktivitäten, während Beate und Berthold das Picknick vorbereiten.

Schon eine knappe halbe Stunde später sind die ersten Würstchen auf dem mitgebrachten Einweggrill gar, und die ganze Truppe versammelt sich auf den ausgebreiteten Decken.

John hat gerade den ersten Bissen Brot im Mund, als sich sein Smartphone meldet.

Er entschuldigt sich für einen Moment bei den Familien und geht etwa zwanzig Schritte in Richtung Wald, dann nimmt er das Gespräch an – Ellen Winter!

„Haben Sie die Box dabei? Wir haben den Kontakt zur Zielperson verloren. Wo immer Sie jetzt sind, drücken Sie wieder für 5 Sekunden 'Activate GPS'. Ende des Gesprächs!"

Die Box befindet sich in seinem Rucksack, und der liegt am Picknickplatz, das heißt, sie ist zunächst für ihn unerreichbar, ohne dass jemand neugierige Fragen stellen würde.

Ein Ausweg fällt ihm ein: Hinter dem kleinen Wäldchen, das den Picknickplatz nach Norden hin abgrenzt, hat er ein Haus gesehen, es scheint ein Kiosk zu sein, denn in der Nähe fahren auch immer wieder Autos vorbei, halten.

„Entschuldigt mich bitte, aber ich müsste euch mal kurz verlassen!" Er grinst etwas verlegen, nimmt seinen kleinen Rucksack und geht in Richtung Haus.

Es ist tatsächlich ein Kiosk, und es gibt auch eine Kundentoilette, die John natürlich nicht benötigt …

Noch zögernd – 'soll ich wirklich tun, was die Winter sagt' – nimmt er die Box zur Hand, drückt dann aber die Taste – eins, zwei, drei, vier, fünf - , verstaut sie wieder im Rucksack, betritt das Toilettenhäuschen, wäscht sich die Hände und macht sich auf den Rückweg.

Am Picknickplatz hat zur gleichen Zeit Berthold laut aufgestöhnt. „Es ist wie heute Nacht, Beate, das tut so weh, tut so weh! Was ist denn nur mit mir los?" Beate nimmt ihn in die Arme. „Ganz ruhig, mein Schatz, das ist gleich wieder vorbei, du wirst sehen, und nachher kannst du ganz normal wieder mit uns zurückfahren! Vielleicht bist du zurzeit auch in deiner Firma etwas überfordert?" Berthold schüttelt den Kopf.

„Habt ihr zufällig eine Schmerztablette dabei?" Beate sieht zu Petra hinüber, die verneinend den Kopf schüttelt: „Tut mir leid, Beate und Berthold, haben wir nicht. Aber vielleicht am Kiosk? Wartet, ich laufe da kurz hin!"

Sie startet sofort, auf halbem Weg trifft sie auf John - „Hast du etwa wieder …?"

„Ich musste es tun!", antwortet der zerknirscht.

„Ich besorge jetzt Schmerztabletten für Berthold, gib mir bitte einen Zwanziger!"

Es dauert nicht lange und Petra ist wieder zurück, erfolgreich. Berthold nimmt sofort zwei Tabletten, spült mit einem Glas Wasser nach. Dann setzt er sich etwas abseits – er will die Kinder und die anderen Drei mit seinem Kopfschmerz nicht unnütz belasten.

Tatsächlich ist er nach gut dreißig Minuten wieder fast schmerzfrei, sodass alle die Rückfahrt antreten können, allerdings sind jetzt die Ehepaare in jeweils einem Kanu.

Die Rückfahrt vom Kanuverleih nach Hause verläuft problemlos, der leichte Schwindel, der bei Berthold noch vorhanden ist, legt sich im Verlauf der Fahrt, und das gemeinsame Kaffeetrinken auf der Terrasse der Familie Schaf rundet den bis auf den kleinen Zwischenfall harmonischen Tag ab.

Familie Bertoli ist gerade wieder in ihr Haus zurückgekehrt, als Ellen Winter erneut anruft: „John, es stehen Änderungen ins Haus, von denen ich jedoch noch nicht berichten darf, die Sache ist noch zu unsicher. Bitte stellen Sie die

Box an und aktivieren Sie die Funktion 'Update'. Lassen Sie das Gerät ab sofort permanent eingeschaltet und sorgen Sie für eine sichere Stromversorgung, die Akkus halten nur 48 Stunden.

Wo sind Sie jetzt, zu Haus? Das ist gut! Wir werden in den nächsten Tagen keinen Kontakt haben, und bitte rufen Sie mich auch nicht an, ganz gleich, was passiert. Goodbye, John!"

„War das schon wieder die Winter? Das nervt, sag ihr das mal!" Petra ist ein wenig sauer wegen der dauernden Anrufe aus den Staaten.

„In den nächsten Tagen will sie sich ohnehin nicht melden, da haben wir unsere Ruhe vor ihr."

John stellt wie befohlen die Box auf 'Update'.

Kapitel 18 – Bob Mulligan's Tod

D ie Monitore, mit Ausnahme des Schirmes mit der GPS-Doku, zeigen nichts Aufregendes – Algorithmen, Tabellen, Texte, die GPS-Doku jedoch zeigt Susan und Mat, dass sich der Proband und der Agent, so sind jetzt die internen Arbeitstitel für diese Menschen, an den gleichen Koordinaten aufgehalten haben – über die Dauer des Aufenthaltes sagen die Werte allerdings nichts aus.

„Du musst unbedingt noch etwas erfinden, liebe Susan, damit wir wissen, wie lange sich der Proband irgendwo aufhält, diese Spots allein genügen mir nicht!"

„Hast du gerade 'liebe Susan' gesagt, lieber Mat? Kitty, komm mal her!"

Kitty kommt sofort durch die Tür gesurrt. „Was kann ich für euch tun?"

„Eine höchst wichtige Notiz im Logbuch speichern – Mat hat 'liebe Susan' gesagt!"

Kitty beginnt zu kichern – ein weiteres Zeichen ihrer inzwischen weit fortgeschrittenen Intelligenz: „Ist das dein Ernst, Susan?"

„Ja, also notieren!"

„Kitty notiert – Montag, 24. September, Palo Alto, Büro Brainrise Robotics, Labor Susan Hanson, 11:25 a.m. Ortszeit. Notiz: Susan liebt Mat!"

„Kitty, bist du total verrückt geworden? Das habe ich nicht gesagt!"

„Sollte ich dich missverstanden haben, LIEBE Susan? Dann lösche ich die Notiz wieder! Das Logbuch ist nur für wesentliche Sachen, wie du weißt!"

Mat hat das Ganze zunächst als Scherz aufgefasst. Nach der Zurechtweisung Susans durch Kitty wird er jedoch sehr nachdenklich - 'wer ist der Schüler, wer ist der Meister?' - geht es durch seinen Kopf.

Susan hat drei überaus wichtige Dinge in Arbeit: zum einen die Optimierung von Susan-2, zum anderen den Algorithmus für die Verweildauer des Probanden an einem Ort, der per GPS festgestellt wurde, dazu natürlich auch noch die Fernabfrage, die immer noch nicht realisiert wurde.

„Mat, hör zu: Wenn es mir gelingt, die Sendeleistung des Transponders zu erhöhen, kann das Ding vielleicht dauerhaft die jeweils aktuelle Position durchgeben, und wir würden uns die Fernabfrage sparen – allerdings wird der Proband wahrscheinlich dadurch permanent Kopfschmerzen haben!"

„Bringt denn vielleicht ein Software-Update der Kommunikationsbox etwas?"

„Möglich, ich kann es versuchen, Mat. Und was die Kopfschmerzen der Zielperson betrifft ..."

Mat lässt sie nicht ausreden: „Ob mir das wohl völlig gleichgültig ist, liebe Susan? Wichtig ist doch nur das Ergebnis, und das bedeutet: Mach es!"

„Du bist ganz schön brutal, lieber Mat, willst du dem Menschen das wirklich zumuten?"

„Habe ich denn eine andere Wahl? Die Winter ist uns doch ohnehin andauernd auf den Fersen und drängt!"

Als habe sie es gehört - Mat sitzt gerade wieder an seinem Schreibtisch - ruft Ellen Winter an. „Hi, Mister Bremer, oder darf ich Mat sagen?" Ohne eine Antwort abzuwarten, fährt sie fort: „Mat, es ist eminent wichtig, dass Sie nicht nur einmalige GPS-Koordinaten liefern, sondern ein permanentes Bewegungsprofil, sagen Sie Susan, sie soll das umgehend realisieren. Goodbye!"

Und weg ist sie wieder …

Mat geht wieder zu Susan hinüber, die gerade ganz intensiv die Programmierung eines Chips von Susan-2 in Arbeit hat. „Was ist denn? Stör mich jetzt bitte nicht, Mat, ich habe zu tun, muss mich sehr konzentrieren!"

„Winter hat gerade angerufen, du sollst die Sache mit dem Bewegungsprofil schleunigst bearbeiten!"

Susan fährt von ihrer Arbeit hoch: „Wer ist eigentlich hier im Hause der Boss? Die Winter oder Bob Mulligan? Lass uns zu ihm hinaufgehen, um diese Angelegenheit endgültig zu klären!"

Mit Wut im Bauch gehen Mat und sie die Treppe hinauf, loggen sich mit ihren Transpondern ein und kommen in die höhere Etage, wo sie von einem ihnen unbekannten Wachmann gestoppt werden: „Wer sind Sie, was wollen Sie? Wohin wollen Sie?", fährt er sie barsch an, „diese Etage ist zurzeit gesperrt wegen eines Ereignisses!"

„Wir sind Mitarbeiter des Hauses, Susan Hanson und Matthias Bremer, und wir müssen unseren Boss sprechen! Was für ein Ereignis ist denn geschehen, gab es ein Feuer oder Überschwemmung?" fragt Mat etwas belustigt wegen des Ausdruckes nach.

„No, Sir, Ihr Boss wurde tot aufgefunden – die Polizei und FBI werden gleich hier sein! Bitte verlassen Sie jetzt nicht diese Etage, bis sie hier sind!"

Der Lift surrt, und mehrere uniformierte Polizisten steigen gemeinsam mit drei Zivilisten aus.

„Wo?" Der Wachmann zeigt mit der Hand auf das Büro von Bob.

Einer der Zivilisten wendet sich an Mat: „Sie sind Mitarbeiter hier im Haus? Können Sie alle Leute irgendwohin zusammentrommeln? Wir müssen jeden vernehmen und die Personalien feststellen."

Mat ruft Kitty an, die inzwischen auch telefonische Anweisungen entgegennehmen kann: „Kitty, es ist etwas passiert, Bob ist tot. Frag mich jetzt nichts, mach eine Durchsage, dass alle Mitarbeiterinnen und Mitarbeiter sofort nach unten in die Lobby gehen sollen, die Polizei will sie vernehmen."

„Vernehmen? Das Wort kenne ich noch nicht, was ist das?"

„Kitty, mach hin, vernehmen bedeutet so etwas wie ausfragen!"

„Sag das doch gleich!"

Nur Sekunden später schallt Kittys Stimme – Susans Stimme – aus den Durchsage-Lautsprechern im ganzen Haus, und bald ist die Lobby voll mit den Mitarbeitern von Brainrise Robotics, die über den Grund dieser Anweisung rätseln.

Der Mann vom FBI fährt mit dem Lift hinunter, begleitet von mehreren Uniformierten, Susan und Mat.

Alle verlassen den Lift, Susan und Mat gehen zu ihren Kolleginnen und Kollegen.

„Es ist eigenartig, Mat, wieso darf oben niemand aus dem Haus dabei sein, wenn Bob untersucht wird? Ist da etwas nicht in Ordnung?"

„Eigentlich denke ich, dass die Polizei ihre Arbeit unbeeinflusst macht, aber wenn die Leute vom FBI dabei sind, sieht das vielleicht anders aus!"

„Sind jetzt alle versammelt?", fragt der FBI-Mensch in die Runde. „Ja, nur Kitty fehlt", antwortet jemand. Ein leichtes Grinsen überzieht die Gesichter der meisten.

„Kitty wer? Soll sofort kommen!"

„Kitty Robot."

„Da muss ihr aber jemand helfen, sie kann keine Treppenstufen überwinden!"

„Dann fahren Sie hinauf und holen Sie die Dame!"

Das Grinsen in den Gesichtern wird noch deutlicher, als Paul, der Pförtner, in den ersten Stock fährt, um Kitty zu holen.

Nach wenigen Minuten ist er zurück, hinter ihm surrt Kitty aus dem Lift: „Guten Tag, mein Name ist Kitty Robot, ich bin hier die Service-Robotta, und wer sind Sie?"

Dem FBI-Mann fällt bei ihrer Vorstellung fast die Kinnlade herunter – das Grinsen in den Gesichtern der Brainrise Robotics-Mitarbeiter wird zu einem lautstarken Gelächter.

Nach dieser ungeplanten fröhlichen Einlage wird der FBI-Mann sehr ernst: „Meine Damen und Herren, mein Name ist Bill Czikowski.

Ihr Boss ist tot, und wir haben die Todesursache noch nicht feststellen können. Das FBI ermittelt hier mit Unterstützung des Sheriffs, weil hier im Hause sicherheitsrelevante Aktivitäten ausgeführt und entwickelt werden – soweit zu mir und meinem Auftrag!

Wir müssen jetzt von allen die Personalien feststellen und Sie anschließend befragen, bitte haben Sie etwas Geduld mit uns, wir sind nur wenige Agenten hier, und Sie sind so viele Mitarbeiter …!"

Kitty surrt herbei und fragt: „Mister Czikowski, interessieren Sie sich nur für uns, oder auch für Fremde, die im Haus waren? Und wann ist der Tod eingetreten, haben Sie da schon Erkenntnisse? Unser Pförtner Paul hat eine Liste aller Personen, die heute das Haus betreten haben, und dank meiner Fähigkeiten könnte ich feststellen, wer gestern und heute im zweiten Stock war! Also, Mister FBI, wann ist Chef Bob gestorben?"

Dem Agenten verschlägt es die Sprache, verunsichert sieht er sich in der Lobby um und versucht herauszufinden, wer durch den kleinen Roboter mit ihm spricht – natürlich erfolglos.

„Mister FBI, bemühen Sie sich nicht, ich bin autark und auf fremde Hilfe nur angewiesen, wenn es um Treppenstufen geht! Also, Leute", spricht sie ihre menschlichen Kollegen direkt an, nachdem sie die Mimik von Bill Czikowski analysiert hat, „wer war heute Vormittag in der Chefetage? Sagt die Wahrheit!"

Vier, fünf Kolleginnen und Kollegen melden sich spontan, und 'Mister FBI' notiert sich ihre Namen und Funktionen, bevor er sie bittet, in den provisorischen Vernehmungsraum zu gehen, der normalerweise als eine Art Wartezimmer dient.

Kitty surrt zu dem Agenten, will ihm etwas zuraunen, als an der Eingangstür plötzlich Ellen Winter mit ihren beiden Bodyguards auftaucht.

Sie übernimmt sofort das Kommando, nachdem sie sich gegenüber dem FBI-Mann ausgewiesen hat: „Mat und Susan, und auch Kitty, Sie folgen mir bitte nach oben; wir wollen das Problem aus der Nähe angehen!"

Die Angesprochenen folgen dem Befehl, helfen Kitty in den Lift. „Es ist schon sehr eigenartig, dass Ihr Boss gerade heute ins Jenseits gewechselt ist – sehr eigenartig", meint Ellen.

Der Lift stoppt. Gefolgt von Kitty, gehen alle zum Office von Bob, der noch so hinter seinem Schreibtisch liegt, wie ihn Aideen Shelden, seine Sekretärin, vor etwa zwei Stunden aufgefunden hat. Sie hat dann sofort den Notarzt gerufen, der leider nur den Tod feststellen und nicht mehr helfen konnte – anschließend hat der die Polizei informiert, die wiederum aufgrund einer internen Anweisung dort sofort Kontakt zum FBI aufgenommen hat.

Zielbewusst steuert Ellen auf den Schreibtisch von Bob zu und übergibt den dort liegenden Laptop an Mat. „Sie werden untersuchen, ob es wichtige Anhaltspunkte auf dem Gerät gibt. Susan, wir wollen jetzt den Schreibtisch inspizieren, ob wir etwas finden, die Polizei hat ja keine Ahnung, um was es geht. Und die kleine Roboterdame ermittelt alle Personen, die gestern Nachmittag und heute dieses Büro betreten haben!"

Die Unterlagen auf Bobs Schreibtisch legt sie zu einem Stapel zusammen: „Sehe ich mir später an", ist ihr Kommentar dazu, und verstaut alles in ihrem Aktenkoffer.

Alle, einschließlich Kitty, machen sich sofort an die Arbeit, dabei hat die kleine Robotta den schwierigsten Job: Sie muss lückenlos alle in der zweiten, der Chefetage, angefallenen Transponder-Einträge überprüfen – alle Mitarbeiter müssen sich jeweils mit ihrem Personalchip ausweisen, wenn sie in diese Etage gehen. Für die Überprüfung muss Kitty natürlich Zugriff auf die Personal- und die Bewegungsdatei haben – ohne die Berechtigungen, die nur Bob hätte erteilen können, ist das unmöglich.

„Susan, bitte hilf mir, an die Personalaccounts zu kommen", spricht sie die Erschafferin ihrer Intelligenz an, „du kannst das doch, oder?"

So angesprochen blickt Susan zu Ellen, die zustimmend nickt.

Sie geht im Vorzimmer an Aideen Sheldens PC, loggt sich mit ihrem 'Hacker-'Account ein und hat sehr schnell die Berechtigungen für den in Kitty's Körper implementierten Rechner freigegeben. Nach wenigen Minuten ist sie zurück und nickt Kitty zu: „Du kannst anfangen, Kitty, aber später nehme ich die Berechtigungen wieder zurück ..."

Ellen und Susan untersuchen, nachdem die Polizisten ihre Tatort-Sicherungsarbeit abgeschlossen haben, den Schreibtisch und die Wandschränke – natürlich stoßen sie dabei auch auf die nicht unerheblichen Whiskyvorräte von Bob ...

„Bob Mulligan liebte dieses Gesöff?" Angewidert wendet sich Ellen an Susan. „Ja, er war, als gebürtiger Ire, ein echter Liebhaber des Malt", kann ihr Susan bestätigen, „und es verging kaum eine Sitzung ohne ein Glas für alle Teilnehmer."

„Schrecklich", kann Ellen dazu nur sagen, „gut, dass er mir so etwas nie angeboten hat!"

Der Polizeiarzt kommt herein, um ein erstes Resümee zu ziehen: „Ich denke, wir können eine Fremdeinwirkung ausschließen, Miss Winter. Sein Herz hat das letzte Glas Whisky nicht verkraftet!"

„Und wo ist das Glas?" fragt Susan nach. „Da müssen Sie die Spurensicherung fragen. Meine Arbeit ist beendet, goodbye, meine Damen!"

Ellen fragt sofort bei der Spurensicherung nach. „Ein Whiskyglas? War nicht auf dem Schreibtisch, auch nicht in seiner Hand, wie kommen Sie darauf?"

„Hat der Arzt gesagt, zu viel Alkohol für sein Herz!"

Susan überwindet ihre Hemmung und tritt ganz nahe an den Toten, riecht an seinem Kopf. „Miss Winter, kommen Sie bitte kurz zu mir? Riechen Sie mal, Bittermandel?" Die sieht sie mit großen Augen an. „Sie haben Recht, der Arzt soll sofort wieder herkommen, so eine Schlamperei!"

Der will gerade seinen Wagen besteigen, als er von einem Wachmann zurückbeordert und von einer stinksauren Ellen Winter in Empfang genommen wird: „Schlechte Arbeit, Doc, riechen Sie mal an seinem Mund, Bittermandel, nicht wahr?"

Kleinlaut muss der Arzt Ellens Diagnose bestätigen: „Der Mann muss umgehend in meine Pathologie, ich gehe der Sache nach, Sie können sich darauf verlassen!"

Bleibt die Suche nach dem Glas, in dem das Gift gewesen sein muss, und die Recherchen von Kitty sind auch noch nicht abgeschlossen – es ist erstaunlich, wie viele Mitarbeiterinnen und Mitarbeiter im fraglichen Zeitraum in der zweiten Etage gewesen sind.

Inzwischen nähert sich der Feierabend, und die Leute wollen endlich nach Hause.

Mister Czikowski, seine FBI-Kollegen, zwei Polizistinnen und vier weitere Polizisten haben die Vernehmungen inzwischen abgeschlossen, sie haben keine Fragen mehr an die Belegschaft.

Kitty hat inzwischen auch festgestellt, wer seit gestern Mittag im zweiten Stock war – diese Personen, soweit nicht bereits geschehen, werden noch einmal befragt, vor allem natürlich die drei Leute, die sich zunächst nicht gemeldet hatten, aber alles ohne konkretes Ergebnis.

Bei diesen Leuten werden noch die Arbeitsplätze nach dem Whiskyglas durchsucht – ebenfalls ergebnislos.

Der Pförtner hat ebenfalls seine Listen durchgesehen – Bob hat nur von zwei Personen in dem fraglichen Zeitraum Besuch gehabt, Personen, die im Hause noch nie zuvor Gäste waren.

Am Abend dieses ereignisreichen Tages bleibt nur zu hoffen, dass zumindest der Laptop, den Mat untersucht, etwas weiterhilft, vielleicht auch die Unterlagen, die Ellen Winter eingesteckt hat, was Susan sehr verwunderte.

„Wir machen für heute Schluss, Susan und Mat, danke zunächst für Ihre Mithilfe. Ich gehe ins Hotel, morgen um neun bin ich wieder hier, dann suchen wir weiter nach dem Mörder von Bob!"

„Haben Sie die Sachen, die auf dem Schreibtisch lagen, wieder zurückgelegt? Das ist Beweismaterial. Da können Sie Probleme bekommen!", fragt Susan bei Ellen nach.

„Nein, alles hier in meiner Mappe, ich bringe alles morgen wieder mit."

„Nein, Miss Winter, das geht nicht, die Belege und alles andere gehört hier ins Haus, die dürfen Sie nicht mitnehmen!"

Erbost wird sie von Ellen angesehen: „Wer sind denn Sie, Miss Hanson, dass Sie mir Vorschriften machen wollen? Was bilden Sie sich denn ein? Ich werde selbstverständlich das Material heute Abend im Hotel sichten, Sie werden mich nicht daran hindern, verehrte Dame!"

Ellen Winter ist völlig verärgert über Susans Vorhaltungen, die jedoch völlig unbeeindruckt bleibt. „Nein, die Sachen bleiben hier, der Wachmann wird sie jetzt übernehmen und wieder an den richtigen Platz bringen! Hallo, Mister!", ruft sie dem Wachmann zu, „die Dame hat noch ein paar Unterlagen, die wieder auf Bobs Schreibtisch gebracht werden müssen. Können Sie das übernehmen?"

„No problem, Miss Susan, geht in Ordnung." Susan hat sich heute eine Feindin gemacht!

Kapitel 19 – Neue Besen

D ie Unterlagen, die der Wachmann am gestrigen Abend sichergestellt hat, befinden sich am nächsten Morgen ohne sein Zutun auf Mats Schreibtisch – ein Versehen?

„Susan, Kitty, kommt ihr bitte zu mir", ruft er in den Gang. Kitty surrt sofort herein, und bei Susan dauert es nur wenige Minuten.

„Sehr her, was ich gerade auf meinem Schreibtisch gefunden habe, die Unterlagen aus Bobs Office!"

„Lass sehen, Mat, wir müssen alles kopieren, bevor die Winter wieder das Haus betritt, und die Sachen dann nach oben bringen." Susan macht sich sofort an die Arbeit, und parallel zum kopieren scannt Kitty die ihr jeweils gezeigten Blätter, „doppelt hält besser", ist ihr Kommentar dazu. Mat beobachtet in der Zwischenzeit den Hauseingang. „Sie kommt, schnell, Susan, schaff die Dinger nach oben!"

Gerade noch rechtzeitig legt sie den Papierstapel auf den Schreibtisch des toten Bob und verschwindet in einem Nebenraum, bevor Ellen Winter hereinrauscht und sich in Bobs Schreibtischsessel setzt, um die Unterlagen zu studieren.

Ein Wachmann des Hauses, der zur Tür herein sieht, wird von ihr mit barschen Worten des Raumes verwiesen: „Gehen Sie, Mister, ich will ungestört sein, und sorgen Sie dafür, dass auch niemand anders kommt!"

Susan nutzt die Gelegenheit, die Chefetage über die Treppe zu verlassen, um sofort wieder zu Mat und Kitty zu gelangen.

Mat hat noch gestern den Laptop seines toten Chefs analysiert und einige interessante Dinge entdeckt, die sich mit manchem aus den kopierten Unterlagen decken bzw. diese ergänzen.

„Hier, Susan, schau mal, hat Bob versucht oder geplant, Brainrise Robotics zu verkaufen? Hier ist zum Beispiel ein 'Letter Of Intend', eine formale Absichtserklärung, von ihm und von einem Menschen namens 'U. Johnson' unterschrieben. Und hier, sogar ein Vertragsentwurf! Zweieinhalb Millionen sollte der Deal bringen, Thunder! Anscheinend sollte das Geschäft in diesen Tagen über die Bühne gehen, das hat ihm ja nun jemand gründlich vermasselt. Ob die Winter das schon entdeckt hat? Sie hat doch so etwas wie 'ausgerechnet jetzt' gesagt, als wir sie gestern gesehen haben."

Susan ist aus dem Staunen nicht herausgekommen, während ihr Mat die Angelegenheit erläutert.

„Und wenn die Winter schon vorher von dem geplanten Geschäft gewusst hat und FE die Sache verhindert hat, weil sie selbst einsteigen wollen?"

„Das wäre ja hoch kriminell, dann hätte ja jemand aus dem Umfeld von FE unseren Boss umgebracht, nicht auszudenken!"

„Wir können nur unsere Erkenntnisse leider niemandem mitteilen, denn dann würden wir unsere heimliches kopieren zugeben müssen, aber wenn Kitty …", denkt Susan laut weiter.

„Wir werden die Winter erst einmal genau beobachten, ihr Entsetzen kann durchaus geheuchelt gewesen sein, und wieso war sie eigentlich zeitgleich mit dem FBI hier im Haus?"

„Kitty, kommst du bitte zu uns?"

Die kommt sofort angesurrt.

„Hast du schon herausbekommen, wer die Fremden waren, die vorgestern zu Bob gegangen sind?"

„Ja, meine Dame, mein Herr, es waren der CEO und sein Stellvertreter der Firma 'Watson, Watson and Kelly' hier aus Stanford – die Firma macht Ähnliches wie wir, Steuerungs-Algorithmen entwickeln", gibt Kitty stolz zum Besten, „ach nein, die waren ja in der letzten Woche am Donnerstag hier, vorgestern waren es zwei Leute einer Sicherheitsfirma namens 'Special Interests Service', die kamen aus Nebraska, entschuldigt bitte meinen Fehler!"

„Aus Nebraska?" Susan und Mat sind sehr verwundert, auch FE kommt aus Nebraska.

„Darf ich euch darauf hinweisen, dass Miss Winter auf dem Weg hierher ist?" Mit diesen Worten surrt Kitty wieder zu ihrer Ladestation.

Tatsächlich, schon ist Ellen Winter in Mats Büro angekommen: „Können Sie bitte die Belegschaft noch einmal in der Lobby zusammenrufen? Ich habe etwas eminent wichtiges mitzuteilen!"

„Selbstverständlich, Miss Winter, macht Kitty sofort!"

Nur wenige Minuten später ist die ganze Mannschaft wieder in der Eingangshalle versammelt. Ellen Winter stellt sich auf eine der rundum stehenden Sitzbänke: „Meine Damen und Herren, die eingetretene Situation zwingt mich, Ihnen mitzuteilen, was eigentlich Bob Mulligan tun wollte und das er durch seinen plötzlichen Tod nun nicht mehr tun konnte. Zur Sache!"

War ihr Tonfall bei den einleitenden Worten noch einfühlsam, moderat, in 'Moll' gewesen, wurde er jetzt hart und geschäftsmäßig: „Ich muss Ihnen mitteilen, dass Bob Mulligan und ich in der letzten Woche einen Vertrag geschlossen haben, der zurzeit noch bei einem Notar zur Beglaubigung liegt. In diesem Vertrag wurde vereinbart, dass die gesamte Unternehmung 'Brainrise Robotics' mit allem was dazugehört, auf 'Future Enterprises' übergeht. Der mit Bob vereinbarte Kaufpreis von 1,3 Million Dollars wurde bereits hinterlegt und steht der Witwe von Bob ab sofort zur Verfügung.

Ich selbst werde, bis seitens FE eine endgültige Entscheidung gefallen ist, die Geschäftsführung hier im Haus übernehmen. Ich erwarte unbedingte Loyalität, meine Damen und Herren, und ab jetzt gilt wieder 'Business as Usual'. Danke für Ihre Aufmerksamkeit!"

Nach ihrer kleinen Ansprache steigt sie von der Sitzbank wieder hinunter und geht hinüber zum Treppenaufgang. Im Vorbeigehen wirft sie Susan und Mat noch zu: „Sie arbeiten unbedingt mit Hochdruck an Ihrem Projekt weiter!" Mit diesen Worten verschwindet sie im Lift neben der Treppe.

„Mat, lass uns außerhalb des Gebäudes über die Sache reden, und Kitty werde ich diesbezüglich blockieren, die soll auch nichts ausplaudern können."

Nach Feierabend, Mat hat seine Familie entsprechend informiert, fahren Susan und Mat jeweils in ihren eigenen Wagen zum Haus von Helen und Mat. Der Verkehr läuft flüssig, und schon nach vierzig Minuten parken sie vor dem Haus, einem hübschen Gebäude im Kolonialstil.

Den dunklen Wagen, der ihnen seit ihrer Abfahrt von der Firma gefolgt ist, haben sie nicht bemerkt, auch nicht, dass er am Ende der Straße einparkt und zwei Männer aussteigen, die anscheinend ins Gespräch vertieft die Straße entlang kommen.

Nach der Begrüßung durch Helen setzen sie sich auf die Terrasse – ein guter Ort für vertrauliche Gespräche an diesem lauen Herbstabend.

„Die Frau will alles bei Brainrise Robotics an sich reißen, Mat, das müssen wir irgendwie verhindern, und Bobs Frau hat sie schon über den Tisch gezogen, wir haben doch gesehen, dass anscheinend an 'Watson, Watson and Kelly' verkaufen wollte, zu einem viel höheren Preis, wozu sonst der 'Letter of Intend'?"

„Du hast Recht, Susan, wir müssen etwas tun, aber was?"

Helen kommt mit Getränken auf die Terrasse und fragt mit verhaltener Stimme: „Kennt ihr die Typen drüben auf der anderen Straßenseite? Die gehen immer auf und ab, seitdem ihr angekommen seid!"

Mat geht ins Haus, während die Frauen ins Gespräch kommen.

Nach einigen Minuten, er hat die beiden Männer genau betrachtet, soweit das aus dieser Entfernung möglich ist, kommt er zurück: „Das sind Winters Männer, da bin ich mir sicher! Es sind die gleichen Typen, die vor einigen Tagen schon unseren Besuch im Mc Donalds beobachtet haben!"

„Das ist ja sehr verwunderlich!" Helen hat eine umwerfende Idee: „Wisst ihr was? Ich lade die beiden jetzt zu einem kalten Drink ein!"

Sie hat ihren Vorschlag kaum ausgesprochen, da ist sie schon auf dem Weg zur anderen Straßenseite – Susan und Mat beobachten die Szene aus dem Wohnzimmer, hinter den Vorhängen versteckt.

Sie plaudert fröhlich mit den Männern, kehrt aber unverrichteter Dinge zurück: „Sie wollten nicht, und jetzt sind sie fortgegangen – schade, der jüngere ist wirklich ein attraktiver Bursche!" Mit einem Seitenblick streift sie ihren Mann – sie ist sich der Wirkung von Susan auf Mat durchaus bewusst …

„Sag mal, was entdecke ich denn plötzlich an dir für unbekannte Seiten?" flachst Mat zu ihr hinüber.

„Wer weiß, wer weiß", antwortet die sibyllinisch und geht zurück ins Haus.

„Zum Thema, Mat," Susan drängt ein wenig, sie hat am Abend noch ein Date mit ihrem Puppenmacher, „denkst du, wir können sie austricksen?"

„Was unser Projekt betrifft, ja, meine ich, aber mit dem Firmenkauf – das ist eigentlich eine Sache des FBI, aber der scheint ja mit ihr gemeinsame Sache zu machen. Bleibt nur der Sheriff, der müsste eine Untersuchung starten, aber wahrscheinlich werden die FBI-Leute das zu verhindern wissen!"

„Wäre es nicht einen Versuch wert?"

„Und wenn es schief geht? Dann sitzen wir zwei in der Patsche, dann nimmt im Silicon Valley kein Hund mehr ein Stück Brot von uns!"

„Ganz schön vertrackt, die Situation! Aber welche Idee hast du denn zum Projekt, Mat?"

„Ziemlich einfach: Der Agent in Deutschland muss von uns gesteuert werden, das bekomme ich kurzfristig hin – da ist sie bald raus!"

Sie nehmen noch einen Drink, den Helen gebracht hatte, dann verabschiedet sich Susan, hält vielleicht einen winzigen Moment zu lange die Hand von Mat und startet ihre Heimfahrt.

„Mat", Helen, die die Szene aufmerksam beobachtet hat, sieht ihren Mann kritisch an, „hast du etwas mit ihr?"

„Oh nein, mein Schatz, obwohl sie es gern möchte, aber da beißt sie beim alten Matthias Bremer auf Granit – ich bin dir treu und liebe nur dich!" Er umarmt sie herzlich, gibt ihr einen liebevollen Kuss, dann gehen beide ins Haus zum Abendessen - die Kinder haben sie schon erwartet.

Kapitel 20 – Johns Zwickmühle

Heute ist ein trüber, regnerischer Sonntag, und draußen mit den Freunden spielen geht leider nicht – wie viel schöner war doch das Wetter noch vor einer Woche, als die beiden benachbarten Familien die Kanutour machen konnten.

Johanna und Malte haben sich entschlossen, wenn auch der Oktober gerade erst begonnen hat, sich auf Halloween vorzubereiten – beide verkleiden sich nur zu gern, und manchmal kommt sogar ein gewisses schauspielerisches Talent dabei hervor. Malte liebt zu diesem Anlass Horrorgestalten, Monster und Weltraum-Ungeheuer, je schrecklicher desto besser, hingegen schwärmt Johanna, sie hat das 'Rosa-Prinzessinnen'-Alter schon verlassen, für Pop-Stars mit allem, was dazu gehört.

Berthold und Beate haben es sich im Wohnzimmer gemütlich gemacht – Beate hat sich ein Buch zur Hand genommen, und Berthold studiert eine Zeitschrift. Plötzlich unterbricht er Beate beim Lesen und weist sie auf einen Artikel in seiner Zeitschrift hin: „Stell dir vor, die wollen jetzt durch den Einsatz von mit Elektronik versehenen Helmen Menschen zu reinen Kampfmaschinen machen, die ohne ihre natürlichen Hemmungen in den Krieg ziehen können, und in einem nächsten Schritt sollen dann den Soldaten entsprechende Chips eingepflanzt werden. Die Helme oder Chips machen die Soldaten zu gnadenlosen angstfreien Robotern, habe ich das Gefühl! Die Voraussetzungen dazu wurde schon entwickelt. Mit einer Gleichstromtechnik manipuliert man ganz bestimmte Hirnfunktionen, die zum Beispiel die Angst ausschalten oder den Aggressionstrieb ankurbeln, schreibt der Berichterstatter hier! Und da steht auch, dass eine Reporterin in einem Scharfschützen-Trainingszentrum die Sache getestet hat; sie hat in der Trainings-Video-Simulation alles gekillt, was sich ihr in den Weg stellte. Eine furchtbare Vorstellung, meinst du nicht auch?"

Berthold ist entsetzt, und Beate ist bei Bertholds Bericht von ihrem Romantik-Roman hochgeschreckt, legt ihre Geschichte zur Seite: „Stell dir vor, der amerikanische Professor hätte bei dir damals solche Chips ins Gehirn gebaut, nicht nur die, von denen wir wissen – ich mag daran gar nicht denken!"

„Das will ich mir auch überhaupt nicht vorstellen, ich meine ja nur – was die alles wollen und vielleicht sogar können, da kann man wirklich Angst bekommen! Aber in diesem Zusammenhang: Denkst du, dass meine Migräneanfälle von den Chips kommen könnten? Andererseits weiß ich auch nicht, wodurch sie sonst ausgelöst werden ..."

„Darüber wollen wir überhaupt nicht nachdenken - und wer sollte dich denn derartig manipulieren wollen? Es ist dein beruflicher Stress, da bin ich mir sicher, und sowieso: Du wirst niemals ein Soldat sein!"

„Na, da kannst du sicher sein, niemals aus freiem Willen, und für's Krieg spielen bin ich inzwischen ohnehin zu alt!"

„Ach, du alter Opa, komm zu mir, ich will dich knuddeln!"

****

Im Studio von John wird endlich wieder einmal Musik gemacht! Seine Band hat ihm jede Menge Notenmaterial geschickt, das er für sie arrangieren soll – er ist von den Ideen 'seiner' Band begeistert, macht sich froh gestimmt am Abend ans Werk.

Ein erster Titel, der ihm von der Melodie-Idee besonders gut gefällt, wird von ihm auf dem Keyboard als eine 'Vorab'- oder 'Basis'-Version sofort eingespielt. „Tom van de Veen hat sich da etwas wirklich Tolles einfallen lassen", ist sein erster Eindruck – wenn die anderen Musiker einverstanden sind, wird er den Song 'Brainstorm' betiteln - in seinen Gedanken bezogen auf die Sache mit Berthold.

Jetzt gilt es, das Notenmaterial zu strukturieren, die passenden Beats zu entwickeln und den Instrumenten sowie der Gesangsstimme die Elemente des Songs zuzuordnen, eine Arbeit, die ihn bis mitten in der Nacht fesselt – Intro, Verse, Bridge, Chorus ... das ist an diesem Abend seine Welt.

Er ist so sehr in sein Tun vertieft, dass er nicht einmal hört, als Petra in sein Studio kommt, und er erschrickt gewaltig, als sie ihm ihre Hand auf die Schulter legt: „Willst du heute überhaupt nicht ins Bett kommen, Liebling?"

„Es ist so schön, endlich wieder einmal an der Musik zu arbeiten, ich habe völlig die Zeit vergessen, jetzt komme ich aber sofort zu dir ins Bett, Petra!"

John hat völlig überhört, dass sein Smartphone inzwischen mehrmals vibriert hat – es ist eine schlechte Angewohnheit von Ellen Winter, um diese Zeit zu telefonieren und ihre Anweisungen zu geben; John entschließt sich, die Anrufe heute zu ignorieren.

Mitten in der Nacht, es ist gegen zwei Uhr, meldet sich erneut Johns Smartphone – leise schleicht er sich aus dem Schlafzimmer und nimmt das Gespräch an.

„Es ist jetzt zwei Uhr in der Nacht, egal, wer da bei mir um diese Zeit anruft - ich betrachte es als Unverschämtheit! Was wollen Sie?", knurrt er in das Gerät.

Etwas zurückhaltend meldet sich eine männliche Stimme. „Entschuldigen Sie bitte, Mister Bertoli, ich habe die Zeitverschiebung nicht bedacht, hier in Palo Alto ist es gerade 5 p.m., und wir sind noch im Job aktiv.

Mein Name ist Matthias Bremer, und ich rufe an aus dem Entwicklungslabor von Brainrise Robotics. Wir haben die Kommunikationsbox, das Spezial-Smartphone, entwickelt, das Ihnen Frau Winter übersandt hat.

Der Grund meines Anrufes ist folgender: Ich weiß, dass Sie regelmäßig Kontakt mit Ellen Winter haben, die Ihnen bestimmte Aufträge erteilt. Ich will dieser Frau nicht in ihr Handwerk pfuschen, aber die fachliche Seite obliegt nun einmal mir und meiner Kollegin Susan Hanson, deshalb möchte ich Sie bitten, zunächst keine Anweisungen von Frau Winter auszuführen."

„Das, lieber Herr Bremer, ist nicht ganz einfach, sie hat ein Druckmittel gegen mich in der Hand, kann mir und meiner Familie ziemliche Schwierigkeiten machen!"

„Davon weiß ich nichts, Herr Bertoli, aber ich werde mich darum kümmern. Sie sollten weiterhin die Anweisungen von ihr annehmen, jedoch nicht ausführen – ich selbst werde Sie regelmäßig ansprechen und von Fall zu Fall entscheiden, was zu geschehen hat!"

„Und wer sagt mir, dass ich Ihnen vertrauen kann? Frau Winter kenne ich immerhin schon persönlich!"

„Ich! Ich bin der fachliche Projektleiter im Fall unserer Zielperson, Ihres Nachbarn Berthold Schaf, und zuständig für die strategische Seite. Ellen Winter ist administrativ verantwortlich, irgendwann wird sie Ihnen das auch noch bestätigen. Noch eines zu Ihrer Information: Wir wollen auf keinen Fall der

Zielperson Schaden zufügen, alle Aktionen dienen nur rein wissenschaftlichen Zwecken."

„Danke für Ihre Offenheit, aber zur Stunde kann und will ich Ihnen noch nicht sagen, wie ich mich verhalten werde. Und nun: Gute Nacht, Mister Bremer!"

Verärgert legt sich John wieder in sein Bett, nachdem er sein Smartphone abgeschaltet hat – mit einem ruhigen Nachtschlaf ist es trotzdem vorbei, zu vieles schwirrt ihm im Kopf herum …

Am nächsten Morgen fällt ihm das Aufstehen recht schwer – Gedanken an seine Musik und an Berthold sind ihm in der Nacht noch durch den Sinn gegangen, dazu dann auch noch der Anruf von Mister Bremer – was will der eigentlich von ihm? Er solle die Anweisungen von Ellen Winter nicht befolgen, nur so tun als ob? Und dann, wenn sie ihm Schwierigkeiten macht, was passiert dann?

Irgendwie verunsichert macht er sich auf den Weg zur Arbeit, immer noch kreisen seine Gedanken um den nächtlichen Anruf – was, wenn die Winter heute anruft? Wie soll er sich dann verhalten?

„Wenn sich die Amerikaner uneins sind, bleibt mir vielleicht erspart, Berthold Schaden zufügen zu müssen, das wäre natürlich wunderbar!" Eine gewisse kleine Hoffnung keimt in ihm auf …

Seine Projektgruppe im Büro der Werft ist heute auf ein Minimum zusammengeschmolzen, nur drei seiner ursprünglich sieben Mitarbeiter sind an ihren Schreibtischen.

„Was ist denn heute los, wo sind die anderen?", fragt er in die Runde.

„Alle krank!" kommt unisono die Antwort, „Grippe!"

„Oh, und wie wollen wir unseren Termin halten?" Schulterzucken der verbliebenen Mitarbeiter ist die einzige Reaktion.

„Da werde ich mich wohl oder übel auf den Weg zur Bereichsleitung machen müssen, vielleicht kann manch einer ja die Arbeit im Homeoffice machen, wenn auch etwas eingeschränkt!" ist seine einzige Hoffnung.

Für diese Lösung bekommt John natürlich sofort 'Grünes Licht' von seinem Boss, und so soll es dann auch organisiert werden.

Gerade zurück an seinem Arbeitsplatz, meldet sich sein Smartphone, Ellen Winter, obwohl es in Kalifornien jetzt nachts um zwei Uhr ist.

„Hi, John, Sie hören, ich arbeite Tag und Nacht, und dafür gibt es einen Grund: Meine Firma, Future Enterprises, hat durch einen echten Glücksfall die Entwicklungsfirma Brainrise Robotics günstig erwerben können, und dort bin ich , zumindest vorübergehend, CEO, Geschäftsführerin.

Ich bin deshalb zurzeit in der Lage, die Entwicklung für die Zielperson voranzutreiben, und deshalb werden Sie als Nächstes auf der Box die Funktion 'Receiver' aktivieren, und das bitte wie immer um 22 Uhr deutscher Zeit. Goodbye, wir hören voneinander!"

Keine 24 Stunden nach dem Anruf von Bremer kommen also schon die nächsten Anweisungen der Winter – John fühlt sich jetzt sehr unter Druck gesetzt: „Ich will das alles heute Abend mit Petra besprechen!" nimmt er sich vor, dann vertieft er sich in seine Arbeit – auch das neue Schiff für die 'Nippon Cruises' fordert sein Recht.

Kapitel 21 – Erster Angriff auf Berthold Schaf

Im Büro von Susan herrscht dicke Luft: Ellen Winter ist am späten Vormittag schlecht gelaunt aus ihrem Office heruntergekommen und poltert ohne Tagesgruß sofort los: „Bob hat ein Chaos hinterlassen, das Einzige, was ich auf Anhieb finden konnte, waren volle und leere Whiskyflaschen – ich bin entsetzt, aber damit ist ja jetzt ohnehin Schluss! Und dieses Büro – wie in den sechziger Jahren, kein bisschen modern, das muss dringend geändert werden! Morgen kommt der Mensch aus dem Bürodesign-Studio in Menlo Park, der soll mir ein neues Office entwerfen, hier kann ich so nicht arbeiten, in dieser verstaubten Umgebung. Susan, besorgen Sie mir jetzt einen starken Kaffee, aber fix. Und dann müssen Mat und Sie mich jetzt erst einmal auf den Stand der Dinge bringen, was das Projekt mit der Zielperson und seinen Agenten betrifft, na ja, den zumindest habe ich unter Kontrolle!"

Susan und Mat, die gerade in einer Besprechung über Details der Chipanpassung sind, sehen erstaunt auf: „Haben sie schon einmal das Wort 'Bitte' gehört, Miss Winter? Ich bin doch kein Sklave! Holen Sie sich den Kaffee doch selbst, dahinten im Gang ist die Pantry!" Susan ist sauer.

Winter schreckt zurück: „Entschuldigung, ich war unhöflich, aber einen Kaffee hätte ich trotzdem gern!"

„Sind Sie über Nacht hier im Büro geblieben, Miss Winter?"

„Ja, und der dusselige Roboter hat mir nicht einmal etwas zu trinken ins Zimmer bringen können, er kann nichts Gescheites, scheint mir!"

Susan ist über diesen Spruch und auch alles Übrige, das Winter in ihrer Wut geäußert hat, sehr verärgert: „ Miss Winter, weder unsere Kitty noch wir können etwas dafür, wenn Sie eine so schlechte Nacht hatten, und Kitty kann sehr wohl einen Kaffee oder ein anderes Getränk bringen, man muss es ihr nur freundlich sagen – ich habe sie so programmiert, dass sie auf Kommandotöne und Beschimpfungen nicht reagiert!"

Winter ist immer noch sauer. „Dann müssen Sie die Programmierung ändern; wenn ein Mensch etwas will, hat der Roboter zu gehorchen - Punkt! Und jetzt zum Thema, wo stehen wir?"

„Nun," ergreift Mat das Wort, „lassen Sie uns diesen unproduktiven Streit beilegen und jede Polemik vermeiden. Zur Sache: Wir werden ganz kurzfristig einige Regionen im Gehirn der Zielperson erregen können, die speziell für die Telepathie von Bedeutung sind. Die Software, die wir über die Box in die Chips der Zielperson einspielen können, wird uns dabei helfen – aber wir müssen langsam und vorsichtig vorgehen, wenn wir der Zielperson nicht schaden wollen – sie soll uns ja lange Zeit nützlich sein ...

Und ich habe mir überlegt, ob es nicht sinnvoll ist, den Mann und seine Familie zu informieren und auch finanziell zu entschädigen – schließlich hilft er ja enorm der Wissenschaft, und er kann ja schließlich nur Gedanken an andere übermitteln, wenn er es aktiv will!"

Ellen Winter sieht sie entgeistert an: „Keine gute Idee, Mat, gar keine gute Idee! Was denken Sie: Wenn die Zielperson den Namen Matthias Bremer hört, des Mannes, der ihm die Chips verpasst hat – wie wird er reagieren? Denn ich bin sicher, dass er von Ihnen weiß! Oder denken Sie, Ihr Freund in Hannover hat ihm nichts davon erzählt?"

„Und wie wollen wir ihn sonst dazu bringen, seine telepathischen Fähigkeiten einzusetzen? Mit Drogen?" wirft Susan ein.

„Das, Susan, ist auch eine Möglichkeit, allerdings die allerletzte, wenn es nichts Anderes mehr gibt! Sie müssen mit dem Receiver-Chip, wie Mat schon sagte, das Gehirn entsprechend manipulieren - der Mensch darf gar nicht anders können, als sich mit Telepathie in sein Umfeld einzuschleichen! Er muss aus seinem Unterbewusstsein heraus geradezu zwanghaft den Wunsch verspüren, andere Menschen zu manipulieren, und in einem zweiten, besser dritten Schritt kommt dann unsere Puppe ins Spiel." Ellen Winter begeistert sich geradezu an ihren eigenen Worten, ihre schlechte Laune vom Morgen ist verflogen.

„Meine Puppe!" entgegnet Susan, „noch ist es meine Puppe, mit all ihren tollen Fähigkeiten und Möglichkeiten. Mein ganzes Knowhow steckt in ihrer Programmierung, sie verfügt über Fähigkeiten, die Sie, Miss Winter, nicht einmal ahnen!"

„Na, da bin ich ja gespannt. Nur vorweg: Das Eigentums- und auch das Verfügungsrecht liegen bei Brainrise Robotics, jetzt bei FE, und damit bei mir, das sollten Sie nicht vergessen. Und noch eines: Sie sollten die Puppe nicht in einen Stand zurückversetzen, mit dem das gesteckte Ziel nicht erreicht wer-

den kann, das würde Ihnen schlecht bekommen!
Aber jetzt bitte - die Puppe zum Rapport! Auf geht's!"

Susan geht in das Büro von Mat, wo sie Susan-2 platziert hatte, um ihre 'heimliche Liebe' zu provozieren. Parallel zur Optimierung dieser großen Puppe hat sie eine zweite, kleinere Version entwickelt, die jedoch noch nicht vorführbar ist, sie hat noch leichte Probleme mit Stromversorgung und Mechanik.

Zurück in ihrem Labor, bittet Susan die Winter: „Bitte begrüßen Sie die Puppe!"

Ellen Winter setzt ihr freundlichstes Lächeln auf und spricht die Puppe an: "Guten Tag, ich bin Ellen Winter, und wer bist du?"

„Hallo, Ellen, ich bin Puppe Susan. Mir geht es zurzeit sehr gut, was man von dir vielleicht nach der langen Nacht nicht unbedingt sagen kann!"

„Puppe Susan, du bist ein wenig unverschämt!"

„Ja, an meinen Umgangsformen muss noch gearbeitet werden, aber das ist alles eine Frage der Algorithmen, sagt Susan. Ellen", fährt die Puppe fort, „soll ich dir sagen, wer noch vor drei Tagen in deinem Office gesessen hat? Unser alter Boss Bob Mulligan – irgendwer hat ihn vergiftet, wird gesagt, und von wem, will Kitty noch herausfinden!"

„Du weißt eine Menge, Puppe Susan, woher?"

„Ich kooperiere."

„Du kooperierst? Mit wem?"

„Mit Kitty, der wunderbaren Robotta, die sogar Kaffee bringen kann!"

„Schon wieder eine kleine Gemeinheit, Puppe Susan, das gefällt mir nicht! Und Robotta Kitty weiß all diese Dinge und kommuniziert mit dir?"

„Hm, ja - und Kitty weiß noch viel mehr, zum Beispiel wann du Geburtstag hast, warum du immer zwei Männer bei dir im Auto hast, und warum du so gut mit dem FBI umgehen kannst!"

Ellen Winter ist irritiert und bricht die Diskussion mit der Puppe abrupt ab: „Ich muss mir das nicht länger anhören, Mat und Susan, aber noch etwas zur Technik: Kann sie denn auch mittels Receiver- und Transmitter-Chip kommunizieren?"

„Genau das hat sie getan, um von Kitty die Informationen zu bekommen, sie ist, wie auch die Robotta, weitgehend autark in ihrer Informationsbeschaffung und -verwertung, sucht über den Receiver selbstständig Kontakte, so, wie Smartphones den nächsten Sendemast suchen. Manchmal habe ich etwas Bedenken, sie in die Welt zu schicken, so selbständig ist sie!"

„Na ja, aber wenn der Strom abgeschaltet wird ...", Susan unterbricht die Winter: „Wenn der Strom abgeschaltet wird, kommt sofort ein Notsignal auf ein zuvor bestimmtes Smartphone, außerdem versucht sie, einen Ladepunkt zu finden, an den sie jemand anschließen könnte!"

„Ziemlich perfekt durchdacht, Susan, Hochachtung!" Ellen ist begeistert, „und wann kann sie nach Deutschland?"

„Wenn bei der Zielperson der Receiver aktiviert wurde und die Kommunikationsbox ein Update auf die neue Softwareversion bekommen hat."

„Und worauf warten wir dann noch? Ich erwarte spätestens am Ende der Woche eine Vollzugsmeldung, und die Puppe soll schleunigst auf die Reise gehen, meine Herrschaften!"

Mat schaltet sich ein: „Aber Miss Winter, wir können der Zielperson doch nicht einfach die Puppe in den Vorgarten setzen, oder? So etwas muss vorbereitet werden! Ich werde heute noch gewisse Vorbereitungen treffen, auf einige Tage kommt es nun wirklich nicht mehr an, und das Projekt soll doch gelingen, oder?" Leicht konsterniert entfernt sich Ellen Winter in Richtung ihres Office, eigentlich ja Bobs Office.

„Ich denke immer noch, dass sie am Tod von Bob nicht unschuldig ist, aber wir werden es ihr niemals beweisen können!", nachdenklich sieht Mat ihr nach, „leider!"

Nur dreißig Minuten später erreicht Mat telefonisch seinen alten Freund Ulrich Perley in der MHH Hannover ...

Kapitel 22 – Konfrontation mit dem Ist

Berthold Schaf hat einen für ihn bisher sehr erfreulichen Tag hinter sich - stolz und glücklich kommt er am Abend nach Haus: "Stellt euch vor, meine Lieben, wenn ich einverstanden bin, werde ich befördert! Heute Vormittag stand mein Chef mit drei Herren des Konzerns plötzlich in meinem Büro, und man fragte mich, ob ich nicht den Konzerneinkauf für Non-Food-Artikel übernehmen wolle – ich war völlig überrascht über das tolle Angebot! Das ist natürlich eine anspruchsvolle Aufgabe! Wir sollten darüber gemeinsam nachdenken, schließlich müsste ich dann in Münster arbeiten und wäre nur an den Wochenenden zu Hause ...!"

Beate ist von der Idee wenig begeistert.

„Mein Schatz!", die Kinder grinsen und kichern bei ihrer Anrede an Berthold, „mein Schatz, darüber sollten wir wirklich sehr gut nachdenken. Du wirst sicherlich eine kräftige Gehaltszulage bekommen, die wir gut gebrauchen können, aber unser Familienleben würde schon sehr darunter leiden, wenn du nur samstags und sonntags hier wärest."

Die Kinder beteiligen sich natürlich ebenfalls an dem Gespräch, Malte meint: „Dann klappt das ja nie mehr mit dem Abholen vom Training, das ist einfach Mist!", aber Johanna sieht das ziemlich anders: „Das Abholen kriegen wir hin, Malte – du könntest bestimmt mit Paul fahren, aber denk doch mal, wenn Papa viel mehr Geld verdient, dann können wir jedes Jahr toll in Urlaub fahren, und auch sonst ...!"

„Lasst uns erst einmal darüber schlafen, ihr Lieben, außerdem habe ich mir vier Wochen Bedenkzeit erbeten."

„Und wann müsstest du dann in Münster anfangen?"

„Natürlich zum Jahresbeginn, aber ich werde in den nächsten Wochen auch schon einmal hinfahren müssen und sehen, wie es dort läuft, mein Vorgänger geht nämlich in Rente!"

Der Abend vor dem TV verläuft ziemlich schweigsam, beide hängen ihren Gedanken nach, und auf den Abend folgt wieder einmal eine unruhige Nacht - die Neuigkeiten, so positiv sie auch sein mögen, bringen beide weitgehend um den Schlaf.

„Wenn wir mehr Geld haben, können wir vielleicht auch die Tilgung für das Haus erhöhen, und die Kinder könnten manchen heimlichen Wunsch erfüllt bekommen", denkt Beate und wälzt sich auf die andere Seite, „aber wir sind dann abends fast immer allein hier." Sie dreht sich wieder zurück in Richtung Berthold, sieht, dass er auch nicht schläft, kuschelt sich zu ihm hinüber: „Wir klären das alles gemeinsam, Liebling, und jetzt lass uns schlafen ...". Berthold umarmt sie liebevoll.

„Und jetzt lass uns schlafen, hast du gerade gesagt", und zieht ganz langsam ihr Nachthemd nach oben – nun wird die Nacht doch noch eine gute Nacht …

****

Im Nachbarhaus ist am späten Abend wieder einmal ein Anruf aus den Staaten angekommen, dieses Mal von Mat Bremer. „Wir werden Ihnen, John, wahrscheinlich in den nächsten Tagen eine Puppe zukommen lassen, die Sie als Geschenk für die kleine Johanna verwenden sollten, die feiert nämlich in der nächsten Woche ihren zwölften Geburtstag, wie wir wissen. Die Art, wie das Geschenk zu Ihnen kommen wird, haben wir noch nicht festgelegt, wahrscheinlich wieder mit dem Parcel-Service – vielleicht ist jedoch Ihre Mithilfe auch nicht notwendig, wir werden sehen, das ist alles noch völlig offen. Falls doch, rufen Sie mich bitte an, wenn das Geschenk für das Mädchen bei Ihnen an gekommen ist, und zwar zu jeder Tages- und Nachtzeit. Bye, John!"

Auch dieser Mensch verhält sich wie Ellen Winter und gibt ihm keine Chance für Fragen oder Reaktionen – komische Menschen sind das dort in Kalifornien, geht ihm durch den Sinn …

Nach dem Gespräch spricht er die neue Entwicklung mit Petra durch, die der Meinung ist, er solle das Ganze nicht so verbissen sehen und alles auf sich zukommen lassen – schließlich sei er nur ein Befehlsempfänger und habe keine Wahlmöglichkeit.

„Wieso, Petra, sollen wir Johanna eine ganz bestimmte Puppe zum Geburtstag schenken, damit stimmt doch irgendetwas nicht, oder? Wenn ich nur dieses schreckliche Smartphone nicht hätte, mit dem ich Berthold schaden kann, und wenn wir das Geld nicht genommen hätten und wenn ...", Petra unterbricht ihn. „'Und wenn' ist keine richtige Fragestellung, mein Lieber, 'wenn nicht' wäre korrekter, dann würde vielleicht jemand deinen Job ausführen, der keine Skrupel hat so wie du!"

„Du hast wahrscheinlich Recht mit deiner Ansicht, Petra, – ich werde auf jeden Fall versuchen, jeden für mich erkennbaren Schaden von Berthold abzuwenden."

****

Am Samstag Nachmittag hält, für Familie Schaf völlig unerwartet, der schwarze 911er-Porsche von Ulli Perley vor ihrem Haus.

Berthold kehrt gerade das Laub zusammen, das der erste Herbststurm von den Büschen und Bäumen gefegt hat, und Beate bereitet in der Küche die nachmittägliche Kaffeestunde vor; die Kinder sind bei Freunden.

„Hallo, Berthold, alter Freund!" „Hallo, Ulli, welche Überraschung!"

Die Begrüßung ist herzlich wie in den alten Zeiten in Hannover, als sie noch zu dritt, mit Beate, um die Häuser zogen.

Die hat den Besuch vom Küchenfenster bereits gesehen und kommt trotz der kühlen Witterung heraus: „Ulli! Das ist ja eine tolle Überraschung, wo kommst du denn her? Sag jetzt nicht, du hättest in unserer Gegend ohnehin zu tun gehabt, das würde dir kein Mensch abnehmen"

„Das würde ich nie sagen, liebe Bea, ich hatte einfach Sehnsucht nach dir!"

„Du alter Charmeur, baggere mich nicht schon wieder an, sonst hole ich meinen starken Ehemann!"

Berthold hat das fröhliche Wortgeplänkel mitgehört, legt seinen Laubrechen beiseite und grinst herüber zu den beiden: „Muss ich eingreifen, ihr zwei?"

„Der Kaffee ist fertig, kommt herein, bitte." Beate hat den Tisch liebevoll gedeckt, wie sie es an den freien Tagen immer tut, und eine Schale mit Keksen von Oma aus Delmenhorst steht zum Knabbern bereit.

Ulli hebt zu einem sehr langen Vortrag nach Professorenart an, im Hinblick auf den Grund für seinen Besuch ist das aber durchaus angemessen.

„Ihr Lieben, beim Gartenfest im Juli habe ich dir, Berthold, mitteilen müssen, dass man dir Chips ins Gehirn implantiert hat, mit deren Hilfe man bestimmte

Reaktionen deinerseits hervorrufen und steuern kann, vor allem deine Fähigkeiten der Telepathie." Beate und Berthold sehen ihn gespannt, aber gleichzeitig auch ein wenig ängstlich an.

„Vor einigen Tagen nun rief mich Matthias Bremer an – der Name ist euch noch ein Begriff, oder nicht? - um mich zur Mitarbeit an seinem Projekt zu gewinnen, was ich damals abgelehnt habe, wie ihr wisst.

Die Firma Brainrise Robotics, für die Bremer arbeitet, hat dich, Berthold, leider nicht aus den Augen verloren, im Gegenteil!"

Ulli schluckt ein wenig, bevor er fortfährt.

„Inzwischen bist du, lieber Berthold, eine sogenannte Zielperson des amerikanischen Geheimdienstes, der wiederum in engem Kontakt mit Bremers Arbeitgeber steht und die Leute dort ziemlich unter Druck setzt."

Berthold springt erregt auf, tigert im Zimmer hin und her.

„Was, bitte, hat das alles mit mir, mit uns zu tun, Ulli? Ich, eine Zielperson des US-Geheimdienstes? Ich, ein kleiner Angestellter in einem großen Konzern?!"

„Bitte, Liebling, setz dich wieder zu uns!", versucht Beate ihn zu beruhigen.

Ulli fährt fort: „Das Geheimnis, die Ursache für deren Interesse an dir liegt, und wenn du darüber nachdenkst, wirst du mir zustimmen, in den bei dir implantierten Chips. Bremer sagte mir, dass du vor einigen Tagen einmal um 22 Uhr und einmal am späten Vormittag migräneartige Kopfschmerzen gehabt haben musst, und die Ursache ist darin zu suchen, dass deine Chips dazu aktiviert wurden, den Wissenschaftlern bei Brainrise Robotics deine jeweilige GPS-Position zu übermitteln!"

Berthold wird bei Ullis Worten immer kleiner in seinem Sessel – inzwischen haben sich die Drei in die Sitzgruppe im Wohnzimmer begeben.

„Die können also in Kalifornien jederzeit feststellen, wo ich mich gerade befinde, auch jetzt?"

„Nein, das noch nicht, aber es ist nur eine Frage von Tagen, bis das der Fall ist. Im Augenblick wird der Transponder-Chip in deinem Gehirn noch von außen sozusagen 'freigeschaltet' für die GPS-Übermittlung."

Beate schaltet sich ein: „Von außen freigeschaltet, sagst du? Von außen?"

„Ja, aber diese 'Krücke' wird man demnächst dafür nicht mehr benötigen, dann wird die Funktion mithilfe des Receiver-Chips automatisiert."

„Ulli, du sprichst von mir wie von einem technischen Gerät! Ist dir denn überhaupt bewusst, welche Konsequenzen das alles für mich, für unsere Familie hat? Eine permanente Überwachung, wo immer ich bin – das ist ja entsetzlich!"

Fast flehend ergreift Beate noch einmal das Wort.

„Ulli, du bist doch Neurologe, kennst den Professor von damals aus den USA – der kann doch die Chips einfach wieder herausnehmen, oder? Man muss ihn nur gut genug dafür bezahlen!"

„Ich muss dich leider enttäuschen, liebe Bea, das ist ohne massive Gefahr für Verstand oder sogar Leben von Berthold nicht möglich, die Dinger sind inzwischen eingewachsen und nicht mehr zu entfernen – ihr werdet damit leben müssen, so schlimm sich das für euch jetzt auch darstellt!"

Ein tiefes, langes Schweigen herrscht im Wohnzimmer, bis Ulli erneut das Thema aufgreift.

„Bremer hat mit mir sehr lange Gespräche geführt, und man ist sich dort der Schwere des Eingriffs in euer Leben durchaus bewusst. Auf der anderen Seite sieht man auch durch deine Fähigkeiten, Berthold, und durch die implantierten Chips Möglichkeiten, mit deiner Hilfe die Wissenschaft von der Steuerung durch Gedanken weltweit einmalig voranzubringen."

Ulli lehnt sich im Sessel zurück, blickt hinüber zu Beate und Berthold, die regelrecht erschlagen von dem Gehörten regungslos vor sich hinstarren.

„Eigentlich," fasst sich Berthold ein Herz, „müsste ich dir jetzt sehr böse sein, denn du hast damals die Amerikaner ins Spiel gebracht, aber andererseits würde ich ohne all das damals wahrscheinlich nicht mehr leben.

Du sagst, eine chirurgische Lösung ist unmöglich? Gibt es denn in der Forschung und der Wissenschaft überhaupt ein 'unmöglich'? Wie würdest du dich als mein Freund – und als solchen betrachte ich dich unverändert – entscheiden? Soll ich mich in mein Schicksal ergeben oder mich von der nächsten Brücke stürzen, vielleicht auch nach Australien oder Timbuktu auswandern, also weglaufen? Bitte sag etwas dazu, mein Freund!"

Eine Pause tritt in dem intensiven, heftig geführten Gespräch ein.

Die Frage steht noch unbeantwortet im Raum, als die Kinder vom Besuch ihrer Freunde im Nachbarhaus zurückkommen und Ulli freudig begrüßen.

„Onkel Ulli, warum hast du nicht angerufen? Wir wären dann gern im Haus geblieben!"

„Ach, ihr Lieben, es hat sich ganz spontan ergeben, und nun haben eure Eltern und ich in Ruhe miteinander erzählen können!"

„Dürfen wir dich zum Abendessen einladen, Ulli? Es gibt nichts Besonderes, nur ganz normales Werterfehner Abendessen ohne Schickimicki ..."

Mit den Worten „Aber gern, Bea, ich müsste mir nur noch schnell ein Hotelzimmer reservieren, ihr entschuldigt mich einen Moment". Er geht kurz in die Diele des Hauses, telefoniert mit dem Hotel, „Alles erledigt."

Bei Tisch ist das noch offene Gespräch natürlich Tabu, die Familie und Ulli plaudern über Allgemeines, Berthold erzählt von seiner Chance auf den neuen Posten im Konzern, und Ulli steuert Anekdoten aus seinem ärztlichen Alltag bei.

Nach einer ganzen Reihe weiterer relativ belangloser Unterhaltungen, die Kinder haben sich, sehr zu ihrem Bedauern, ins Bett verabschieden müssen, kommt Ulli wieder auf das Thema des Abends zurück.

„Kurz vor dem Abendessen hast du, lieber Berthold von den aus deiner Sicht möglichen Alternativen für deine Zukunft gesprochen, aus meiner Sicht war da kein gangbarer Weg dabei, alles wäre nur zu deinem, zu eurem Nachteil. Wie ich schon sagte, habe ich in den letzten Tagen mehrmals sehr lange mit Matthias Bremer telefoniert, und wir haben, und dieser Meinung sind sowohl die Amerikaner als auch ich, folgenden Vorschlag: Du arrangierst dich mit ihnen und akzeptierst deine nach meiner Ansicht ohnehin ausweglose Situation, und ihr macht gemeinsam das Beste daraus – das soll wie folgt funktionieren", Ulli verhält einen Augenblick, dann fährt er fort: „Bremer und seine Firma Brainrise Robotics beeinflussen dich nur, soweit es für ihre Forschungen zwingend erforderlich ist. Soweit ich informiert bin, sollst du überwiegend lediglich bestimmte Kommandos auf Zuruf ausführen. Das bedeutet, du bekommst Einfluss – ein faktisches Mitspracherecht - über alles, was mir dir geschieht. Die Alternative ist viel unangenehmer, denn die Amerikaner würden mit deinem Gehirn machen können, was ihnen gerade in den mehr oder weniger wissenschaftlichen Sinn kommt.

Über diese, für dich meiner Meinung nach einzige gangbare Alternative wird mit Brainrise Robotics ein Vertrag geschlossen, in dem auch Sanktionen gegen das Unternehmen bei Missbrauch der Machtposition vereinbart werden. Der positive Aspekt dieser Regelung sollte sein, dass es für die Dauer der Experimente ein erhebliches Honorar geben wird, das euch von allen finanziellen Sorgen auf längere Sicht befreien wird. Die Frage, was du mit deinem neuen Job machen sollst, kann ich dir leider nicht beantworten – ein finanzieller Verlust ist der Vertrag mit den Amerikanern auf keinen Fall!"

Nach diesem doch sehr langen und auch inhaltsschweren Vortrag lehnt sich Ulli im Sessel zurück und sieht Beate und Berthold gespannt an.

„Das alles, lieber Ulli, ist schon ein starker Tobak, wie mein Papa immer zu sagen pflegt", meint Beate, und sieht zu Berthold hinüber, „ich denke, darüber werden wir noch sehr intensiv nachdenken müssen, oder was meinst du, mein Schatz?"

Ulli erhebt sich, wendet sich zum Gehen.

„Du hast völlig Recht, liebe Bea, diese Entscheidung solltet ihr gut bedenken, aber – was habt ihr für Wahlmöglichkeiten? Ich werde jetzt erst einmal ins Hotel fahren. Darf ich morgen Vormittag noch einmal vorbei schauen?"

„Aber ja," antworten beide zugleich, „selbstverständlich!"

Kapitel 23 – Das Spiel ändert sich

Susan und Mat diskutieren über die Einsatzfähigkeiten, die die nach Deutschland zu liefernde Puppe haben sollte – nach Mats Meinung darf sie auf keinen Fall die Intelligenz von Kitty oder auch Susan-2 haben: „Mit einem so fähigen Spielzeug wäre innerhalb weniger Tage die komplette Nachbarschaft einschließlich aller Kinder bei der Zielperson zu finden, alle würden mit der Puppe irgendetwas anstellen wollen – da ist unser Arbeitsziel ganz hinten zu finden. Ich denke, das Akzeptieren von gesprochenen Kommandos, und zwar nur von der Zielperson, und die Gedankenbefehle für bestimmte Aktivitäten müssen ausreichen. In fernerer Zukunft können wir dann über Intelligenzleistungen reden, was meinst du, Susan?"

„Schade, und meine kleine Susan ist doch sooo intelligent, sie interpretiert jetzt sogar Songs von Marylin Monroe ..."

„Susan! So langsam wird die Puppe zum Unterhaltungs-Künstler, oder? Du sollst deine Fähigkeiten auf unser Projekt konzentrieren! Also: Wann liegt die mechanische Version vor, Ellen Winter meckert ohnehin andauernd herum, weil wir noch nicht weitergekommen sind. Mein Freund in Deutschland bearbeitet gerade die Zielperson, und wir hoffen, dass sie konstruktiv mitarbeitet – dann haben wir gewonnen! Aber auch, wenn dieser Mensch nicht will - deine Software für den Receiver-Chip eröffnet uns natürlich ohnehin alle Möglichkeiten, diesen Menschen zu manipulieren!"

„Siehst du, Mat, das ist mein Thema - mit der mechanischen Puppe habe ich nicht so viel im Sinn. Ich will das fremde Gehirn steuern, den fremden Willen erkunden und vielleicht auch brechen, daran arbeite ich! Und wenn mir das gelingen sollte, und ich denke, ich bin auf einem guten Weg dahin, bin ich die Größte, dann steht mir die Welt der Bewusstseinssteuerung weit offen – und wenn du ganz, ganz lieb bist, Mat, darfst du mit in diese Welt", und ganz leise fügt sie noch hinzu „aber nichts Helen erzählen, sie würde nicht verstehen, dass wir irgendwie ganz eng zusammengehören!"

Mat ist bei Susans Worten zusammengezuckt, als sie von ihrem Willen zur Gehirnmanipulation gesprochen hat, aber eigentlich ist es genau das, was sie beide wollen: Macht über fremde Gehirne ausüben – und für dieses Ziel arbeiten sie und werden gut bezahlt.

****

„Ich habe gleich einen Termin bei Ellen, gibt es etwas, was ich ihr von dir ausrichten kann, oder hast du Fragen?"
„Nein, mach du deinen Termin, ich bastele inzwischen an der mechanischen Puppe, ihr wollt es ja so, und meine Fragen stelle ich ihr direkt!"
„Nun sei nicht sauer, ich habe Recht mit meiner mechanischen Puppe, und du hast Recht mit der intelligenten Version, darauf können wir uns doch verständigen, oder?"
Susan nickt versonnen – im Hinterkopf hat sie eine Idee, wie sie bei der kleineren Puppe trotz der Absprache mit Mat alle Funktionen von Susan-2 implementieren kann.

Er fährt mit dem Lift hinauf zu Ellen Winter.
„Hallo, Boss!" begrüßt er sie fröhlich, was aber auf ihrer Seite des Schreibtisches nicht gut ankommt …
„Mat, wir haben ernsthafte Probleme mit Brainrise Robotics, die Bob anscheinend nie gesehen hat oder nicht sehen wollte, sehen Sie hier," sie zeigt ihm am Monitor eine Kosten-Nutzen-Übersicht, in der die Aufwands- und Kostenkurve weit über der Ertragskurve liegt, „da ist unser Problem. Wir werden den Laden hier umstrukturieren müssen, von der reinen Entwicklungsfirma in einen Produktionsbetrieb, was meinen Sie dazu?"
Mat ist in mehrfacher Weise erstaunt: „Bedeutet das, dass wir im Prinzip pleite sind?"
„Nein, ganz so ist es nicht, aber wir müssen die Kosten senken, Personal abbauen, neue Kunden gewinnen für unsere Superprodukte."
„Welche Produkte? Wir produzieren doch nur 'geistige Ergüsse', und ohne die staatlichen Aufträge sehen wir, Sie sagen es selbst, recht alt aus."
„Darum meine Gedanken an eine sicherere Zukunft für dieses Unternehmen: Future Enterprises wird uns einen großen Kredit gewähren, der die Liquiditätsprobleme lösen wird. FE will dafür natürlich Sicherheiten in Form unserer

Gewinne - die wir jetzt noch nicht haben.

Wenn wir Gewinne machen wollen, müssen wir ganz viele Kittys verkaufen und der Miss Pepper den Rang ablaufen. Ich weiß inzwischen, wie fähig die Software und auch die Mechanik unserer Robotta sind - Sie, Mat, werden dafür in Abstimmung mit Werkstatt, Labor und Entwicklungsabteilung – sprich Susan -, ganz kurzfristig ein Konzept erarbeiten, wie unsere Robotta unters Volk kommen kann!

So, das war es für heute von meiner Seite, haben Sie noch etwas?"

„Ja, Ellen, in der Tat! Es geht um unseren Agenten und seine Zielperson in Deutschland. Ich bin inzwischen über einen Freund dort direkt an der Zielperson, mein Freund bemüht sich gerade gestern und heute, den Mann zu einer von uns gut zu honorierenden, konstruktiven Mitarbeit zu bewegen. Unser Agent im Nachbarhaus wäre dann überflüssig, und die Kommunikationsbox würde nur noch für bisher nicht definierte Einsätze benötigt. Ich würde gern den Agenten übernehmen und mit ihm alles Weitere besprechen."

Ellen stützt den Kopf in beide Hände, sieht ihn eindringlich an: „Haben Sie nicht schon Kontakt zu ihm aufgenommen?"

„Ja, aber unter Vorbehalt, ich wollte Ihrer Entscheidung nicht vorgreifen."

„Und wie teuer wird dann die Zielperson für uns? Zehntausend Dollar?"

„Nein, etwas weniger, gut acht-, achteinhalbtausend."

„OK, dann machen wir es so, das Geld geht in Ordnung, und Sie sind ab sofort John Bertoli's neuer Führungsoffizier, ich gebe das so ans Pentagon weiter. Sind wir jetzt fertig?"

Mat nickt ihr zu, und mit einem „Yes, Ma'am, bye" verabschiedet er sich in sein eigenes Büro, wo er noch lange über die neue Situation nachdenkt …

Als nächstes aber ruft er Kitty herbei und bittet sie um einen Kaffee und einen Bourbon. „Bourbon ist aus, hat Boss Ellen abgeschafft!" „Dann eben nur einen Kaffee, liebe Kitty," „Ich könnte dir aber einen guten Scotch anbieten, Mister Mat."

„Kitty, du bist die größte Robotta aller Zeiten!" „Du sagst mir nichts Neues, Mister Mat!"

Am späten Nachmittag treffen Susan und Mat in der Lobby zusammen, wollen beide Feierabend machen.

„Susan, wollen wir noch auf ein Bier irgendwo hingehen? Ich habe große Neuigkeiten zu berichten!"

„Gern, ins 'Wimpies'?" Sie schlendern, es ist ein angenehm warmer Herbstnachmittag, den kurzen Weg entlang bis zu der gemütlichen Bierkneipe am Ende der Straße.

Sie nehmen Platz, und Susan sieht Mat eindringlich an: „Mat, was ist los, du hast mich doch noch nie zum Feierabendbier eingeladen, hast du Streit mit Helen?"

„Nein, nein, mich bedrückt mein Gespräch mit Ellen. Stell dir vor: Sie will den ganzen Laden umstrukturieren, von Gedankenschmiede auf Fertigungsbetrieb, und will Kosten senken, Leute entlassen, und die Gewinne gehen dann an FE!"

„Und was wird mit unserem tollen Projekt?"

„Das läuft unverändert weiter, dahinter steht ja auch das Pentagon, die würden ihr schon Dampf machen. Aber für alle anderen sieht es nicht so gut aus, sie will Kitty in Serie fertigen und wie Pepper vermarkten, ich kann mir vorstellen, über Amazon."

„Mat, sieh das doch nicht so negativ. Kitty ist gut, sie ist sogar Weltklasse, wir müssen nur einige Fähigkeiten aus- und bestimmte Sperren einbauen, da sehe ich tolle Marktchancen, und das hat Ellen auch erkannt. Aber unsere eigene Kitty bleibt die Alte, verspreche ich dir. Hast du in den Umbau schon Zeit investiert?" „Na ja, noch nicht, aber ich soll kurzfristig ein Marketingkonzept erarbeiten und ihr dann präsentieren. Du darfst mir gern helfen, Susan." „Ich bin im Augenblick aber voll mit den Puppen beschäftigt, mein Puppenmacher Tom hat mir drei neue Prototypen geliefert, die will ich an unsere Ideen anpassen, und Susan-2 soll ja auch noch besser werden – so gut, wie Susan-1 schon ist!" Sie fällt Mat, der davon völlig überrascht wird, um den Hals und küsst ihn stürmisch: „Wir sind ein tolles Team!"

Einige Gäste im Lokal schauen begeistert zu ihnen herüber: „One more time!" schallt es durch den Raum, und Susan nutzt die Verwirrung von Mat, ihn noch einmal, noch intensiver zu küssen: „Gehen wir gleich zu mir, oder bleiben wir im Wagen?" raunt sie ihm ins Ohr.

„Ach, Susan ...", ist seine Reaktion – klingt es ein wenig bedauernd?

Kapitel 24 – Der Kontrakt

Das Gespräch mit Ulli hat Berthold und Beate völlig aus dem Gleichgewicht gebracht.

Nach Ullis Abfahrt in Richtung Emsstadt zum Hotel sitzen die Beiden bedrückt in ihren Sesseln, nicht wissend, was nun geschehen wird.

„Ulli hat leider Recht, wir haben keine Chance, uns gegen die Amerikaner zur Wehr zu setzen, die Chips in meinem Kopf sind durch sie jederzeit irgendwie verwendbar - aber trotzdem sollten wir versuchen, Informationen über mein Gehirn mit einer MRT-Untersuchung zu bekommen, vielleicht gibt es ja doch einen gangbaren Weg, die Dinger wieder heraus zu bekommen ...“

„Aber nicht im Klinikum Emsstadt, zu denen habe ich jetzt kein Vertrauen mehr, vielleicht in Münster, die haben einen guten Ruf! Und wenn wir gegen den Einsatz der Chips klagen, am Besten vor einem amerikanischen Gericht?“, meint Beate, die gelesen hat, dass die Gerichte dort sehr hart urteilen, „die sind sehr rigoros, man sieht es doch an den Urteilen im Diesel-Skandal!“

„Ich glaube nicht, dass wir überhaupt zu einer Klage zugelassen werden, Liebling, gegen wen wollen wir denn zurzeit klagen? Gegen den Professor? Gegen Brainrise Robotics, gegen Dr. Bremer, gegen Ulli, gegen die ganze Welt? Und wie wollen wir überhaupt beweisen, dass man mir ohne meine Einwilligung Nanochips implantiert hat, wenn die Dinger kaum nachweisbar sind? Das wird wohl nichts mit einer Klage, erst wenn wir den Vertrag haben, stehen unsere Chancen in dieser Richtung besser!“

„Das stimmt leider, dann lass uns sehen, was uns Ulli morgen für einen Vertrag vorlegt, ich bin mir sicher, dass er das noch heute Nacht deswegen mit Bremer telefoniert ...“

„Hätten wir doch damals im Krankenhaus nur die ursprünglich geplante Sonde zugelassen, die war wenigstens real und hätte wieder entfernt werden können, aber wer konnte denn auch so etwas ahnen!“

„Ach, Berthold, wie wird nur unsere Zukunft – ich habe Angst, Angst davor, dass die Brainrise Robotics-Leute Dinge mit dir tun, die unser Leben zerstören!“

„Das wird nie geschehen, Liebling, niemals, dafür liebe ich dich zu sehr, und jetzt lass uns die finsteren Gedanken vergessen und schlafen gehen."

****

Das Frühstück an diesem Sonntagmorgen verläuft ziemlich schweigsam, auch die Kinder ahnen, dass irgendetwas in der Luft liegt, und sind schnell wieder in ihren Zimmern verschwunden.

„Hat Ulli etwas gesagt, wann er kommen will?" Berthold schaut von der Sonntagszeitung auf, in der er - völlig uninteressiert - geblättert hat.

„Er hat nur von heute Vormittag gesprochen, bestimmt arbeitet er noch den Vertrag durch, um für uns das Beste herauszuholen." Beate bemüht sich, einen optimistischen Eindruck auf Berthold zu machen.

Sie hat kaum ausgesprochen, als der schwarze Porsche vor der Auffahrt hält und Ulli schwungvoll und anscheinend wohl gelaunt den Weg heraufkommt. Beate geht ihm entgegen.

„Hallo, Ulli, guten Morgen – hoffe wir jedenfalls", begrüßt ihn Beate gespannt, „wie war deine Nacht? Du bist im Gegensatz zu uns so fröhlich? Berthold und ich haben nicht besonders gut geschlafen".

„Kurz war meine Nacht, Bea, kann man sagen. Ich habe mit den Amerikanern den Kontrakt ausgehandelt, und zum Schluss, so gegen drei Uhr, hat man ihn mir zugemailt."

„Dann bist du ja kaum zum Schlafen gekommen?"

„So ist es - aber dafür, denke ich, kann ich eure Stimmung wieder heben. Wollen wir hineingehen?"

Beate und Ulli gehen ins Wohnzimmer, in dem sie schon von Berthold erwartet werden.

Berthold sieht zu ihm hinüber: „Hi, Ulli, guten Morgen! Hast du etwas erreichen können?"

„Ja, ich habe heute direkt nach dem Frühstück den Vertragstext im Hotel ausdrucken können, die waren dort sehr entgegenkommend".

„Zeig her, Ulli, wir sind natürlich neugierig!" Beate setzt sich neben ihren Berthold auf die Lehne des Sessels.

„Wollen wir den Text nicht gemeinsam durchgehen? Manche Passage wird dann vielleicht deutlicher!"

Der ganze Vormittag vergeht mit intensiven Diskussionen, besonders Beate hakt immer wieder nach, wenn ihr einzelne Formulierungen zuwider laufen oder unklar sind, und Ulli versucht dann, entsprechende Änderungen einzuarbeiten. Am Ende der Diskussionen, Korrekturen, Streichungen ist ein ziemlich veränderter Vertragstext auf dem Tisch, den Ulli jetzt seinem Freund Matthias Bremer 'verkaufen' muss.

Er verabschiedet sich nach Hannover und wird von dort aus mit Palo Alto Kontakt aufnehmen: „Die schlafen jetzt noch alle, aber wenn alles gut läuft, schicke ich euch die neue Version, fertig unterschrieben, in den nächsten Tagen zu – oder ich komme noch einmal vorbei, was meinst du, Bea? Bis dahin - alles Gute für euch!", grinst er zu Beate und geht schwungvoll zu seinem Wagen.

Der schwarze Porsche verschwindet am Ende der Goethestrasse – Beate und Berthold sehen ihm lange nach.

„Mama, wann gibt es Essen?" Malte ruft aus seinem Zimmer herunter. „Heute habe ich nichts gekocht, wir gehen zum Griechen und essen dort."

„Au fein, Johanna, wir gehen zum Griechen!" Nur wenige Minute später stehen beide 'ausgehfertig' im Flur. „Was ist denn nun, wollen wir?"

Am Nachmittag, das Essen in ihrem Stammrestaurant am Ort war gut wie immer, sind die Kinder sind wieder zu Freunden unterwegs. Johanna ist zu einer Schulfreundin gefahren, Malte 'nach drüben' zu Paul gegangen. Die Jungen verstehen sich ganz ausgezeichnet, Johanna hingegen fühlt sich den Zwillingen gegenüber etwas unterlegen, die 'Dopplung' der Mädchen macht ihr hin und wieder Probleme - Jennifer und Lucy machen sich oft einen Spaß daraus, Johanna durch ihr fast identisches Aussehen zu verwirren ...

Beate und Berthold sprechen, als sie wieder allein in der Sitzecke sind, natürlich über ihre Situation und mögliche nächste Schritte, und auch der Entwurf des Vertrages ist Thema.

„Wir sollten uns aus dem Klinikum die Unterlagen schicken lassen, darauf haben wir einen Rechtsanspruch, soweit ich informiert bin, und wir sollten versuchen, in der Neurologie in Münster kurzfristig einen MRT-Termin zu bekommen", sinniert Berthold laut vor sich hin.

„Kurzfristig? Davon träumst du aber nur, die haben sicher wie überall bei den Fachärzten mehrere Monate Wartezeit!"

Berthold ist verzweifelt; „Wir können den Anderen doch nicht so einfach kampflos das Feld überlassen, oder? Ob wir das Ganze mit Petra und John durchsprechen können? Zu denen habe ich ziemlich viel Vertrauen, obwohl sie noch nicht so lange unsere Nachbarn sind."

„Damit sollten wir doch noch etwas warten, meine ich, lass uns zunächst die Krankenakte aus dem Klinikum abwarten. Aber mit dem Vertrag sollten wir uns vorsichtshalber – wir wissen ja nicht, was Ulli tatsächlich aushandeln wird – noch einmal ganz genau beschäftigen!" Beate behält, wie eigentlich immer in kritischen Situationen, einen klaren Kopf. „Lass uns noch einmal ansehen, was bisher in dem von uns korrigierten Entwurf steht."

Es ist im Prinzip ein Vertrag, in dem die Rechte und Pflichten für beide Seiten geregelt werden sollen.

- Berthold Schaf ist der Auftragnehmer und Brainrise Robotics der Auftraggeber, was bedeutet, dass Berthold Aufträge erteilt bekommt, die er ausführen muss und dabei Daten liefert, die Brainrise Robotics auswerten wird.

Die Besonderheit dieser Vereinbarung wird sein, dass die Daten, die an Brainrise Robotics geliefert werden, über eine Art Relaisstation geleitet werden.

- Diese Station wird jedoch wiederum die Kommandos ausführen, die Berthold ihr durch die Kraft seiner Gedanken erteilt, eine Relaisstation mit besonderen technischen Fähigkeiten, die von Brainrise Robotics kurzfristig anzuliefern ist.

- Art und Aussehen der Station bestimmt Brainrise Robotics, und für die Dauer der Vereinbarung darf Berthold keinerlei Veränderungen an Aussehen und Mechanik der Station vornehmen, andererseits verpflichtet sich Brainrise Robotics, keine wider die guten Sitten und Gesetze verstoßenden Aufträge zu erteilen.

- Welche technischen Aufträge Berthold an die Station zu erteilen hat, bestimmt Brainrise Robotics.

- Die Vereinbarung ist beiderseits kündbar, wenn die jeweils andere Seite gegen die im Vertragstext genannten Regeln verstößt, oder wenn die telepathischen Fähigkeiten von Berthold für das Erfüllen der Aufgaben nicht oder nicht ausreichend verfügbar sind.

- Für die Dauer der zunächst unbegrenzten Laufzeit wird monatlich eine Aufwandsentschädigung in Höhe von 8500 USD gezahlt.

- Mit Ausnahme der finanziellen Regelung ist die Erfüllung der Vereinbarung nicht einklagbar, da es sich um ein wissenschaftliches Experiment handelt.

Beate und Berthold grübeln lange über dem mit Ulli bereits überarbeiteten Text, kommen aber zu keinem Ergebnis.

„Was heißt den überhaupt Relaisstation? Müssen wir da nicht mehr wissen? Und wie bekomme ich die Aufträge, was sind das für Aufträge, und wieso Telepathie, das will ich doch nicht mehr! Und was bedeutet 'Daten liefern', wie denn, mit meinem Computer?" Fragen über Fragen – Berthold ist verzweifelt.

Beate versucht, ihn wieder etwas aufzubauen: „Berthold, mein Schatz, haben wir eine Wahl? Lass uns das Beste aus dieser Sache machen, ich habe nur keine Ahnung, wie wir das alles in der Nachbarschaft geheim halten und auch vor den Kindern verbergen können. Und wie sieht die erwähnte Station aus, kann die überhaupt im Haus stehen? Und kannst du weiterhin in dein Büro gehen, das muss doch sein, und was wird mit Münster? Du siehst, mein Schatz, auch ich habe noch sehr viele Fragen."

„Lass uns jetzt die Unterlagen wegschließen und an unser Abendessen denken, die Kinder werden gleich zurück sein", ist Bertholds vorläufige Antwort auf ihre Frage, „heute und hier können wir sowieso nichts mehr klären, lass uns die Nacht darüber schlafen, und ich werde mir für morgen einen Tag Urlaub nehmen, ich muss ja auch noch über das Angebot der Firma nachdenken, das ist ein Urlaubsgrund!"

Kapitel 25 – Puppe Susan begeistert

Ellen Winter bekommt an diesem Montag Vormittag Besuch, die Herren Tailor und Densel haben sich wieder einmal auf den Weg von Arlington nach Palo Alto gemacht.

Wie schon bei ihren vorherigen Besuchen, zurzeit Bob Mulligans, ist ihr einziges Interesse der Arbeitsfortschritt bei der Entwicklung der Manipulationssoftware und deren Anwendung im Gehirn der Zielperson.

„Ellen", hebt Jerome Tailor an, „ich darf Sie doch Ellen nennen? Wir müssen jetzt endlich zum Abschluss der Entwicklungsarbeiten kommen. Hat Ihr Team nun etwas vorzuweisen oder ist noch immer alles Theorie? Wir wollen endlich Fakten sehen!"

„Werden sie sehen, meine Herren, wir sollten jedoch auch besprechen, wie sich das Pentagon die Zusammenarbeit nach Abschluss unserer Entwicklungen vorstellt, sowohl organisatorisch als auch strategisch."

Tailor und Densel sehen sie völlig konsterniert an, einen 'Gegenangriff' durch Ellen haben sie nicht erwartet, und die fährt fort: „Zu Ihrer Information - wir stehen unmittelbar vor dem ganz großen Durchbruch, die Entwicklungsarbeiten sind zu 99 % abgeschlossen, die Zielperson wird entsprechend vorbereitet. Damit unser Gespräch heute für Sie und uns zufriedenstellend verläuft, kann ich, nein, können mein Team und ich Ihnen gern eine beeindruckende Demonstration der Fähigkeiten und Funktionen unseres Produktes anbieten!"

Densel übernimmt das Gespräch: „Ellen, wir haben natürlich von unseren Dienststellen Terminvorgaben bekommen, und wir müssen auch Sachinformationen liefern. Bitte sagen Sie uns ganz klar, wann Ihr Team mit den Experimenten beginnen will und wie lange diese Phase dauern wird. Für uns ist eine Vorführung hier im Hause zwar sehr interessant, aber die Terminierung des Echteinsatzes ist uns wichtiger."

„Damit, Herb, haben Sie meine Frage nach dem weiteren Vorgehen Ihres Hauses nicht beantwortet."

„Nein, und das kann ich auch nicht, Ellen, da spielen zu viele Faktoren eine Rolle, die zwischen Brainrise Robotics und dem Ministerium geklärt werden müssen. Unser Auftrag hier und heute ist lediglich, den Iststand in Erfahrung zu bringen. Übrigens", Herbs Stimme klingt jetzt ein wenig ärgerlich, „ Sie hätten uns informieren müssen, dass Brainrise Robotics in zwischen von Future Enterprises übernommen wurde und Bob Mulligan nicht mehr im Amt ist. Was macht er denn jetzt?"

„Bob Mulligan, meine Herren, wurde hier an seinem Schreibtisch ermordet – das wissen Sie nicht? Ich dachte, das FBI hätte Ihnen diese Tatsache längst berichtet!"

„Die Zusammenarbeit zwischen FBI und Pentagon ist leider nicht immer perfekt, ich denke manchmal, das Ministerium sollte das FBI einfach übernehmen", mischt sich Jerome Tailor ein, „das würde manches Kommunikationsproblem lösen ...".

Herb unterbricht ihn: „Nicht unser Thema! Ellen, lassen Sie doch jetzt bitte Ihr Team demonstrieren, was es geleistet hat, damit wir uns ein realistisches Bild machen können – aber kommen Sie nicht mit einer Vorführung Ihrer Roboterdame, die kennen wir bereits!"

„Oh nein, Sie lernen jetzt Susan-2 kennen, ein wirklich erstaunliches Mädchen." Ellen greift zum Telefon, „Mat und Susan, kommt ihr bitte mit der Puppe zu mir, wir haben Besuch."

Nach etwa zwanzig Minuten – Susan und Mat waren von Ellens Anruf ziemlich überrascht und entsprechend unvorbereitet – kommen sie gemeinsam, Puppe Susan-2 im Arm von Mat, in Ellens Büro.

Ihr Auftreten löst bei den Besuchern ein leichtes Grinsen aus. „Entschuldigen Sie unsere Reaktion" - Herb Densel kann sich ein Lachen gerade noch verkneifen, „aber wenn Sie so hereinkommen, denkt man unwillkürlich an ein Paar mit Kind!" Er dreht sich zu Ellen, um nicht lachen zu müssen, wird aber von der Puppe in seiner Bewegung gebremst. „Mister Densel, Sie sollten Susan, Mat und mich ernst nehmen", wird er von ihr zurechtgewiesen. Jerome Tailor bricht in ein lautes Lachen aus: „Herb, das trifft, oder? Da fällt dir nichts mehr ein! Ich gratuliere Ihnen, Susan, Sie sind eine ausgezeichnete Bauchrednerin, fast hätte ich geglaubt, dass die Puppe spricht – eine tolle Begrüßung!"

Ohne ein Wort zu sagen, setzt Susan die Puppe auf Ellens Schreibtisch und verlässt den Raum, Mat folgt ihr.

„Und nun, Mister Tailor, was sagen Sie nun?" spricht die Puppe den Pentagon-Mann direkt an, „Zurückhaltung haben Sie in Ihrer Agentenschule – Sie waren doch in einer Agentenschule, oder? - wohl nicht gelernt!"

Den drei Personen, Ellen eingeschlossen, verschlägt es die Sprache. In der Tat haben alle so etwas noch nicht erlebt, eine Puppe, die selbstständig Menschen anspricht, sogar zurechtweist.

Ellen bittet Susan und Mat, wieder hereinzukommen.

„Bitte nehmt Platz, Susan und Mat, und erklärt noch ein wenig die Möglichkeiten von Puppe Susan-2."

„Nun, vielleicht berichte ich erst einmal über einige von ihren Fähigkeiten. Da ist zunächst ihr Wissen. Eine bestimmte Grundmenge hat ihr meine Kollegin Susan bereits eingespeichert, den Wortschatz zum Beispiel.

Sie kann Informationen mitteilen, wenn sie entsprechend gefragt wird, sie verbindet sich automatisch und autark über WLAN oder Telefonnetz mit dem Internet, um ihr bisher unbekannte Informationen zu bekommen. Diese Informationen speichert sie generell intern im 'Aktuell-Archiv', sozusagen einer Präsenzbibliothek.

Wenn Informationen aktuell nicht benötigt werden, erfolgt nach einer zuvor definierten Wartezeit das Umspeichern in einen der Hintergrundbereiche, in einem Sub-Memory, wie ich diese vordefinierten Bereiche genannt habe, wie es ähnlich im menschlichen Gehirn mit der Ablage von Informationen im Unterbewusstsein passiert.

Die totale interne Speicherkapazität ist zurzeit etwa eintausend Gigabyte, kann aber erweitert werden.

Susan-2 kann Menschen an ihrer Stimme und an ihrem Gesicht erkennen und auch Wiedererkennen, wenn sie jemanden schon einmal gesehen hat – Sie, meine Herren, sind jetzt dauerhaft in ihrem Gedächtnis gespeichert.

Ihr unbekannte Personen versucht sie, über das Internet zu definieren, wobei dazu ein von Susan entwickelter höchst komplizierter, extrem schneller Algorithmus eingesetzt wird.

Mechanisch ist unsere Kleine – es gibt noch ein deutlich größeres Modell – in der Lage, auf Zuruf ausgewählte Kommandos auszuführen – das kann Sprache im weitesten Sinne sein, das sind Kopf-, Körper-, Arm- und Bein-Bewegungen. Laufen kann sie noch nicht, daran wird in der Werkstatt hier im Hause noch gearbeitet."

Nach diesem langen Vortrag lehnt sich Mat etwas erschöpft in seinem Sessel zurück: „Und jetzt, meine Herren, Ihre Meinung bitte!"

„Wissen Sie, das ist in der Tat sehr beeindruckend, und auch die Sprachfunktion von Puppe Susan hat uns sehr gut gefallen. Was wir vermissen, ist der Bezug zum Projekt der Steuerung von technischen Einheiten mit Gedankenkraft – das ist doch eigentlich der Auftrag gewesen, oder irre ich mich?" Jerome Tailor ist bisher enttäuscht von den Funktionen der Puppe.

Susan schaut zu Mat hinüber: „ Meine Herren, alle erwähnten Funktionen und Fähigkeiten stehen im direkten Zusammenhang mit dem, was im Rahmen des Projektes erforderlich ist! Mein Kollege hat bei seiner auch für Sie sicher spannenden Funktionsbeschreibung unseres Babys zwei, drei Kleinigkeiten unerwähnt gelassen.

Zunächst hat er die GPS-Funktion nicht genannt – die Puppe kann sowohl die eigenen Koordinaten als auch die der Zielperson übermitteln und dazu ein Aktivitätenprotokoll, wir haben dafür besondere Accounts auf unserem Server freigeschaltet. Das bringt aber nur dann etwas, wenn die Zielperson die Puppe nutzt.

Eines noch vorweg: Alle Aktivitäten der Puppe werden dokumentiert und uns übermittelt.

Das Benutzen der Puppe erfolgt wie folgt: In der ersten Phase wird die Zielperson an die Puppe Kommandos, die von uns vorgegeben werden, in gesprochener Sprache geben, die diese dann ausführt oder auch, dank der eingespeicherten Algorithmen, ablehnt. In der zweiten Phase des Projektes – all dieses muss natürlich auch trainiert werden - erfolgt das Ganze dann durch Telepathie, durch Gedankensteuerung, und das ist ja genau das, was Sie erwarten.

Ach, noch eines: Die Puppe kann elektronisch abgeschaltet werden, und auch ihre Akkus sind endlich. Aber selbst bei Zerstörung ihres Körpers bleibt ihr Gehirn, wenn ich es einmal so nennen darf, in einer Art Blackbox intakt."

„Wow! Das ist ja viel mehr, als wir zu hoffen gewagt haben, großartig, Susan, Mat! Ihre Leute, Ellen, haben da etwas bisher wirklich Einmaliges geschaffen, wir sind gespannt, wie sich das Ganze in der Realität zeigen wird!" Jerome Tailor ist begeistert.

Susan muss noch ein wenig Wasser in den Wein der Begeisterung gießen.

„Jerome, es gibt noch ein winzig kleines Problem: Die Puppe spricht zurzeit ausschließlich Englisch, unser Englisch hier in Kalifornien!"

„Na, Susan, das dürfte doch für jemanden wie Sie eine Kleinigkeit sein, ihr eine fremde Sprache beizubringen, deutsch ist ja noch einfach, aber ich könnte mir auch einen Einsatz in exotischen Sprachräumen vorstellen, chinesisch zum Beispiel oder Suaheli – entwickeln Sie doch einfach entsprechende Sprachchips, Sie können doch so etwas!"

Susan und Mat ernten großen Beifall von den Mitarbeitern des Pentagon – man wird sich mit Sicherheit ihre Namen merken!

Ellen ist vom Verlauf der Demonstration ebenfalls begeistert und lädt ihre Gäste und Mitarbeiter zum Essen ins nicht weit entfernte 'Holiday Inn' ein – ein erfolgreicher Tag für Brainrise Robotics.

Kapitel 26 – Angst und Hoffnung

U lli hat, nachdem er seine Freunde verlassen hat, noch in der Nacht ausführlich mit Mat telefoniert, den Vertragsentwurf noch einmal durchgearbeitet – aus seiner Sicht ist es jetzt eine faire Vereinbarung, wenn sich die Amerikaner an die niedergelegten Regeln halten, wovon er jedoch ausgeht.

Mat erzählt im Verlaufe des Gespräches auch von der Demonstration der Puppe gegenüber den Pentagon-Mitarbeitern – eine Information, die Ulli sehr nachdenklich stimmt – es stellt sich ihm die Frage, in wieweit das Militär letztlich die Aufträge an Berthold beeinflussen wird ...

Was er natürlich außerdem nicht wissen kann, ist die Tatsache, das parallel zu seinem Gespräch mit Mat dessen Boss, Ellen Winter, ein Gespräch mit John Bertoli führt, in dem sie ihm eine ganz bestimmte Anweisung gibt, deren Ausführung sich der nicht entziehen mag – eine Anweisung, die wiederum beim zu dieser Zeit nach einem sehr stressigen Tag gerade eingeschlafenen Berthold zu einem sehr schmerzhaften plötzlichen Aufwachen führt.

Nach einer ruhigen, wenn auch kurzen Nacht erwacht Ulli ausgeruht und entspannt mit dem guten Gefühl, für seinen Freund Berthold ein maximales Ergebnis in den Vertragsgesprächen erreicht zu haben – von den Informationen zum Thema 'Pentagon' wird er ihm aber mit Sicherheit nichts sagen.

Ein ausgiebiges Frühstück in seiner Stammcafeteria stimmt ihn auf den Tag ein, und er fährt er in die MHH, um seinen Arbeitspflichten nachzukommen – als Neurologieprofessor ist sein Tätigkeitsspektrum sehr vielfältig, dazu kommen natürlich die Funktionen als Leiter des Institutes.

Gegen Mittag ruft er in Werterfehn an, um mit Beate und Berthold einen neuen Termin zu vereinbaren. Er erreicht Berthold, der heute nicht in sein Büro gegangen ist, weil er versuchen will, in der Uniklinik der WWU Münster einen Termin zu bekommen – die Anforderung seiner Krankenakte im Klinikum Emsstadt war einfach, man kopiert ihm die inzwischen mikroverfilmten Seiten.

„Hör zu, Berthold," hebt Ulli an, „mit den Amerikanern bin ich inzwischen einig, alle bei euch noch offenen Fragen sind, so glaube ich, inzwischen geklärt und in den Vertrag eingearbeitet. Ich habe mir für den Rest des Tages selbst Urlaub bewilligt und würde gern zu euch herüberkommen, passt es?"

„Wie kannst du bei dieser Situation fragen, ob uns dein Besuch passt – natürlich bist du uns willkommen!"

„Gut, dann fahre ich jetzt gleich los, bis nachher, und grüß Bea von mir."

Ulli ordnet die Unterlagen auf seinem Schreibtisch, fährt den Rechner herunter und startet sofort zu seinen Freunden.

Er nimmt nur eine kurze Mittagspause in einem kleinen Restaurant abseits der Autobahn, bereits am frühen Nachmittag trifft er bei den Schafs ein.

Berthold empfängt ihn schon an der Gartenpforte: „Hi, Ulli, da bist du ja schon! Beate ist noch nicht aus ihrer Boutique zurück, ich hatte ihr empfohlen, ganz normal zur Arbeit zu gehen – das lenkt sie von den Problemen sicher etwas ab. Aber es ist gut, dass du schon hier bist, ich brühe uns schnell einen Kaffee, und dann sollten wir reden!"

„Das ist in Ordnung, Berthold, mach du mal." Ulli setzt sich im Wohnzimmer in einen der Sessel und nimmt sich die aktuelle Tageszeitung, blättert gelangweilt darin herum.

Plötzlich stößt er im Wirtschaftsteil auf eine kurze Meldung, die ihn elektrisiert: 'Eine US-Firma im Silikon Valley plant, in großem Stil intelligente Service- und Unterhaltungsroboter auf den Markt zu bringen. Die Roboter sollen den schon bekannten netten Gesellen in Kaufhäusern und Hotels weit überlegen sein, als echte Servicehilfen dienen. Der Preis für die sprachgesteuerten Maschinen soll fünfhundert USD nicht überschreiten.'

Ulli lässt die Zeitung sinken. 'Ob Berthold den Artikel gelesen hat?'

Der kommt mit Kaffee und Keksen ins Wohnzimmer: „Du hast es dir ja schon bequem gemacht, Ulli, lass ins gleich zur Sache kommen. Ich habe etwas zu berichten, was dich vielleicht interessieren wird."

Er schenkt seinem Freund und sich eine Tasse Kaffee ein: „In der letzten Nacht habe ich wieder eine Art Migräneattacke erlitten, aber viel schlimmer als bei den vorherigen Fällen, und der Schmerz ging so tief in mein Gehirn, als würde ganz innen hineingestochen, es war furchtbar! Nach etwa dreißig Minuten war der 'Spaß' dann wieder vorbei, aber von dieser Zeit an fühlt sich mein Kopf-Inneres wie aufgeheizt an, es ist wirklich sehr unangenehm. Ich habe keine Ahnung, was ich dagegen tun kann!"

„Lass mal sehen," Ulli greift an den Kopf seines Freundes, „von außen ist nichts feststellbar, vielleicht beruhigt sich dein Gehirn auch wieder. Hast du Bea davon erzählt?"

„Nein, ich wollte sie nicht beunruhigen, sie wäre dann bestimmt hier bei mir geblieben. Hast du eine Theorie, was die Ursache gewesen sein kann?"

„Ohne einer neuen Untersuchung vorgreifen zu wollen, denke ich an ein Ereignis, ausgelöst durch die Nano-Chips in deinem Kopf."

„Und wie kann das sein? Beate und ich waren mit den Kindern ganz allein im Haus."

„Es muss jemanden oder etwas geben in deiner Nähe, der oder das durch einen starken Sendeimpuls die Chips beeinflussen kann. Es muss ein Sender sein, der exakt auf deren Frequenzen eingestellt ist, was bedeutet, dass der Impuls wird aktiv gesteuert wird. Alternativ ist natürlich auch die Steuerung über das Internet möglich, falls die Chips über entsprechende Möglichkeiten verfügen. Die Tatsache, dass der Impuls exakt auf die Nano-Chips in deinem Gehirn wirkt, sagt uns: Bremer hat seine Hand dabei im Spiel!"

„Und das kann jederzeit wieder passieren?"

„Ich fürchte, ja, und darum ist es eminent wichtig, dass du den Kontrakt mit den Amerikanern unterschreibst – dort sind derartige Attacken nämlich ausdrücklich untersagt! Aber noch eines wegen der Wärmeentwicklung in deinem Schädel: Vielleicht ist ein MRT nützlich, es könnte ja auch eine völlig andere, normale Ursache zeigen, ich kann dir ganz kurzfristig einen Termin bei uns reservieren, denk darüber nach!"

„Und denkst du, etwas erkennen zu können?"

„Wir haben ein brandneues, hoch auflösendes Gerät, vielleicht können wir dann etwas feststellen – nur den Gedanken an eine chirurgische Entfernung der Chips kannst du dir aus dem Kopf schlagen."

„Und wenn man die Dinger technisch lahmlegt, sozusagen den Saft abklemmt?"

„Sorry, mein Lieber, vergiss es. Man kann bei den 'Dingern', wie du sie nennst, keinen 'Saft' abklemmen, sie haben nämlich keine Zuleitungen, die man kappen könnte, sie sind völlig autark und gewinnen ihre Energie aus der Wärme im Inneren des Gehirns."

Wieder einmal tiefes Nachdenken bei Berthold: „Das sind ja Aussichten, mein Freund; ich habe keine Ahnung, wie ich damit umgehen soll."

„Ich kann dir, kann euch nur raten, ein Arrangement mit den in eurem Fall sehr Mächtigen zu treffen, ich wiederhole mich ungern, aber ihr habt keine andere Chance!"

Mit einem munteren 'Hallo' kommt Beate zur Tür herein, begrüßt ihren Berthold mit einem liebevollen Kuss und Ulli mit einer herzlichen Umarmung.

„Ach, das war schön heute im Geschäft – so ganz ohne Sorgen, und jetzt bin ich hier, und alle Probleme sind wieder da. Habt ihr wenigstens gute Neuigkeiten für mich?"

„Leider nein, liebe Bea. Berthold hat mir von einer sehr schmerzhaften Attacke in der letzten Nacht erzählt, und ich musste ihm leider sagen, dass es keine Chance gibt, dem zu entkommen, weil die Angriffe von außen gestartet werden."

„Davon hast du mir ja überhaupt nichts erzählt! Dann wäre ich doch im Haus geblieben, bei dir."

„Genau deshalb habe ich nichts gesagt, mein Schatz."

„Das ist ja schrecklich, diese Angriffe auf dich! Habt ihr noch einen Kaffee für mich? Am Besten gleich mit einem großen Cognac oder auch Zweien, solche Informationen sind ja sonst nicht zu ertragen."

„Das mit dem Kaffee geht in Ordnung, aber den Cognac kannst du vergessen – wir haben nämlich keinen!", antwortet ihr Berthold etwas sarkastisch, „kommt, lasst uns noch einmal gemeinsam den neuen Vertragsentwurf durchgehen und uns dann endgültig entscheiden." Berthold will die Entscheidung jetzt und nicht immer wieder darüber nachgrübeln müssen – besser ein Ende mit Schrecken als ein Schrecken ohne Ende, war schon immer seine Devise.

„OK," meint auch Ulli, „dann fangen wir es an, damit wir zu einem guten Ende kommen."

Sie werden in ihrer Arbeit unterbrochen, denn die Kinder kommen aus der Schule. Sie sind heute besonders spät - Malte war noch zum Training seiner Fußballmannschaft, und Johanna hatte den Schulbus verpasst und musste heute Linie fahren, entsprechend ist ihre Laune.

„Hi, Ulli, hallo, Mama, Papa! Gibt's Essen?" Malte ist, wie immer nach dem Training, besonders hungrig.

„Nein, noch nicht, schaut mal auf die Uhr, essen wie auch sonst um halb sieben," beantwortet Beate Maltes Frage, „aber ihr könnt ja schon einmal den Tisch decken."

Die drei Erwachsenen buchstabieren den Vertragsentwurf noch einmal Zeile für Zeile – in der vorliegenden Form scheint er in Ordnung zu sein.

„Dann hole ich jetzt das zweite Exemplar aus dem Wagen, ich wollte euch nicht damit unter Druck setzen, und dann kann Berthold unterschreiben!"

Ulli geht zum Wagen, setzt sich hinein und telefoniert zunächst kurz mit seinem Institut in Hannover wegen eines Untersuchungstermins für Berthold. Nach wenigen Minuten ist er zurück, das Zweitexemplar des Vertrages in der Hand schwenkend.

„Bea, möchtest du die beiden Exemplare miteinander vergleichen, bitte ganz genau? Ihr müsst euch sicher sein, dass alles seine Richtigkeit hat mit dem Kontrakt."

Beate setzt sich an den kleinen Sekretär, der an der Rückwand des Wohnzimmers steht und sozusagen ihr Büro repräsentiert, vergleicht Seite um Seite: „Alles in Ordnung. Und nun, Berthold, komm, bring es hinter dich!"

„Alles in Ordnung – hast du das gerade gesagt, Liebling? Nein, nichts ist in Ordnung. Meine Vertragspartner wollen mich manipulieren, wer weiß, zu was. Sie wollen meine telepathischen Fähigkeiten einsetzen, ich habe keine Idee, wofür, wahrscheinlich um irgendetwas oder irgendjemanden zu beeinflussen – und zu welchem Zweck? Was passiert, wenn ich unter dem Einfluss der Manipulationen etwas gegen das Gesetz tue – bin ich dann verantwortlich, oder ist es eine anonyme Institution in Amerika?"

Berthold atmet tief durch, dann fährt er fort: „Ich habe keine Chance gegen die Mächtigen, du hast es vorhin noch einmal gesagt, Ulli, aber wenn man Böses mit mir vorhat, bleibt mir immer noch eine endgültige, die finale Entscheidung – niemand wird Berthold Schaf missbrauchen. Bis dahin ist es aber ein Weg, den wir, Beate, gemeinsam gehen werden."

Noch einmal unterbricht er, blickt zu Beate, zu Ulli.

„Wir können, außer mit dir, Ulli, mit niemandem, nicht einmal mit unseren Kindern darüber reden – es kann sein, dass wir sehr einsam werden, was ich jedoch nicht hoffe. Vielleicht aber können wir, mit kleinen Einschränkungen, ganz normal weiterleben, das ist meine Hoffnung."

Nach diesem fast schon verzweifelt klingenden Statement greift Berthold zu seinem altmodischen Füllfederhalter.

Beate nimmt seine Hand: „Wirklich? Willst du wirklich unterschreiben?"

Berthold nimmt ihre Hand von seiner Hand weg. Ulli sieht gespannt und sehr nachdenklich zu den Beiden herüber.

Energisch schraubt Berthold das Schreibgerät auf und unterschreibt schwungvoll beide Exemplare des Kontrakts.

Das Schweigen, das sich ausbreitet, ist geradezu fühlbar, niemand sagt ein Wort. Nach einiger Zeit übergibt Berthold ein Exemplar an Ulli, der sich verabschiedet und zurück nach Hannover fährt.

Kapitel 27 –Wandel bei Brainrise Robotics

Die Informationen, die Mat von Ulli mitten in der kalifornischen Nacht zuvor bekommen hat, begeistern ihn – endlich ist der Vertrag unterzeichnet, und die Arbeit mit der Zielperson kann beginnen. Noch gestern um die Mittagszeit hatte er Kontakt zu John Bertoli aufgenommen und ihm eine im Hinblick auf die Chips im Gehirn der Zielperson einigermaßen gravierende Anweisung gegeben. „John", hat er befohlen, denn es handelt sich nicht um Wünsche von Mensch zu Mensch, sondern – da hat Ellen Winter gut vorgearbeitet – um Befehle an einen Soldaten, also: „John, Sie werden jetzt mit der Box einige Funktionen aktivieren, Sie kennen das ja schon. Dieses Mal geben Sie bitte ein, und zwar genau in dieser Reihenfolge, 'Start Receiver', dann 'Activate Communication', danach 'Send Alpha-Command', und schließlich noch 'Maximize Power'. Ihr Nachbar wird danach schlecht schlafen, aber das vergeht wieder, morgen früh ist der von den Box-Kommandos ausgelöste Schmerz wieder vorbei. Ende des Gesprächs, bye!"
Mat ist sich der Dimension seines Handelns schon bewusst, aber - und da geht es ihm wie Susan - das Projekt steht über allem.

Nach einem tiefen Schlaf und einem ausgiebigen Frühstück mit der ganzen Familie – Helen fragt ihn nicht mehr, wenn er nachts irgendwelche Anrufe erhält – fährt er wohl gelaunt ins Büro. Er ist an diesem Morgen in der Entwicklungsabteilung der Erste, und so kann er in aller Ruhe den Stand der Dinge dokumentieren; seine Idee, das Einverständnis der Zielperson einzuholen, hat die ganze Aktivierungsprozedur beschleunigt.
„Jetzt muss nur noch die Puppe nach Deutschland; aber parallel dazu müssen wir, muss ich mit der Zielperson trainieren – oder geht das besser mithilfe der Puppe? Er muss unbedingt seine Telepathiefähigkeit aktivieren", sind seine Gedanken, „und jetzt muss Susan ganz schnell aktiv werden."

Etwa um 10 a.m. kommen Ellen und Susan fast zeitgleich ins Brainrise Robotics-Haus, in ein unverfängliches Gespräch vertieft. Mat fängt die beiden in der Lobby ab, bevor sie den Lift entern können: „Ich habe großartige Nachrichten, Ellen, Susan, die Zielperson hat einen Vertrag unterschrieben, der uns fast alle Möglichkeiten der Gehirnsteuerung und -manipulation gestattet – über die letzten Konsequenzen des Kontrakts, den ich gemeinsam mit meinem Freund erarbeitet habe, ist er sich anscheinend noch nicht richtig im Klaren."

„Großartig, Mat, dann geht das Projekt ja wie geplant in Arbeit. Sie haben aber meinen Auftrag wegen der Umstrukturierungen von Brainrise Robotics nicht aus den Augen verloren? Die Presse hat davon anscheinend schon Wind bekommen, ich weiß nur nicht, aus welcher Quelle – Sie haben doch den Mund gehalten?" So richtig ehrliches Lob scheint von Ellen nicht zu erwarten zu sein ...

Entrüstet sieht Mat sie an: „Wie können Sie diese Frage stellen? Natürlich nicht!"

Susan hat während des Gesprächs zwischen Ellen und Mat einige Schritte in Richtung Lift gemacht, Mat bremst sie am Weitergehen: „Susan, warte bitte. Wollen wir die paar Stufen zu Fuß gehen?"

„Kein Problem, ich gehe gern mir dir, mein lieber Mat." Sie hakt sich bei ihm ein, und gemeinsam, im Gleichschritt, nehmen sie die wenigen Stufen. In der ersten Etage, in der sich das Büro von Mat und das Labor von Susan befinden, wartet Ellen, die vorzeitig den Lift verlassen hat: „Mat, ich würde gern ein paar Dinge mit Ihnen klären, können wir das ausnahmsweise sofort in Ihrem Büro?"

„Natürlich", verwundert sich Mat darüber, dass sie das Gespräch an seinem Arbeitsplatz führen will.

Susan schaut etwas erstaunt, dann geht sie in ihr Labor, nicht ohne zuvor ein wenig mit Kitty zu 'plaudern'.

Ellen sieht ihn sehr nachdenklich an: „Mat, Sie wundern sich, dass ich Sie hier sprechen will, aber ich hab einen Grund dafür: Hin und wieder habe ich den Eindruck, dass ich in meinem Office abgehört werde - halten Sie das für denkbar?"

„Ellen, dazu kann ich natürlich nichts sagen, Sie denken an das, was Sie vorhin sagten? Um dem vorzubeugen, versuchen Sie doch für eine gewisse Zeit, wichtige Besprechungen außerhalb des Gebäudes zu führen, und wenn dann noch immer Informationen an die Öffentlichkeit gelangen, gibt es einen anderen Grund."

„Danke für den Tipp, Mat, und denken Sie an Ihren Auftrag!" Mit diesen Worten verlässt sie einen sehr verwunderten Mat, der sich allerdings sofort in seine Arbeit stürzt – es gibt sehr viel zu tun.

Als nächster Arbeitsschritt steht für Susan der Sprachchip für Deutsch auf dem Programm. Es ist selbst für eine so erfahrene KI-Programmiererin wie sie nicht einfach, nicht nur die Worte selbst und alle Wortverbindungsregeln, die vollständige Grammatik, die gesamte Syntax, wie sie in deutschen Standardwerken verzeichnet ist, sondern auch noch Redewendungen, sogar Scherze und Flüche einzuarbeiten. Sicher, es gibt Software wie den Google-Translater, die von einer in eine andere Sprache übersetzen, was ihr für das Basisvokabular sehr hilft, aber wenn sie nicht die guten Kontakte zur Uni hätte, wäre die Aufgabe in der Kürze der zur Verfügung stehenden Zeit nicht zu erfüllen – in der Uni gibt es immerhin sehr viele Deutsch-Muttersprachler, die für studentischen Lohn behilflich sein können, und auf diese Ressource kann Susan zurückgreifen, Mat hat ja leider keine Zeit für sie.

An diesem Tag organisiert sie zunächst nur die allgemeine Sprachgenerierung, die eigentliche 'Klein-Klein-'Arbeit soll in den nächsten Tagen erfolgen – heute steht die endgültige Programmierung der allgemeinen Funktionen der Puppe ganz oben auf ihrem Arbeitsplan.

****

Ellen Winter erwartet in ihrem Office die Leute von der Einrichtungsfirma, mit denen sie die Neugestaltung des Raumes besprechen will. Sie blättert etwas gelangweilt – was bei ihr eine extreme Ausnahme ist – in den Unterlagen, die Bob hinterlassen hat, findet in den sachbezogenen Unterlagen leider nichts, dass ihr nützen könnte - aber bei den Notizen zu den Mitarbeitern ist sie plötzlich hellwach: Das Arbeitszeugnis für Susan sagt, wenn auch verklausuliert, dass diese sozusagen 'unrühmlich' das Haus Google verlassen hat – es fehlen die guten Wünsche für die private und berufliche Zukunft! Die Aussagen über ihre fachlichen Qualifikationen sind hingegen hervorragend.
Gerade hat sie die Nummer von Googles Personalchef Jerry Smith herausge-

funden, als die Einrichter-Leute vor der Tür stehen.

Das Gespräch mit denen dauert mehr als zwei Stunden, dann steht das Konzept für die neue Büroeinrichtung nach ihren Wünschen.

„Wann können Sie liefern?" ist ihre letzte Frage an die Männer.

„In etwa drei Wochen – es sind sehr viele Sonderwünsche von Ihnen zu berücksichtigen, Miss Winter."

„Dann verlieren Sie keine Zeit, Goodbye, meine Herren."

Sehr zufrieden mit sich und dem Gespräch geht sie hinunter in den ersten Stock in die Werkstatt, um sich ein Bild von den Möglichkeiten für eine Produktion größerer Stückzahlen der Robotta 'Kitty' zu machen.

Der Leiter der Werkstatt, John Bullock, kann ihr keine großen Hoffnungen auf 'echte' Fertigungs-Möglichkeiten machen: „Miss Winter, wir sind hier nur ein kleines Team und zumeist mit experimentellen Arbeiten beschäftigt, um bestimmte Dinge zu optimieren, zum Beispiel die Puppen und ihre mechanischen Eigenschaften – das alles kostet viel Arbeitszeit."

„OK, Mister Bullock, dann müssen wir die größeren Stückzahlen tatsächlich auslagern – die 'Feinarbeit' bleibt natürlich im Haus, und auch das Bestücken mit der Elektronik."

„Das ist gut, Miss Winter, denn im Hause gibt es schon Gerüchte über Personaleinsparungen. Da kann ich die Kolleginnen und Kollegen jetzt erst einmal beruhigen."

Ellen ist beunruhigt – auch diese Information ist aus ihrem Office durchgesickert, und noch ist die undichte Stelle nicht gefunden.

Zurück an ihrem Arbeitsplatz, ruft sie bei Jerry Smith, dem Personalchef bei Google, an, den sie schon aus ihrem Job bei FE kennt.

„Hi, Jerry, hier ist Ellen Winter."

„Hallo, Ellen, welche Überraschung, was kann ich für dich tun? Dich zum Essen hier in Mountain View einladen? Du brauchst nur immer die 85 entlang fahren ..."

„Jerry, die Einladung nehme ich gern an, aber nicht so ganz kurzfristig! Heute bitte ich dich, mir ein paar Informationen über eine eurer früheren Mitarbeiterinnen zu geben."

„Sag mir ihren Namen, für dich tue ich doch alles, Ellen!"

„Oh, oh, Jerry, du kannst das Flirten nicht lassen. Aber jetzt zu meiner Bitte: Eure ehemalige Mitarbeiterin heißt Susan Hanson, was kannst du mir über sie sagen?"

„Lass mich nachsehen, Susan Hanson, sagst du? Haben wir hier nie gehabt. Vielleicht hat sie geheiratet und jetzt einen anderen Namen?"

„Ach ja, das habe ich ganz vergessen, sie hieß vorher Consuela Martinez!"

„Mal sehen", und nach einer kleinen Weile „ja, Consuela Martinez habe ich gefunden – eine unserer fähigsten Entwicklerinnen. Wir haben sehr bedauert, dass wir uns von ihr trennen mussten, aber sie war zu neugierig und zu gesprächig. Manche vertrauliche Information aus ihrem Arbeitsbereich ist, so haben wir vermutet, konnten es aber nie beweisen, bei Amazon gelandet, und sie ist auch eine Meisterin im Ausspionieren Dritter, was aber auch nie bewiesen wurde. Wie kommst du darauf, mich nach ihr zu fragen?"

„Nun, sie arbeitet bei uns, und sie ist in der Tat sehr fähig als Entwicklerin. Mehr möchte ich jetzt nicht sagen, lieber Jerry. Danke für deine Auskünfte - soll ich dich demnächst anrufen wegen unseres Dates?"

„Ich würde mich freuen, liebe Ellen, sehr freuen, und bis dahin bye bye, alte Freundin!"

Zufrieden mit sich und der Welt lehnt sich Ellen in ihrem Schreibtischsessel zurück – 'soviel zur dir, Susan Hanson' denkt sie laut.

Kapitel 28 – Die Puppe geht auf die Reise

Susan hat das ganze Wochenende über am Sprachchip für die Puppe gearbeitet – jetzt gilt es, deren Können am Objekt zu überprüfen.

Als Mat an diesem Montag sein Büro betritt, wird er von Puppe Susan-2 freundlich auf deutsch begrüßt: „Guten Morgen, meine liebe Matthias. Du hatten ein angenehmen Wochenende? Wie du hören, sprechen ich deutsches Sprache mit dir, du begeistert sein?"

Mat ist verwundert, aber nicht begeistert – so ganz ist die Implementierung seiner Muttersprache noch nicht gelungen …

Er geht hinüber zu Susans Labor, die sitzt schon wieder – oder noch immer? - an ihrem Arbeitsplatz.

„Hi, Susan, guten Morgen! Die Puppe hat mich gerade auf deutsch begrüßt, ganz nett, aber mit der Grammatik hat sie noch Probleme ..."

„Ja, weiß ich, Mat, aber das habe ich übers Wochenende nicht mehr geschafft, bei mir war der Akku gestern Abend ziemlich leer. Heute werde ich zunächst etwas kürzer treten, hast du nicht Lust, mit ihr zu trainieren?"

„Da fühle ich mich überfordert, kauf dir dafür lieber einen Studenten bei der Uni, ich muss heute noch das Konzept für die Umstrukturierung erstellen."

„Schade, ich hätte so gern mit dir gemeinsam unser Baby mit Sprache gefüttert."

„Ja, man kann nicht alles haben im Leben, liebe Susan; ich gehe jetzt an meine Arbeit, und Puppe Susan bringe ich dir gleich herüber, oder, nein, das kann Kitty für mich übernehmen. Bis später."

Einen groben Rahmen für das Konzept der Neuausrichtung von Brainrise Robotics hat er bereits im Rechner, jetzt ist er dabei, aus den im Silicon Valley angesiedelten Unternehmen einige herauszufiltern, die für eine Auftragsfertigung von 'Kittys' infrage kommen könnten – mit denen will er dann vor Ort Detailgespräche führen.

Einer dieser Betriebe hat sich schon jetzt als besonders geeignet herauskristallisiert, und Mary Watson, die Geschäftsführerin, will sich am nächsten Morgen mit ihm treffen – Mat ist an diesem Betrieb sehr interessiert, denn sowohl in Kunststoffverarbeitung als auch Mechanik hat die Firma einen sehr guten Ruf.

Einen leistungsfähigen Puppenhersteller zu finden, ist Mats nächste Aufgabe, und dazu befragt er Susan.

„Sag, bitte, Susan, hat dein Freund Tom Kontakte zu Herstellern von Puppenkörpern, die wir als Susan-2-Kopien verwenden können?"

„Ich muss ihn fragen, aber ich denke, nein – er ist mehr der 'Selbermacher'".

„Das ist bedauerlich – aber vielleicht kann ja auch die Firma, die die Kittys produzieren soll, den Job übernehmen."

„Warum nicht? Die Körperformen und die Mechanik sind doch ähnlich, und die Intelligenz kommt sowieso hier aus dem Haus."

„Ich bin gespannt, zu welchem Ergebnis mein Gespräch morgen mit Mary Watson führt – vielleicht haben wir ja Glück mit meiner Wahl!"

****

Am späten Nachmittag überrascht ihn Susan mit der Nachricht, dass sie den Sprachchip einsatzbereit hat.

„Wie hast du das denn in dieser kurzen Zeit hinbekommen, Susan?"

„Ich kenne jemanden, der jemanden kennt, und der hat Zugriff auf ein wahnsinnig tolles Übersetzungsprogramm, zu dem habe ich einfach alle Texte aus dem Memory von Susan-2 übertragen, und jetzt sind sie im Sprachchip gespeichert – toll, nicht?"

Sie verrät ihm nicht, dass sie dabei viel Unterstützung durch ihr privates weltweites Netzwerk hatte, Freunde in Japan, in Indien wie Barat Singh in Bengaluro und Murat in Ramallah haben ihr sehr geholfen. Diese Quellen nutzt sie auch, wenn es um Anwendung der künstlichen Intelligenz ihrer Puppen geht.

Mat ist begeistert: „Darf ich sie testen?"

„Aber ja, versuch dein Heil, versuch ruhig, sie ins Schleudern zu bringen!"

Mat sucht einen schwierigen Text aus seinem alten amerikanischen Neurologielehrbuch heraus und bittet die Puppe, den Text zu scannen und ins Deutsche zu übersetzen.

Susan-2 zwinkert ein-, zweimal, scannt dabei die ihr vorgehaltene Seite und trägt dann, durchaus für eine Vorlesung geeignet, die deutsche Übersetzung vor, nicht ohne ihren Kommentar dazuzugeben: „Wer will denn einen solchen Unsinn hören, Mat?"

Der ist begeistert, Artikulation, Sprechrhythmus, Modulation – besser hätte er es auch nicht können, im Gegenteil. Der Text, von der Puppe vorgelesen, wurde von ihr einfach perfekt präsentiert.

„Ach, niemand braucht einen solchen Unsinn! Aber du hast den Test mit Auszeichnung bestanden, liebe Susan-2."

„Danke!" Puppe Susan-2 ist wirklich wohlerzogen …

„Lassen wir es so, Susan?"

Susan schaltet die Puppe ab: „Ja, wir können liefern. Aber unsere Puppe bleibt hier bei uns, ihre jetzigen Funktionen sind zu umfangreich. Ich habe noch mehrere Puppen mit anderen Körpern und anderen Gesichtern, die ich jetzt nur noch vervollständigen muss, unser Baby hat ja gerade bewiesen, dass alles wie geplant funktioniert - eines aber muss ich dir noch sagen: Die Puppe vergisst nichts und lernt ständig hinzu, von dir, von mir, von allen. Wir sollten in ihrem Beisein sehr, sehr zurückhaltend sein mit allem, was wir sagen!".

„In Ordnung, soll ich Ellen informieren oder willst du es selbst machen?"

„Mach du mal, für so etwas bist du zuständig, schließlich willst du die Puppe ja auch nach Deutschland schicken."

„Dann machen wir es so, ich rufe Ellen gleich an, nein, besser, ich gehe zu ihr hinauf!"

****

Er klopft an und betritt nach ihrem „Come in" Ellens Office.

„Was gibt es?" wird er von ihr unwirsch begrüßt.

„Sorry, ich wollte nicht stören, nur eine positive Nachricht bringen: Die Puppe ist fertig und kann in Deutschland installiert werden!"

Ellens Miene hellt sich schlagartig auf. „Das ist ganz wunderbar, die Leute im Pentagon haben mich heute ohnehin schon genervt – endlich kann ich Sie darüber informieren, dass wir mit der Zielperson tatsächlich arbeiten können."

„So ist es, aber die Trainingsphase muss schon noch durchgeführt werden ...".

„Ja, ja, ja, ist mir bekannt. Aber ich freue mich, endlich geht es los – nehmen Sie mit unserem Agenten entsprechend Kontakt auf? Ich möchte mich nicht mehr darum kümmern müssen, das ist jetzt Ihr Job, Mat. Ach ja, eines noch: Ich hatte gestern den Sheriff zu Besuch, er hat mir gesagt, dass der Tod von Bob Mulligan geklärt sei – die Männer aus Nebraska haben seinen Whiskey vergiftet und wurden gefasst!"

„Und wie hat der Sheriff die Sache mit dem verschwundenen Glas erklärt?"

„Das habe ich herausgefunden: Aideen hat es verschwinden lassen, gleich, nachdem sie ihn gefunden hat – es sollte kein schlechter Eindruck über ihren Boss entstehen wegen seines Alkoholkonsums!"

„Darauf wäre ich nie gekommen, und nicht einmal Kitty hat diese Idee gehabt! Was geschieht jetzt mit Aideen?"

„Nichts, sie ist der Firma treu ergeben, warum sollte sie dafür bestraft werden?"

Mat verabschiedet sich hochzufrieden, geht hinunter zu Susan, um sich mit ihr entsprechend abzustimmen.

Es geht auf Mittag zu, und deshalb fragt sie ihn, ob sie heute wieder gemeinsam essen wollen – es gibt ja dank Puppe Susan-2 und der Informationen von Ellen schon wieder etwas zum Feiern.

„Können wir gern tun, Susan, komm, pack deine Sachen, wir gehen jetzt, bevor uns noch etwas dazwischenkommt."

Schon zehn Minuten später sitzen beide im 'Wimpies' – Mat hat sich vorsichtshalber auf den Platz diagonal zu Susans an dem Vierertisch gesetzt.

„Hast du Angst vor mir, lieber Mat?"

„Angst nicht, aber ich kenne deine Spontanität, verehrte Kollegin."

„Verehrte Kollegin, hört, hört", frozzelt Susan, „früher hast du einmal 'liebe Susan' gesagt."

„Ja, aber früher regierte auch noch Thomas Jefferson."

Das Essen wird gebracht und dadurch das fröhliche Gespräch zunächst unterbrochen, sehr zum Bedauern von Susan.

„Wie hast du dir denn nun die Positionierung der Puppe bei der Zielperson vorgestellt?"

„Hm," Mat hat noch einen Bissen im Mund, „die Tochter hat am nächsten Mittwoch Geburtstag, das heißt in fünf Tagen, sie wird zwölf Jahre alt – ich denke, sie wird sich über ein solches Geschenk noch freuen. Und wenn die dann erst einmal dort im Hause ist – wir werden sehen. Schaffst du das?"

„Dann muss ich ein Exemplar noch heute fertigmachen. Wie soll sie denn heißen?"

Mat überlegt, ihm fällt kein Name ein.

„Wie wäre es mit Helen? Oder Shirley? Oder Ellen?" schlägt Susan vor.

„Ich weiß nicht, die gefallen mir alle nicht. Sie ist doch in Deutschland, wollen wir sie nicht einfach auch Kitty nennen, oder einen dort gebräuchlichen Namen suchen?"

„Wenn du meinst, mir ist das gleich. Aber vielleicht sollten wir unsere Kitty noch dazu befragen, vielleicht hat die auch noch einen kreativen Vorschlag, und es muss ja auch kein Babykörper sein, ich hab da schon etwas Anderes im Sinn ..."

Mat und Susan zahlen ihre Rechnungen und spazieren zurück zu Brainrise Robotics.

Gegen 6 p.m. ruft Mat bei John Bertoli an: „John, in den nächsten Tagen kommt das Geburtstagsgeschenk für Johanna. Sie erhalten dann weitere Instruktionen. Ende des Gesprächs, bye bye." John hat keine Chance zum Fragen oder antworten ...

Kapitel 29 – Johanna feiert Geburtstag

D er Samstag in der kommenden Woche ist der Tag, an dem Johanna mit ihren Freundinnen Geburtstag feiert – alle, die sie eingeladen hat, haben zugesagt, am Mittwoch haben Malte, ihre Eltern und sie nur einen gemütlichen Nachmittag miteinander gehabt.

Gemeinsam mit Mama hat sie ihr Zimmer für die Geburtstagsparty geschmückt – Girlanden überall, dekorative große Papierblumen, Sitzkissen – auch die Musik für die Stereoanlage in ihrem Zimmer hat sie schon ausgesucht.

Am frühen Nachmittag, bevor die 'Mädchen-Gang' zum Feiern eintrifft, stehen die Bertolis vor der Tür: „Hallo, liebe Johanna, herzlichen Glückwunsch nachträglich zu deinem Geburtstag. Wir konnten leider am Mittwoch nicht kommen, deshalb sind wir nun hier – und wir haben dir etwas mitgebracht, unser Geschenk für dich!"
Johanna ist völlig überrascht – was mag denn in dem großen Paket sein, das John und Petra ihr überreichen?
„Kommt doch auf einen Sprung herein, ihr Lieben, Johannas andere Gäste sind noch nicht da", meint Beate, die ebenso verwundert ist.
„Nein, nein, wir wollten nur gern das Geschenk überreichen, Jennifer und Lucy kommen ja ohnehin gleich wieder, wenn die Party startet."
Johanna bedankt sich herzlich bei der Familie, trägt das Geschenk ins Haus.
„Was kann das denn nur sein?"
Mit dem Auspacken will sie noch warten, bis alle Freundinnen angekommen sind, das macht mehr Spaß, als wenn sie das pinkfarbene, mit passenden Schleifen verzierte Paket nur mit ihrer Familie öffnet.
Es ist etwa drei Uhr am Nachmittag, als die Gäste nach-, teilweise miteinander zur Geburtstagsparty kommen. Alle haben kleine Geschenke in den Händen, auch die Nachbarsmädchen sind da. Die kleine Paula, die in der Straße einige Häuser weiter wohnt, stimmt ein Geburtstagsständchen an, und alle singen mit – das ist doch schon ein schöner Start in den Nachmittag …

„Was ist das denn für ein riesiges Paket?" wird natürlich von den Mädchen sofort gefragt. „Ich wollte es mit euch zusammen auspacken, wollen wir?" „Au ja, au ja, alle zusammen!" Der ganze Mädchen-Schwarm ist begeistert.

„Jede darf zunächst eine Schleife aufmachen, und dann reißen wir gemeinsam das Papier ab", kommandiert Johanna, „los!"

Heraus kommt ein fester Karton mit der Aufschrift „Ich heiße Isabella, hab mich lieb" - eine wunderschöne Puppe befindet sich in dem Karton, mit einem mädchenhaften schlanken Körper, einem fein gestalteten Gesicht mit großen braunen Augen, dunklen Haaren, zum Pferdeschweif gebunden, sie erinnert an eine sehr große Barbiepuppe. Gekleidet ist sie wie eine Freundin aus der Nachbarschaft mit Shorts und Pulli, dazu flache Schuhe an den langen Beinen – eben wie moderne Mädchen hier und heute aussehen.

„Oh, ist die schön, von wem hast du die denn bekommen, Johanna?"

„Die haben mir Jennifer und Lucy geschenkt, toll, nicht?"

Der Nachmittag dreht sich bei den Mädchen in der Tat fast ausschließlich um die Puppe – Puppenmacher Tom im fernen Palo Alto hat eine hervorragende Arbeit geleistet, was hier natürlich niemandem bekannt ist. Was auch nicht bekannt ist - und auch nicht werden soll - sind die geheimen Funktionen, die in einer Elektronikeinheit im Innern der Puppe untergebracht sind und auf 'Knopfdruck' an John Bertolis Kommunikationsbox aktiviert werden können. Heute jedoch ist die Puppe nur eine Puppe und noch keine Spionage- und Relaisstation für die Wissenschaftler in Amerika.

****

Wie von ihm nicht anders erwartet, rufen die Brainrise Robotics-Leute am nächsten Abend bei John an, Bremer will keine Zeit verlieren.

„Hi, hier ist Matthias Bremer. John, haben Sie die Puppe übergeben können?"

„Ja, kam gut an bei der Kleinen!"

„Das haben wir auch erwartet. Ab sofort werden Sie Ihr WLAN nicht mehr ausschalten, es ist für die Kommunikation mit uns eminent wichtig. Bitte schalten Sie jetzt die Box ein, wir werden heute Nacht ein Update aufspielen, das etwas länger läuft, Sie können aber beruhigt schlafen gehen. Wenn Sie am Morgen noch einmal die Box aus- und wieder einschalten, wird das Update aktiviert. Unmittelbar danach betätigen Sie bitte den neuen Button 'Isabella', und damit ist zunächst Ihre Mitwirkung an unserem Projekt unterbrochen – wenn wir Ihre Hilfe später noch einmal benötigen, melden wir uns. Sie haben alles verstanden und notiert?"

„Ja, habe ich – und ich bin dann ganz raus?" John mag es nicht glauben.

„Ja, bis auf die Tatsache, dass wir Ihr WLAN zwingend benötigen, aber falls Sie das blockieren sollten, bekommen Sie Probleme, denken Sie an Major Ryan Anderson. Wenn es Schwierigkeiten gibt, können Sie über die Box mit uns Kontakt aufnehmen. Eine gute Nacht wünsche ich, bye bye."

„Bye, Mister Bremer!"

John mag es noch gar nicht so richtig glauben – er ist raus aus dem ganzen Problem mit seinem Freund, seinem Nachbarn? Das muss seine Petra unbedingt erfahren!

Ein weiterer Anruf bei John am nächsten Tag ändert den Status der Puppe – die schöne, die mächtige, wie die Namensbedeutung 'Isabella' teilweise definiert wird – erwacht zu ihrem Spioninnen-Leben.

Kapitel 30 – Isabella

Johanna ist mit ihrer neue Puppe überglücklich, vor dem Schlafen gehen hat sie noch lange damit gespielt und sie dann unmittelbar neben ihr Bett gestellt, träumt sogar von ihr – einmal hört sie sogar im Traum, dass Isabella ganz laut „Uahh" sagt, so, als wenn jemand erwacht.

Die Mädchenparty gestern war wunderschön, und alle haben nur noch Interesse an Isabella gehabt – jedes Mädchen möchte jetzt auch eine so schöne Puppe haben, Johanna wird deswegen richtig beneidet ...

Als Beate zum Frühstück ruft – Berthold hat schon Sonntagsbrötchen besorgt – muss Isabella natürlich mit am Tisch sitzen.

„Was soll denn der Quatsch", meint Malte, „lass das Ding doch in deinem Zimmer, hier stört sie nur."

„Das geht dich überhaupt nichts an, das ist meine Puppe, und ich will sie bei mir haben".

„Dann nimm sie doch auch gleich mit in die Schule, vielleicht lernt sie da, wie man Jungs nicht so komisch anstarrt."

„Hört auf, euch zu streiten, wir wollen jetzt frühstücken", schaltet sich Beate ein, „und die Puppe stört doch niemanden, Malte."

„Doch, mich, die guckt so komisch, die soll woanders hinsehen, nicht immer zu mir!"

„Das ist doch überhaupt nicht wahr!"

„Schluss jetzt!" Berthold ist sauer, „Johanna, gib mir mal bitte die Erdbeer-Marmelade."

Die Stimmung an diesem Sonntagmorgen beruhigt sich wieder, nur Malte meckert noch etwas herum: „Und die guckt wirklich komisch, ich mag sie nicht, und morgen soll sie oben bleiben."

****

Im Nachbarhaus ist in der Nacht das aktuelle Update der Box abgeschlossen, und John hat, wie es ihm befohlen wurde, den Button 'Isabella' betätigt – danach hat er die Box in seinem Schreibtisch eingeschlossen.

****

Berthold Schaf vertieft sich an diesem Vormittag in die Sonntagszeitung. Es ist eine große überregionale Zeitung, die er, auch aus beruflichen Gründen, abonniert hat.

Die Kinder sind in ihren Zimmern, Beate hat die Küche aufgeräumt und kommt zu ihm ins Wohnzimmer.

„Hast du schon über den Job in Münster nachgedacht?"

„Ja, aber ich komme zu keiner Entscheidung. Auf der einen Seite reizt mich natürlich die Aufgabe, auf der anderen Seite seid ihr mir enorm wichtig, und dazu kommen noch die aus dem Vertrag mit den Amis eventuell entstehenden Probleme, die wir ja beide nicht abschätzen können."

„Vielleicht siehst du dir die Sache in Münster erst einmal aus der Nähe an, entscheiden kannst du dann ja immer noch, obwohl – ich bin natürlich nicht begeistert!"

Gerade in diesem Augenblick wird aus Palo Alto ein Befehl an die Puppe abgeschickt, den diese über den WLAN-Router von John erhält - nur Zehntelsekunden später spürt Berthold in seinem Gehirn einen dumpfen, undefinierbaren Schmerz, nicht sehr heftig wie schon zuvor, aber spürbar.

„Irgendetwas geschieht gerade mit meinem Gehirn, Beate, ich habe Angst!"

„Was geschieht denn? Kannst du es mir beschreiben?"

„Es ist, als ob sich an einer bestimmten Stelle mein Gehirn ausdehnt, so, als wenn ich mir auf den Daumen geschlagen habe und der jetzt anschwillt, nur kann ich da oben drinnen ja nicht kühlen, wie ich es mit dem Daumen täte."

Beate sieht ihn nachdenklich an: „Aber in dem Vertrag steht, dass sie dir nichts Böses tun dürfen, das ist vielleicht nur so ein Gefühl, wir sind ja beide etwas überreizt bei dem Thema 'Gehirn'!"

„Ja, trotzdem, irgendetwas geschieht gerade damit, ich kann es nicht beschreiben, und es wird auch irgendwie warm."

„Könnte es sein, dass dir deine Angst zurzeit einen Streich spielt?"

„Ich weiß nicht – es ist schon sehr eigenartig ..."

Der weitere Sonntag verläuft ohne besondere Ereignisse – das warme Gefühl in Bertholds Kopf und auch der leichte Druckschmerz haben sich wieder gelegt.

Am frühen Nachmittag ruft Ulli an und bietet an, am Mittwoch die geplante Untersuchung vorzunehmen: „Vielleicht sehen wir dann weiter!"

„Hoffentlich kann ich dann Urlaub bekommen", ist dessen erste Reaktion, aber in einem zweiten Gedanken sagt er sich, dass diese Untersuchung das zurzeit wichtigste Vorhaben ist – unter Umständen hängt seine gesamte Zukunft davon ab, also sagt er zu.

Zum Abendessen hat sich die ganze Familie wieder am großen Tisch in der Küche versammelt – zum Ärger von Malte hat Johanna ihre neue Puppe wieder mitgebracht.

„Kommt die komische Puppe jetzt immer zum Essen mit? Ich mag die nicht, hab ich ja schon gesagt, die guckt so komisch!"

„Du spinnst, sie hat ganz wunderschöne Augen, und auch sonst – so möchte ich auch aussehen ...", sinniert Johanna.

Berthold hat sich gerade ein wenig Butter auf eine Brotschnitte geschmiert, als er plötzlich innehält, sozusagen in sich hineinhorcht.

„Was ist?" fragt ihn Beate, „ist irgendetwas?"

„Ich weiß nicht, mir ist, als wenn mir jemand etwas sagt!"

Im gleichen Augenblick klingelt im Wohnzimmer das Festnetztelefon, und Berthold geht hinüber, weil er noch einen Anruf von Ulli erwartet.

„Ja, hallo", begrüßt er den Anrufer.

„Hallo, Mister Schaf, hier spricht Matthias Bremer aus Palo Alto in Kalifornien."

Berthold ist geschockt: „Sie wagen es, bei mir anzurufen? Sie, der alle diese Schwierigkeiten und Probleme zu verantworten hat? Was wollen Sie, was wollen Sie überhaupt von mir?" Wutentbrannt will er schon das Gespräch beenden, hört gerade noch „Bitte legen Sie jetzt nicht auf" aus dem Lautsprecher und nimmt den Hörer erneut zur Hand.

„Herr Bremer, sagen Sie jetzt, was Sie wollen, und dann möchte ich gern wieder zum Abendessen gehen", schnaubt Berthold in die Sprechmuschel.

„Berni – ich darf doch Berni zu Ihnen sagen? Wir werden in Zukunft noch sehr oft miteinander kommunizieren. Berni, wir haben einen Vertrag miteinander, den unser gemeinsamer Freund Ulrich Perley mit Ihnen ausgehandelt hat.

Wir werden das erste Honorar in den nächsten Tagen anweisen, damit Sie sehen, dass wir es ernst meinen.

Nun aber zum Grund meines heutigen Anrufes: Sie hatten am Vormittag wahrscheinlich Probleme durch einen Druckschmerz und ein gewisses Wärmeempfinden – ich hoffe, das ist inzwischen vergangen. Grund dafür war eine Aktivierung der Teile in Ihrem Gehirn, die für die Fähigkeit zur Telepathie im Wesentlichen verantwortlich sind …

Wir haben das erreicht, weil über unsere Relaisstation ein bestimmtes Signal an ihre Nano-Chips gegangen ist."

Berthold unterbricht ihn, aufs Äußerste erregt: „Meine Nano-Chips? Ihre Nano-Chips! Sie manipulieren mein Gehirn! Das ist gegen die Abmachung, Doktor Bremer, das dürfen Sie nicht!"

Etwas zynisch kommt die Antwort von Bremer: „Und was wollen Sie dagegen unternehmen? Nichts, Berni, Sie können nicht dagegen tun! Aber seien Sie beruhigt, eine solche Aktion werden wir nicht so bald wieder durchführen müssen, Ihr Gehirn ist jetzt entsprechend für die besonders leistungsfähige Telepathie konfektioniert.

Und jetzt gehen Sie zunächst wieder zu Ihrem Abendessen, ich melde mich später noch einmal, bye."

Voller Groll, aber auch bedrückt geht Berthold wieder zurück zu seiner Familie.

„Wer war denn das?", fragt Johanna.

„Niemand, den ihr kennt, meine Lieben", antwortet Berthold, „und ich will nicht darüber reden."

Beate sieht ihn nachdenklich an, er nickt ihr zu – sie verstehen sich auch ohne Worte.

Kapitel 31 – Konfrontation mit Brainrise Robotics

E s gibt kein Entrinnen! Der zweite Anruf von Matthias Bremer in Werterfehn fordert von Berthold konkrete Maßnahmen.

„Hi, Berni!", Mat Bremers Stimme klingt fröhlich, „wie geht es Ihnen heute an diesem schönen Vormittag? Scheint bei Ihnen auch die Sonne? Hier ist es ganz herrlich, man könnte im Freien sitzen, wenn nicht die Arbeit wäre - ach nein, bei Ihnen ist es ja schon Abend...

Ich habe eine Bitte: Wenn Sie auf Ihrem Smartphone – Sie haben doch ein Smartphone? - Skype noch nicht installiert haben sollten, holen Sie dies bitte kurzfristig nach. Ich denke, Aug' in Auge lässt sich besser miteinander reden, und wenn Sie das Programm installiert haben, rufen Sie mich bitte umgehend über einen Skype-Video-Call an, dann reden wir weiter. Bis dann, Berni".

Berthold hat schon vor einigen Monaten, bevor er seinen Unfall hatte, das Skype-Programm installiert, er nutzt es, um mit seinem Chef im Supermarkt zu kommunizieren, und deshalb kann er auch sofort die ihm von Bremer mitgeteilte Nummer anrufen.

Die Verbindung in die Staaten nach Palo Alto ist erstaunlich gut, ein gestochen scharfes Bild zeigt Mat Bremer an seinem Schreibtisch, im Hintergrund ein großes Panoramafenster - die Sprechverbindung ist ebenfalls ganz ausgezeichnet.

„Da sind Sie ja schon, hallo! Nun sehen wir uns endlich von Angesicht zu Angesicht, ich kannte Sie vorher ja nur als Kranken, und Sie haben mich noch überhaupt nicht sehen können, weil Sie zu der Zeit noch im Koma lagen.

Berni, wir haben Großes mit Ihnen vor, Sie werden in die Geschichte der Wissenschaft eingehen, ich verspreche es Ihnen!

Zunächst aber müssen wir gemeinsam kleine Schritte gehen. Als ersten Stepp möchten wir, dass Sie Ihre Fähigkeit der Telepathie reaktivieren. Damit es Ihnen leichter fällt, haben wir Ihr Gehirn in einer bestimmten Region etwas stimuliert, ich sprach ja vorhin bereits davon. Sie werden es gespürt haben, ich hoffe, es war nicht allzu schmerzhaft."

In der Zwischenzeit ist Beate hereingekommen, beobachtet die Szene ganz genau, schaltet sich in das Gespräch ein.

„Da sind Sie ja, Herr Bremer, der Mann, der uns die ganze Chose eingebrockt hat! Und Sie wagen es, meinen Mann zu kontaktieren, um ihn zu manipulieren? Herr Bremer, ich werde jeden Kontakt mit Ihnen dokumentieren, alle Gespräche, soweit es in meinen Möglichkeiten liegt, aufzeichnen – irgendwann bekommen Sie in Form eines Strafprozesses Ihre Quittung für die Körperverletzung an meinem Mann in Form der implantierten Chips. Ihr Geld werden wir für den Prozess, den wir dann führen werden, verwenden, Kontrakt hin, Kontrakt her!"

Beate hat sich richtig in Rage geredet, wutentbrannt funkelt sie Bremer durchs Telefon an.

Mat Bremer ist ziemlich erstaunt über Beates Wutausbruch, und Berthold, der ihn während des bisherigen Gespräches beobachtet hat, hakt nach: „Herr Bremer, ich verlange von Ihnen und Ihrer Firma, dass Sie die direkte Beeinflussung meines Gehirns unterlassen – so, wie es im Kontrakt auch vereinbart ist."

„Frau Schaf, Berni, nun regen Sie sich doch nicht so auf, niemand will Ihnen etwas Böses. Wir verfolgen ein Ziel, und bei dessen Erreichen kann uns Ihr Mann, können Sie uns helfen."

„Und was ist das Ziel, dem wir unsere Familie wahrscheinlich opfern müssen?" Beate lässt nicht locker.

„Ich will es Ihnen erklären! Die Fähigkeit Ihres Mannes, Frau Schaf, zur Nutzung seines Telepathie-Potenzials ist schon ohne unsere Eingriffe enorm, und jetzt, durch die Stimulation in der letzten Nacht, größer als bei irgendeinem anderen Menschen in der Welt.

Das wollen wir nutzen! Es geht uns nicht besonders um die telepathischen Fähigkeiten, einem anderen Menschen etwas mitzuteilen, nein, wir wollen erreichen, dass Ihr Mann durch seine Gedankenkraft bestimmte, speziell dafür vorgesehene Geräte steuern kann."

Berthold ergreift noch einmal das Wort, Beate hält sich zurück, „Dr. Bremer, garantieren Sie mir meine körperliche Unversehrtheit, kann mein Gehirn durch Ihre Eingriffe ...“

In diesem Moment ist die Verbindung nach Palo Alto unterbrochen.

Er sinkt in seinem Sessel zusammen, betroffen von allem, was ihnen von Bremer gesagt wurde.

Nachdem er sich wieder gefangen und von dem Schock wieder erholt hat, will er testen, inwieweit Bremers Aussagen zutreffen.

„Beate, holst du mir bitte einen Cognac?", denkt Berthold nicht besonders intensiv, um Bremers Theorie zu testen.

„Du möchtest sicher jetzt einen Cognac, Liebling, oder?"

Berthold ist erschüttert – Bremers Aussagen treffen leider zu, seine Fähigkeiten scheinen enorm stärker geworden zu sein.

„Weißt du was, mein Schatz? Ich möchte überhaupt keinen Cognac, das habe ich nur mal so gedacht!"

Beate lässt sich in einen der Sessel fallen: „Oh nein, du trainierst schon? Mit mir? Bitte tue das nicht, wenn du schon hier im Hause deine Fähigkeiten anwendest, wie soll das dann werden? Du kannst mich doch nicht einfach so manipulieren? Es war im Krankenhaus schön, mit dir auf diese Art zu kommunizieren, aber jetzt und hier?"

Bernhard sitzt ganz zerknirscht in seinem Sessel: „Nein, nein, Liebling, ich wollte doch nur einmal testen, ob Bremers Aussagen zutreffen – leider hat er Recht gehabt ..."

****

Matthias Bremer ist von der heftigen Reaktion Beate Schafs ziemlich überrascht worden. „Wenn die Frau so weitermacht, kann sie damit das ganze Projekt gefährden, dem muss ich einen Riegel vorschieben!", denkt er. Nachdenklich geht er hinüber zu Susan.

„Die Ehefrau unserer Zielperson hat mir vielleicht den Kopf gewaschen, sie droht sogar mit Klagen, falls wir ihren Mann manipulieren – und das haben wir ja schließlich vor. Sie will alle elektronischen Kontakte detailliert dokumentieren, um dann mit unserem Geld einen Prozess zu finanzieren!"

„Eine tolle Frau, diese Frau Schaf, das muss ich sagen, die hat Mut und Energie! Wir sollten überlegen, wie wir sie für unsere Zwecke einsetzen können, denn eine Klage können wir uns wirklich nicht leisten, lieber Mat."

Der nickt zustimmend: „Kann uns die Puppe dabei helfen?"

„Das weiß ich noch nicht, ich werde darüber nachdenken. Und, Mat, kein Wort zu Ellen, sie ist ohnehin, ich weiß nicht weshalb, nicht gut auf mich zu sprechen."

„Susan, ich fürchte, du hast diese Situation selbst verschuldet, darüber sollten wir jetzt reden."

„Was meinst du? Ich bin mir keiner Schuld bewusst!" Sie blickt ihn mit Unschuldsaugen an.

„Liebe Susan", fährt Mat fort, „kann es nicht sein, dass du ihr Office genau so, sagen wir mal, ausgerüstet hast wie vor einiger Zeit meinen Wagen? Sie ist nur noch nicht darauf gekommen im Gegensatz zu mir – was ich dir ein wenig übel genommen habe -, denn du bist ja sehr geschickt dabei gewesen."

Während Mat spricht, ist Susan sozusagen immer kleiner hinter ihrem Schreibtisch geworden, stützt den Kopf in ihre Hände: „Mat, mit deinem Auto, das tut mir leid, das kommt nur daher, weil ich dich so gern für mich haben möchte und du mir keine Chance gibst, Helen aus dem Feld zu schlagen. Aber das Office von Ellen habe ich aktuell nicht verwanzt," sie schaut verschmitzt zu Mat hinüber, „das war schon zu Bobs Zeiten so, und manche gute Info habe ich dabei schon gewonnen."

„Susan", Mat spricht jetzt sehr eindringlich, „sie hat einen Verdacht, fürchte ich, und vielleicht hat sie auch schon mit deinem ehemaligen Arbeitgeber gesprochen!"

„Dann werde ich, wenn sie heute aus dem Haus ist, meine kleinen Agenten aus ihrem Office wieder entfernen, schade eigentlich, ich habe immer so viele Informationen bekommen auf diesem Wege ..."

„Susan, aber eigentlich ist das doch kriminell, das kannst du nicht machen. Übrigens: Kurzfristig bekommt sie neue Möbel, da wäre bestimmt so manches zu Tage gekommen!"

„Mat, ich muss dir danken, wenn sie mich erwischt hätte, wäre unser beider wundervolle Zusammenarbeit sicher zu Ende, das wäre doch sehr bedauerlich!"

Kapitel 32– In der MHH Hannover

U lli hat seine Zusage eingehalten, in der MHH hat die Radiologie einen Termin für Berthold reserviert, allerdings erst am Mittwoch um 19 Uhr 30.

„Eigentlich ist das gar nicht so ungünstig, was meinst du, Beate? Dann mache ich am Mittag Feierabend, und wir fahren alle gemeinsam nach Hannover, wir parken irgendwo in der Innenstadt. Du gehst mit den Kindern bummeln, macht euch einen schönen Nachmittag, und ich fahre mit der Stadtbahn zur MHH. Nach der Untersuchung komme ich zu euch, irgendwo essen wir noch gemeinsam, und dann fahren wir wieder nach Haus ".

„Du glaubst doch nicht, dass ich dich dort allein lasse, mein Lieber, ich komme mit in die MHH! Ich muss doch wissen, was mit dir, mit deinem Gehirn passiert ist."

„Dann müssen Malte und Johanna hier allein bleiben, das finde ich aber nicht so toll, Schatz." Berthold hätte seiner Familie sehr gern einen schönen Nachmittag in Hannover gegönnt, aber wenn Beate nicht will – er kann sie ja nicht dazu zwingen.

„Na gut, dann eben ohne unsere beiden Trabanten. Und wer soll auf sie aufpassen?"

„Ich frage einfach Petra, die macht das sicher gern!"

Der Mittwoch kommt, Beate und Berthold machen sich auf den Weg nach Hannover – allerdings werden sie mehr Zeit für die Fahrt benötigen als Ulli mit seinem heißen Flitzer.

Etwa um sechs Uhr am Abend fahren sie von der Karl-Wiechert-Allee aus auf den Patientenparkplatz der Medizinischen Hochschule.

„Wollen wir noch versuchen, etwas zu essen? Ich habe einen Bärenhunger! Dort ist der Haupteingang, an der Information können wir vielleicht erfragen, ob es eine Cafeteria oder eine Mensa gibt."

Die junge Dame an der Information gibt ihnen bereitwillig Auskunft: „Die Radiologie ist gleich hier vorn im Haus K7. Aber zur Mensa müssen sie in diesem Haus ganz bis zum Ende gehen, und hinüber ins Haus K15, da ist die

Mensa – die hat auch noch geöffnet, aber nur bis 19 Uhr. Aber wenn Sie nur eine Kleinigkeit essen möchten – hier in unserer kleinen Shopping-Mall ist auch ein kleines Restaurant ...“

Berthold bedankt sich, und zügig gehen die beiden Besucher durch die Einkaufsstraße, erstaunt, dass es so etwas in einem Krankenhaus gibt – aber es ist halt vor allem eine Hochschule.

Nach wenigen Metern werden sie schon fündig: Ein nettes kleines Bistro mit dem sinnigen Namen 'Die Kanne' lädt sie zum Hereinkommen ein.

Das Essen ist gut und günstig, vielleicht auf studentische Geldbeutel abgestimmt – Beate und Berthold sind zufrieden.

Um neunzehn Uhr machen sie sich auf den Weg zur Radiologie, die gleich nebenan im Nachbargebäude untergebracht ist.

„Ich habe einen Termin bei Professor Perley.“

Die ältere Dame am Empfang blickt in ihren Computer, bestätigt „Ja, gehen Sie bitte schon einmal in die Wartezone, der Professor wird Sie dort abholen.“

Die Zwei haben kaum Platz genommen, als Ulrich, aus einem Seitengang kommend, auf sie zutritt: „Da seid ihr ja, schön. Wir können auch sofort beginnen, Bea, du wartest hier bitte? Wenn ich die Bilder habe, rufe ich dich.“

Berthold und Ulli gehen zum Untersuchungsraum. „Hast du Metallteile bei dir? Deine Uhr, Schlüssel, Geldbörse, anderes? Leg die Sachen bitte dort auf den Tisch, und dann wollen wir beginnen.“

Die Röntgenassistentin hilft Berthold auf den Untersuchungsschlitten. „Ich werde Ihnen jetzt ein Kontrastmittel injizieren, Herr Schaf – Sie haben doch keine Allergie?“

Anschließend setzt sie ihm die Ohrenschützer auf, positioniert seinen Kopf zentral auf dem Schlitten und verlässt den Raum.

Aus dem Lautsprecher kommt Ullis Stimme: „Bitte jetzt nicht bewegen, wir fangen an.“

Trotz der Ohrenschützer dringt das MRT-Geräusch zu ihm durch, aber das hat er ja noch von den Untersuchungen damals im Klinikum Emsstadt in Erinnerung …

Nach etwa zehn Minuten ist die ganze Prozedur beendet. Von dem hämmernden MRT-Geräusch noch etwas benommen geht er in den Besprechungsraum, in dem Ulli bereits mit Beate auf ihn wartet.

„Wir müssen uns noch ein paar Minuten gedulden, bis die Bilder auf dem Monitor verfügbar sind."

Schweigen. Dann erscheinen die ersten Bilder der ganzen Serie von Schädelaufnahmen auf Ullis Monitor. Einige Klicks weiter hat Ulli gefunden, wonach er gesucht hat: „Hier, seht ihr das? Gut, dass wir hier ein so ausgezeichnetes MRT mit Positronen-Emissions-Tomografie haben, und zwar auf dem neuesten technischen Stand – das ist der Vorteil einer Hochschule."
Ulli ist richtig stolz auf seine Möglichkeiten. „Hier, das ist die Stelle, an der damals vom Professor O'Sullivan das Hämatom entfernt wurde, und hier sitzen auch die Nano-Chips, ihr Kern kaum erkennbar, sie sind gut eingewachsen – wenn ich es nicht wüsste, hätte ich sie nicht gesehen." Er lässt sich eine weitere Bildserie anzeigen und erschrickt: „Was ist das denn hier? Seht mal, die Nanos sehen aus, als wenn sie Gewebe aus der Umgebung aufsaugen, sie sind deutlich vergrößert, und rund herum ist das Gewebe leicht geschwollen, hier, neben dem Diencephalon, das hat dir deinen Kopfschmerz verursacht. Inwieweit sich das Ganze auf deine geistigen und 'über'-geistigen Fähigkeiten auswirkt, kann ich natürlich nicht sagen. Irgendwie habe ich den Eindruck, dass sie ein gewisses Eigenleben entwickelt haben, wir werden es beobachten müssen! Fest steht, und das zeigen ganz eindeutig unsere Aufnahmen: Die Dinger können nach jetzigem Erkenntnisstand, wir alle haben es ja eigentlich schon gewusst, nur mit höchsten Risiken, eigentlich überhaupt nicht entfernt werden, die Chancen dafür waren noch nie so schlecht wie heute!"
Beate und Berthold sehen sich erschreckt an , schauen zu Ulli: „Keine Chance in Sicht, Ulli? Und kann das behandelt werden? "
„Kann ich noch nicht sagen, ihr müsst in drei Wochen noch einmal herkommen, dann werden wir weitersehen!"
Ullis Freunde sitzen bedrückt neben ihm im Monitorraum. „Gibt es wirklich keine Chance, die Sache zu beenden?"
„Ihr müsst herausfinden, woher die Signale kommen, die dein Hirn manipulieren, es muss ganz in eurer Nähe sein. Wenn ihr dann diesen Sender, wie ich es bezeichnen würde, unschädlich machen könntet, wäre euch wahrscheinlich

geholfen – medizinisch gesehen kann ich nichts raten oder empfehlen!"

Beate und Berthold wollen sich gerade verabschieden, als Bertholds Smartphone vibriert. Er schaut auf die Nachricht - eine SMS - und erblasst: Matthias Bremer schreibt 'Viele Grüße an Ulli, Sie sind doch gerade in der MHH?'

„Bremer lässt dich grüßen, Ulli! Er weiß, wieso auch immer, dass wir hier bei dir sind. Hast du ihm etwas von der MRT-Untersuchung erzählt?"

„Was denkst du von mir, Berthold, kein Wort über uns – und der Kontrakt war die einzige Ausnahme – geht von mir nach Amerika!"

„Dann hat er sich über euren Rechner oder Server in mein Gehirn eingeloggt, meine GPS-Position abgefragt, dieser Gangster!"

Die Heimfahrt der Schafs verläuft fast die ganze Zeit über schweigend.

Kapitel 33– Erfolg und Zweifel

E s steht der große Durchbruch in der Angelegenheit 'Berthold Schaf' an: Die GPS-Informationen direkt vom Transponder aus Bertholds Gehirn über das WLAN der MHH in Hannover – das ist schon ein tolles Ergebnis!

„Ich werde ab sofort den Mann ganz eng führen", sagt sich Mat, „er wird auf mein Kommando hören, sein eigener Wille spielt dabei keine Rolle mehr. Ab heute Nacht gehen meine Kommandos direkt in sein Gehirn!"

Ellen und Susan, denen er von dem Erfolg mit der GPS-Info berichtet, sind etwas skeptisch.

„Mat, du solltest es langsam angehen lassen, wenn die Zielperson ablehnt, hast du kaum eine Chance, dich gegen seinen Willen durchzusetzen", bringt es Susan auf den Punkt, aber Mat ist ganz anderer Meinung.

„Was will er denn machen? Will er sich permanent unter Drogen oder Alkohol setzen?"

„Falls er so etwas tut, Mat, zerstört er eventuell zwar sein Leben und seine Familie, lässt aber auch unser Projekt scheitern – wir sollten mit ihm zusammenarbeiten und nicht gegen ihn, aller Euphorie über Zwischenergebnisse zum Trotz", meint auch Ellen, die in ihrer Funktion letztlich das Sagen hat, „lassen Sie es langsam angehen und bringen Sie Ergebnisse, die nicht gegen den Probanden laufen."

„Ergebnisse – ja, Belastungen der Zielperson – nein. Wie soll das gehen? Wir manipulieren nun einmal, das heißt, wir wollen es tun, ein Gehirn, seine Funktionen ...", sinniert Mat als verantwortlicher Fachmann, Neurologe, Arzt.

„Und wo bleibt mein 'Hippokratischer Eid', den ich einmal geschworen habe? War das unter den jetzigen Umständen ein Meineid?"

Seine plötzlichen Zweifel verwundern ihn - ob er mit Helen darüber reden kann? Bisher war seine Frau immer sehr zurückhaltend, was seine beruflichen Dinge betrifft.

Der Nachmittag dieses Tages ist bei Mat ausgefüllt mit Überlegungen zur

Umstrukturierung von Brainrise Robotics, mit Telefonaten zu Unternehmungen in der Region wegen möglicher Auftragsfertigungen dort, hinzu kommen die Gedanken zur Erweiterung der Brainrise Robotics-eigenen Kapazitäten für die mechanischen und elektronischen Arbeiten an den Robotern.

Das Gespräch mit Mary Watson ist leider ohne greifbares Ergebnis geblieben – die Preisvorstellungen lagen zu weit auseinander. Bei einer Verkaufspreisvorgabe unter 500 Dollar, die er von Ellen bekommen hat, und der Berücksichtigung des erheblichen Aufwandes für die Ausrüstung der Kittys mit Mechanik und Elektronik bei Brainrise Robotics bleibt für den Kunststoffkörper einer Puppe, ganz gleich welcher Größe, keine große Spanne …

****

Seine Hauptsorge an diesem Nachmittag aber ist: „Wie kann ich Kontakt zu Berthold Schaf halten, um ihm meine Trainingsanweisungen zu übermitteln, ohne jedes Mal mit ihm zu skypen oder zu telefonieren? Wenn der Mann zum Beispiel im Job arbeitet, also an einem anderen Ort ist, kann unsere Isabella sein Gehirn nicht erreichen. Wir können aber feststellen, an welchem Ort er sich gerade befindet, das habe ich ja bewiesen."

Er geht hinüber zu Susan, die gerade mit Kitty ein Trainingsprogramm absolviert.

„Darf ich euch kurz stören? Ich muss unbedingt etwas fragen!"

„Ja", antworten Susan und Kitty im Chor, „gern!"

„Ich brauche euren Rat. Wenn die Zielperson außerhalb der Reichweite der Relaisstation ist, wie kann ich ihm dann Anweisungen geben? Fällt euch dazu etwas ein?"

Kurzes Schweigen bei Susan und der Robotta, dann startet diese so etwas wie ein kleines Tänzchen: „Ich weiß es, ich weiß es!" trällert sie und kichert dabei in sich hinein, „Kitty ist klüger als ihr beiden Menschen zusammen, ich denke, bald werde ich euch auch sonst überlegen sein, wartet nur ab!"

„Kitty, nicht übermütig werden – du kennst das oberste Roboter-Gesetz", meint Susan daraufhin, „vergiss nicht, dass ich dich jederzeit demontieren kann!"

„Das willst du aber nicht, dann wirst du nämlich nie weltberühmt, und dein

Ehrgeiz würde dich aufessen!"

Mat schaltet sich in diese unfruchtbare Diskussion ein: „Kitty, sag, welche grandiose Idee hat sich dein Computergehirn ausgedacht?"

„Mein Robotergehirn hat folgenden Algorithmus anzubieten, und mit etwas Überlegung hättest du, hättet ihr beide darauf kommen können: Also – es gibt doch fast überall, auch in Deutschland, WLAN-Router im freien Zugriff, ohne Passwort und so. Erster Schritt: Du überträgst deine Kommandos über eine geheime IP-Adresse an die Adresse des Receivers im Gehirn des Probanden, wie du ihn manchmal nennst. Zweiter Schritt: Wenn er dann getan hat, was du wolltest, sendet der Transponder, wenn du ihm den Befehl dazu gibst, auf dem gleichen Weg das Ergebnis zu dir. Wenn du ganz schlau bist, automatisierst du den ganzen Vorgang. Dritter Schritt: Der GPS-Account auf Susans Rechner speichert das alles!"

„Genial, Kitty, genial! Warum bin ich nicht selbst darauf gekommen? Eine wirklich tolle Idee!"

„In aller Bescheidenheit, lieber Mat, ich bin eine Maschine, und die riesige Menge von Algorithmen, die mir Susan einprogrammiert hat, zahlt sich nun einmal aus – ihr Menschen seid nun einmal einfacher gestrickt. Und jetzt mache ich Feierabend, mein Akku ist bald leer."

Mit diesen Worten surrt sie hinaus, Energie tanken an ihrer Ladestation.

Mat und Susan sehen sich an, brechen in Gelächter aus: „Sind wir schon so weit, dass uns die Maschine sagt, wo es langgeht?" Sehr nachdenklich sieht Mat zu Susan hinüber, die auf ihren Monitor schaut: „Nein, Mat, WIR bestimmen den Weg und das Ziel!"

Kapitel 34– Definition des Zugriffsweges

Für die Realisierung des Vorschlages von Kitty zur direkten Erreichbarkeit der Zielperson muss Susan nicht nur einige wenige Stunden Programmierung aufwenden – eine tagelange intensive Arbeit wird nötig sein. Eine Anfrage an ihren alten Freund Barat Singh im indischen Bengaluro hilft ihr weiter: Er hat ein ähnliches Problem schon einmal gelöst und schickt ihr die entsprechenden Algorithmen, die sie uneingeschränkt verwenden darf. Solche Algorithmen für den Zugriff über beliebige WLAN-Router sind sehr umfangreich und kompliziert, vor allen Dingen die Erfassung der Ergebnisse von befohlenen Aktivitäten ist ein Problem. Viele Schwierigkeiten, denn es liegen, über Susans Probleme hinausgehend, wie Kitty recherchiert hat, weltweit noch keine dokumentierten Ergebnisse der direkten Gedanken-Beeinflussung vor, auf die sie zurückgreifen könnte …

Die Idee an sich, die Kitty vorgeschlagen hat, ist gut – Mat fragt sich nur, wie Susan über den Nano-Receiver in die Gedankenwelt eines Menschen eindringen will, und ohne diese Möglichkeit nützt auch eine Internet-Verbindung in ein Gehirn nichts!

Er überlegt, wie es das Militär mit den EPOC-Helmen zur Steigerung der Kampfbereitschaft und zur Unterdrückung von Skrupeln, von denen berichtet wurde, handhaben könnte – die Informationen darüber geben wegen der Geheimhaltung nicht viel her.

Ein Gedanke schießt ihm plötzlich durch den Sinn: Wie wäre eine Beeinflussung des Unterbewusstseins? Könnte dies das Geheimnis der EPOC-Helme sein?

In einem Psychologieseminar während des Studiums hat er sich mit der Thematik kurz beschäftigt, und zwei Stichworte kommen ihm in den Sinn: Tiefenentspannung und Hypnose – damit kann das Unterbewusstsein unter Umständen erreicht, Bewusstes ausgelagert und Unbewusstes zum Bewussten reaktiviert werden.

Mit dieser Erkenntnis setzt er sich an sein Laptop und versucht herauszufinden, welche Hirnregionen in der Nähe der Nano-Chips für beide Faktoren infrage kommen könnten – hier müssten dann die Beeinflussungen ansetzen. Diesen Gedanken im Sinn geht er hinüber in das Labor von Susan, erklärt ihr seine Überlegungen.

Susan hört ihm sehr interessiert zu, zweifelt aber an der Realisierbarkeit seiner Idee: „Ich glaube nicht, dass wir Nutzen davon haben, wenn unser Proband etwas ins Unterbewusstsein eingeflüstert bekommt – warum sollte ihm das denn zu einem vorbestimmten Zeitpunkt bewusst werden und er eine Aktion daraus folgen lassen? Es müsste dann schon ein weiterer Impuls dazu erfolgen. Lass uns das doch einmal durchspielen, Mat.

Nehmen wir also an, du möchtest, dass ich dich umarme. Du würdest mir also in einer Art Hypnose einflüstern 'ich will Mat umarmen'. Mein Unterbewusstsein hat jetzt diese Information. Und dann?"

„Dann hast du diesen unabdingbaren Wunsch, dieses Verlangen, mich zu umarmen, in ganz tiefen Bewusstseinsschichten."

„Und wie kommt dieser Wunsch dann an die Oberfläche?"

„Indem du einem ganz spezifischen Reiz ausgesetzt wirst. In dem Augenblick, in dem der Reiz 'Umarmung' aktiviert wird, projiziert ihn das Unterbewusstsein sozusagen 'nach oben', und du kannst nicht widerstehen."

„Und dieser spezifische Reiz, wie kann der aussehen?"

„Zum Beispiel, in dem dir jemand das Foto einer Liebesszene zeigt oder dir schwindlig wird und du dich zwingend irgendwo anlehnen musst – dann ist der Wunsch an der Oberfläche, und du musst ihm Folge leisten."

Susan ist nachdenklich: „Du meinst, das könnte gehen? Du flüsterst dem Probanden etwas ein, und ich schicke einen oberflächlichen Reiz zum Beispiel an unsere Isabella?"

„Ich denke, ja! Aber du musst natürlich den Nano-Receiver noch um diese Pseudo-Hypnose-Funktion erweitern, sonst kann ich ihm ja nichts einflüstern."

„OK, Mat, lass es uns versuchen, der Ansatz ist schon einmal gut – ich werde mich an die Arbeit machen, du Menschen-Flüsterer."

****

Zurück an seinem Arbeitsplatz, versucht Mat, seine Gedanken zu strukturieren – es ist schon irgendwie ungeheuerlich, was Susan und er im Auftrag der Brainrise Robotics vorhaben.

„Und wenn die Puppe Isabella nicht anwesend ist, wie aktiviere ich dann den Befehl aus dem Unterbewusstsein?" Mat ist noch nicht am Ende mit seinen Überlegungen zu diesem Thema, er überlegt sogar, ob die Puppe für diese Verwendung überhaupt erforderlich ist.

„Ich muss dem Befehl ein Codewort mitgeben, das ihn aktiviert, und dieses Codewort muss den Probanden überall und immer erreichen können!"

Kapitel 35– Erste Kommandos

D er Nano-Receiver wurde in dieser Nacht, für Berthold wieder einmal recht schmerzhaft, von Susan über den WLAN-Server von John aktualisiert, und zwar dergestalt, dass er jetzt einen Hypnose-Zustand herstellen kann – ganz bestimmte Hirnregionen werden jetzt aktiviert, die von Mat mit Befehlen und einem jeweils zugehörigen Codewort 'versorgt' werden können. Mit diesem Prinzip kann der Proband zu Aktivitäten veranlasst werden, wenn er das vorgegebene Codewort wahrnimmt.

Mat hat für heute eine 'Nachtschicht' eingeplant: Wenn er seine Zielperson zu dessen Tageszeit beeinflussen will, lässt sich das leider nicht vermeiden. Helen hat er rechtzeitig informiert, und Susan verfolgt an ihrem Monitor die ganze Aktion.

Exakt um Mitternacht, in Werterfehn ist es neun Uhr am Vormittag, aktiviert Mat über das WLAN den Receiver in Bertholds Kopf. „Malte soll die Puppe zufriedenlassen. CODEWORT Johanna!"

****

Es ist Samstag. Familie Schaf sitzt zu dieser Zeit, es ist kurz vor neun Uhr, am Frühstückstisch.

Dieser Novembertag hat schon in der Nacht mit Sturm und Regen begonnen, und so freuen sich alle auf einen gemütlichen Tag zuhause – die Kinder werden wahrscheinlich ihre Nachbarfreunde zu sich einladen, und für Beate und Berthold wird der Tag ruhig verlaufen mit nur wenig Hausarbeit und viel gemütlichem Zusammensitzen, Lesen und sich miteinander unterhalten.

Johanna hat wie selbstverständlich ihre Puppe Isabella mit an den Tisch gebracht, sehr zum Ärger von Malte: „Ich will nicht, dass mich deine Puppe immer ansieht, das macht mir Angst! Bring sie wieder weg!" „Nein! Das ist meine Puppe, und die bleibt hier bei mir!" Johanna reagiert sauer.

Beate schaltet sich in den Streit ein: „Geht das denn jetzt an jedem Tag so? Dann kommt Isabella wirklich nicht mehr nach unten, bleibt in deinem Zimmer!"

Was die Familie nicht weiß, Malte aber instinktiv ahnt: Isabella sieht alles, seit Susan ihre Funktionen für das Ausspionieren freigeschaltet hat. Sie beobachtet, hört die Gespräche mit, und zwar nicht nur die in ihrer unmittelbaren Nähe; alle von ihr gewonnenen Informationen landen dank des WLAN von Nachbar John auf dem Computer von Susan.

Beate bittet: „Johanna, reichst du mir bitte die Butter?"

Für einen ganz kurzen Augenblick hat Berthold in dieser Sekunde, bei der Erwähnung von Johannas Namen, eine Art 'Blackout', nimmt seine Umgebung nicht wahr, und dann ist alles wieder wie zuvor.

CODEWORT Johanna – wie von Mat Bremer geplant, schaltet sich Berthold in das Gespräch ein: „Malte, lass doch bitte die Puppe zufrieden, sie tut dir doch nichts!"

Mat schickt einen weiteren Befehl an den Receiver in Bertholds Kopf: „Telepathie einsetzen - Malte soll sich bei Johanna entschuldigen. CODEWORT Malte!" Wieder hat Berthold einen ganz kurzen Aussetzer – „Was ist denn los?", denkt er bei sich.

Beate reagiert zufällig auf Bertholds Worte: „Ja, Papa hat Recht, es ist doch nur eine Puppe, Malte!"

Das von Beate genannte Codewort 'Malte' zwingt Berthold dazu, Malte mit seinen Gedanken zu beeinflussen, er kann sich gegen diesen Befehl in seinem Gehirn nicht wehren: „Malte, Du entschuldigst dich jetzt bei Johanna!"

„Ich will mich aber nicht entschuldigen, Papa!" reagiert Malte lautstark, total sauer.

„Es hat niemand etwas davon gesagt, Malte", Beate ist verwundert, „Berthold, hast du …?"

Der blickt schuldbewusst auf sein Marmeladen-Brötchen, nickt.

****

Auf der anderen Seite des Atlantiks springt Susan von ihrem Platz vor dem Monitor auf: „Es hat funktioniert, Mat, es hat funktioniert! Puppe Isabella meldet Vollzug! Sie hat gehört, dass Malte, der Junge, auf den Befehl seines

Vaters geantwortet hat – das ist super, Mat, einfach super!"

Susan kann sich vor Freude kaum wieder beruhigen: „Der Mensch dort tut, was WIR wollen – es war eine geniale Idee von dir, Mat, die Hypnose-ins-Unterbewusstsein. Wollen wir jetzt Isabella noch etwas spielen lassen? Mal sehen, wo sie sich gerade aufhält, gut, dass sie noch nicht laufen kann."

Sie sieht auf Monitor 2, der sozusagen mit Isabellas Augen schaut. „Da ist sie ja, sie sitzt in Fensternähe im Mädchenzimmer. Soll ich sie jetzt etwas sagen lassen?"

„Nein, Susan, bitte nicht, das kleine Mädchen wäre damit total überfordert", meint Mat, „lass uns das Experiment für heute beenden, ich bin sowieso hundemüde".

„Spielverderber! Aber gut, lassen wir es für heute genug sein. Willst du mit der Zielperson noch Kontakt aufnehmen?"

„Ja, ich werde gleich noch aus meinem Büro mit ihm skypen, wir sind ihm eine kleine Erklärung schuldig, hoffentlich dreht er nicht durch bei dem, was ich ihm zu sagen habe!"

Der Skype-Anruf geht raus, und Berthold meldet sich sofort, scheint etwas ärgerlich zu sein, wie es Mat scheint.

„Was wollen Sie von mir, Herr Bremer?"

Im Hintergrund des Bildes ist Frau Schaf erkennbar, die anscheinend näher kommt – bei der Anzeige des Bildes auf dem Laptop hat sie sofort ihr eigenes Smartphone aktiviert, denn sie will alles protokollieren, was gesagt wird.

„Ich möchte Sie über die aktuellen Ereignisse informieren, Herr Schaf."

„Die aktuellen Ereignisse? Dass ich nicht lache! Mein Kopf dröhnt seit heute Nacht, beim Frühstück haben Sie mich zu Anweisungen an meine Tochter und zur Telepathie gegenüber Malte gezwungen – gibt es da etwas, was ich noch nicht weiß? Es ist doch so schon schlimm genug!"

„Herr Schaf, Berni,", mit psychlogen-sanfter Stimme versucht Mat, dessen Erregung zu besänftigen, „ bitte beruhigen Sie sich doch, das kleine bisschen Telepathie wird Sie und Ihre Frau doch nicht aus der Bahn werfen, es war doch nur ein harmloses kleines Experiment, aus dem wir hier aber viel gelernt haben."

Beate schaltet sich ein: „Wieso, Herr Bremer, wissen Sie, ob das Experiment funktioniert hat?"

„Frau Schaf, Ihr Mann hat es mir doch soeben gesagt, und der Transponder im Gehirn Ihres Mannes hat uns übermittelt, was Ihr Mann im Hinblick auf Malte und ihre Johanna gesagt hat!"

Berthold stockt der Atem, er überlässt seiner Frau den Laptop: „Was haben Sie da gerade gesagt, Mister Bremer? Sie können das Gehirn meines Mannes abfragen, in Amerika sehen und hören, was er denkt und sagt und tut?"

Mat möchte sich vor Wut auf die Zunge beißen, er hat sich verplappert, sucht einen Ausweg aus der Situation: „Nein, nein, Frau Schaf, so ist es nun auch wieder nicht, wir können nur kontrollieren, ob ein Experiment geklappt hat – die 'normalen' Gedanken Ihres Mannes können und wollen wir nicht kontrollieren!"

„Wehe Ihnen, Herr Bremer, wenn diese Aussage nicht stimmt, Sie wissen, welchen Verwendungszweck wir Ihrem Geld zugedacht haben!"

„Bitte, Frau und Herr Schaf, es ist wirklich so, wir tun nichts Verbotenes – wir tun nur das, was wir nach unserem Kontrakt dürfen."

"Und über welche Neuigkeit wollten Sie uns außerdem noch informieren?"

„Das hat sich erledigt, da ist nichts weiter zu besprechen. Bis zum nächsten Mal."

Beate schaltet das Gerät ab, setzt sich in einen Sessel: „Denkst du, er hält sich an den Vertrag? Ich kann es mir nicht vorstellen, Liebling!"

„Ich auch nicht!"

Kapitel 36– Streit

Der Sonntag im Hause Schaf verläuft wie immer, bis auf die fehlenden Brötchen, die bei dem miesen Wetter niemand holen wollte. Johanna hat wie immer ihre Puppe an den Frühstückstisch gesetzt, Malte ist wie immer sauer darüber, Beate muss wie immer die Gemüter beruhigen – das heißt, es ist ein ganz normaler Sonntagvormittag.

Ein ganz normaler Sonntagvormittag? Zwischen Frühstück und Mittag meldet sich Ulli auf einen Kurzbesuch an, sehr zum Erstaunen von Beate und Berthold. Er hat noch in der Nacht zuvor ein längeres Gespräch mit Matthias Bremer gehabt, der ihn gebeten hat, die Wogen im Hause Schaf zu glätten und gleichzeitig Berthold zu einigen wenigen Experimenten zu bewegen: „Frau Schaf hat mir wieder einmal die Leviten gelesen, droht immer noch mit Klagen, was wir natürlich unbedingt vermeiden müssen. Andererseits müssen wir die Telepathie-Experimente zwingend durchführen, unsere Auftraggeber drohen, uns bei Misslingen den Geldhahn zuzudrehen! Bitte hilf uns bei den Experimenten, Ulli, wir können ja schlecht deswegen nach Deutschland kommen ...".

Ulli hat sich bereit erklärt, ihm zu helfen, und deshalb will er Familie Schaf besuchen.

Es ist an diesem trüben, regnerischen Tag gerade 'Teatime', wie Beate zu sagen pflegt, als der schwarze Porsche, während eines heftigen Regenschauers, vor dem Haus hält. Ulli springt aus dem Wagen und hastet zum Haus, schüttelt sich wie ein nasser Pudel; er wird schon an der Tür erwartet.

Die Begrüßung ist heute, so scheint es ihm, nicht so freundlich wie sonst, besonders Beate ist ein wenig zurückhaltend, heute gibt es keinen Wangenkuss!

„Möchtest du mit uns Tee trinken? Von Omas tollen Keksen gibt es auch noch einige", wird er von Berthold ins Wohnzimmer gebeten – Beate holt derweil noch ein Gedeck von dem schönen alten Ostfriesenmuster-Service.

Nach wenigen Minuten mit Smalltalk kommt Ulli sofort zur Sache.

„Hört zu, meine Lieben! In der vergangenen Nacht hat Bremer bei mir angerufen und mich gebeten, euch für die Mitarbeit zu motivieren, ihr habt gestern anscheinend Streit mit ihm gehabt. Beate, du solltest nicht so hart mit ihm ins

Gericht gehen, der Mann hat einen Auftrag." Die unterbricht ihn sofort: „Den er auf Biegen und Brechen, zulasten von Berthold und unserer ganzen Familie, durchziehen will – da spiele ich nicht mit, lieber Ulli!"

„Nun lass mich doch bitte erst einmal zu Ende reden, Bea, es gibt etwas zu erklären, und um diese Erklärung hat er mich in der letzten Nacht gebeten. Ich muss aus meiner Sicht, bevor ich seine Argumente vortrage, sagen: Wenn ihr mit ihm herumstreitet, denkt bitte unbedingt an die Implantate in Bertholds Gehirn, damit hat er allemal die Oberhand, und im Fall des Falles kann ich euch auch nicht mehr zur Seite stehen!"

Erschrocken sieht Berthold zu Ulli hinüber: „Soll das bedeuten, dass du uns auf diesem Gebiet die Freundschaft kündigen würdest?"

„Ja, ich will mich nämlich nicht zwischen Palo Alto und Werterfehn zerreißen lassen. Meine Arbeit an der MHH würde darunter leiden, und vergesst bitte auch nicht, dass für Berthold beruflich auch Vieles auf dem Spiel steht."

Etwas kleinlaut antwortet ihm Beate: „Und was, bitte, sollen wir tun? Brav in der Ecke sitzen und auf die nächste Attacke aus den Staaten warten?"

„Nein, ihr Beiden, ich mache euch jetzt einen Vorschlag, den ihr bitte, bitte nicht ablehnen werdet.

Bremer schlägt vor, dass er auf jede Telepathie-Aktion innerhalb eurer Familie verzichtet, vielmehr soll ich gemeinsam mit Berthold sein Potenzial wissenschaftlich austesten, und in einer zweiten Phase soll er dann mit der Puppe Isabella arbeiten."

„Mit der Puppe?" Gleichzeitig erstaunen die Beiden, „mit der Puppe? Das ist doch ein Spielzeug von Johanna, wie soll das gehen?"

„Ich muss es euch erklären. Die Puppe stammt aus den Staaten, wurde John zugeschickt, den man dazu gezwungen hat, sie Johanna zum Geburtstag zu schenken. Diese Puppe ist keine Puppe, sondern ein hoch technisiertes Instrument zum Testen deiner Telepathie-Kapazitäten, lieber Berthold. Sie ist ein spezialisierter Computer im Puppengewand, sozusagen ein 'Wolf im Schafspelz'."

Beate und Berthold kommen aus dem Staunen nicht heraus, und Beate meint: „Kann es sein, dass Malte mit seinem Spruch 'die sieht mich immer so komisch an!' Recht hat? Kann uns die Puppe beobachten und belauschen?"

„Davon weiß ich nichts, das hat mir Bremer nicht gesagt.

Die Puppe jedenfalls soll, wenn sie zum Einsatz kommt, auf Befehle von Berthold, und zwar NUR von Berthold, reagieren und bestimmte Aktivitäten ausführen – eine Rückmeldung zu Bremer macht die Puppe dann selbsttätig, damit habt ihr nichts zu tun – aber noch ist es nicht soweit."

Beate bohrt nach: „Und Isabella spioniert uns nicht aus, wie es ja zum Beispiel Google mit der Alexa-Software machen kann, alles, was gesprochen wird, in irgendeiner anonymen Cloud speichern, habe ich gelesen?"

„Was, liebe Bea, soll denn Bremer mit euren privaten Gesprächen anfangen? Da ist doch kein Sinn zu erkennen, jedenfalls nicht für mich!"

„Ok, Ulli, soweit zu der Puppe, warten wir es ab. Und wie hast du dir deine wissenschaftliche Arbeit mit mir vorgestellt?"

„Ich habe noch keinen konkreten Plan, lieber Berthold, aber im Prinzip würde ich dich mehrere Male, wie es meine Termine erlauben, kurzfristig für jeweils ein paar Stunden zu mir nach Hannover einladen, und dort spulen wir ein Trainingsprogramm ab – dein Aufwand wird dir selbstverständlich zusätzlich zum Honorar erstattet. Könntest du dich damit einverstanden erklären? Als Alternative bleibt dir, ich muss es leider so sagen, nur die Manipulation deines Gehirns durch Bremer und seine wahrscheinlich ebenso skrupellose Kollegin!"

„Das würde bedeuten, dass ich dann zwei kriminellen Wissenschaftlern in den Staaten ausgeliefert bin, wie ich es sehe? Na, danke!"

Wieder einmal, wie schon so einige Male bei derartigen Gesprächen mit Ulli, breitet sich ein bedrücktes Schweigen im Wohnzimmer aus.

Nach einigen Minuten der nachdenklichen Stille stimmt Berthold dem Vorschlag von Ulli zu: „Und wann würden wir mit dem Test beginnen? Ich habe unter der Woche eigentlich überhaupt keine Zeit dazu, mein Job, verstehst du!"

„Ich bin im Institut ebenfalls nur an Wochenenden frei von Aufgaben – samstags sollten wir uns vormerken, ich rufe dich aber rechtzeitig an, damit ihr planen könnt. Ihr könnt euch nicht vorstellen, wie froh ich über eure Zustimmung für meinen Plan bin. Eines noch zu der Puppe: Bitte sagt eurer Johanna noch nichts davon, sie wäre sicher sehr enttäuscht, und Malte würde vielleicht irgendwelche dummen Sachen mit ihr anstellen!"

Nach einigen freundlichen Worten hin und her verabschiedet sich Ulli

Kapitel 37– Gehirntraining

Berthold hat sich von dem Schock am Wochenende erholt, die Amerikaner haben sein Gehirn nicht erneut strapaziert, und so läuft die Woche ganz normal, wie in den guten Zeiten vor Bertholds Unfall und seinem Krankenhaus-Aufenthalt, bei dem seine Telepathie-Fähigkeiten zutage gekommen sind.

Am Donnerstag verabreden sich Ulli und Berthold zu einem ersten Test- und Trainings-Treffen in Hannover, das am Samstag stattfinden soll..

Die Puppe zeigt noch nicht ihre wahren Fähigkeiten, und so ist sie weiterhin für Johanna nur eine kleine Spielfreundin, für Malte jedoch noch immer eine Figur, die ihm irgendwie Angst macht, und diese Angst des Jungen wird bestätigt: als er irgendwann zu Johanna ins Zimmer geht und die Puppe direkt anspricht: „Hör zu, du dummes Ding! Ich will nicht, dass du mich immer beobachtest. Ich werde dir jetzt Pflaster auf deine Augen kleben, dann stehst du im Dunkeln!" Er nimmt zwei Heftpflaster, will das erste gerade auf Isabellas rechtes Auge kleben, als sie ihr Selbstschutz-Algorithmus dazu veranlasst, zu sagen: „Finger weg, Malte, du bist böse!"

Malte lässt alles stehen und liegen und rennt voller Panik nach unten ins Wohnzimmer: „Die Puppe hat mit mir gesprochen!"

Er erzählt die ganze Geschichte – aber natürlich glaubt ihm niemand dieses Ereignis ...

****

Als Berthold im Institut von Ulli eintrifft, wird er von ihm nach der freundschaftlichen Begrüßung zunächst auf das vorbereitet, was auf ihn zukommen wird:

„Ich habe mit studentischen freiwilligen Helfern ein kleines Test- und Trainingsprogramm für dich vorbereitet, lieber Berthold, es wird dich nicht übermäßig strapazieren, du wirst sehen, alles ganz easy!

Wir werden in einen abgeschirmten Raum gehen, in dem du zunächst an einem, dann an zwei Probanden deine besondere Fähigkeit demonstrieren sollst. Bist du bereit?"

„Hast du vielleicht einen Kaffee für mich nach der langen Fahrt hierher?"

„Entschuldige bitte, Berthold, natürlich – hole ich sofort."

Er verlässt sein Büro, kommt nach ganz kurzer Zeit mit einem Becher Kaffee zurück.

Berthold trinkt schweigend, Ulli blättert in den vorbereiteten Unterlagen: „Dadurch, dass ich mit dir dieses Training durchführe, habe ich für meine Arbeit auch etwas davon, für mich ist natürlich das Thema 'Telepathie' auch sehr interessant. Ich bin sehr gespannt auf die Ergebnisse, das kannst du dir sicher vorstellen!"

Berthold trinkt den letzten Schluck aus seinem Becher: „Ja, natürlich - wenn nur die Amerikaner nicht in mein Gehirn schauen können und sie mich nicht manipulieren, dann bin ich ja schon einigermaßen zufrieden!". Er erhebt sich: „Auf geht's, lass uns beginnen!"

Es sind nur wenige Schritte bis hinüber in den für die Tests vorgesehenen Raum, der bis auf zwei bequeme Stühle und eine transportable Trennwand leer zu sein scheint.

„Die Probanden werden hinter der Wand sitzen, damit du sie nicht visuell beeinflussen kannst und alle subjektiven Einflüsse ausgeschlossen sind – zunächst wirst du nicht einmal wissen, ob es sich um Frauen oder Männer handelt.

Ich werde dir Zettel mit Gedanken vorlegen, die du dann bitte an die Adressaten übermittelst – während der Übungen werden wir zwei nicht miteinander reden, ist das OK?"

Berthold nickt, und Ulli geht zu einer hinter der Trennwand verborgenen Tür, lässt den ersten Probanden eintreten, kommt wieder zurück und legt Berthold den ersten Zettel vor.

'Sagen Sie bitte ihren Vornamen' ist der erste Befehl, den Berthold übermitteln soll.

Berthold konzentriert sich, er hat ein Handicap zu überwinden, denn er kann den Adressaten der Nachricht nicht mit Namen ansprechen.

„Proband Eins, sagen Sie Ihren Vornamen!"

Und der Proband antwortet tatsächlich: „Ich bin Thomas!"

Ulli macht einen Haken in der ersten Zeile seines Protokolls, legt Berthold den zweiten Zettel vor: 'Trommeln Sie mit beiden Fäusten auf den Tisch und stampfen Sie gleichzeitig mit den Füßen!'

Nach mehreren Anläufen, denn der Befehl ist recht lang – der Proband soll zwei Aktivitäten ausführen - gelingt auch dieser Versuch, und Ulli macht den zweiten Haken auf seiner Liste.

So geht es etwa dreißig Minuten hin und her, dann legt Ulli den ersten Stapel seiner Testkarten zur Seite und geht erneut zu der Tür, bittet den zweiten Probanden herein.

„Wir arbeiten jetzt mit der kleinsten aller Gruppen, zwei Probanden, die gleichzeitig, sozusagen simultan deine Befehle ausführen sollen!"

„Hast du ein Wasser für mich? Die ganze Sache ist doch anstrengender, als ich gedacht habe!"

Der Nachmittag vergeht mit ständig wechselnden Probandengruppen, die, immer streng nach Ullis Vorgaben, bestimmte Aufgaben zu erledigen haben – soweit Bremer seinem Freund Ulli berichtet hat, ist ihm ein derartig anspruchsvolles Programm mit seinen Studenten von der Stanford University nie gelungen.

Ulli dokumentiert den kompletten Versuch und ist von den Ergebnissen begeistert: „Berthold, mein Freund, so etwas habe ich noch nie erlebt, du bist großartig, deine Fähigkeiten sind phänomenal! Unsere Partner im fernen Kalifornien werden begeistert sein! Aber trotz allem: Wir müssen in der übernächsten Woche noch einmal dein Gehirn ansehen, vielleicht muss ich dir dann ein Medikament gegen die tumorartigen Wucherungen rund um die Nanos verabreichen!"

Am späten Nachmittag macht sich Berthold auf den Heimweg, erschöpft, aber froh darüber, dass die von ihm befürchteten Kopfschmerzen ausgeblieben sind, zugleich höchst besorgt wegen der Andeutungen von Ulli – aber er wird zunächst nicht mit der Familie über diesen Punkt sprechen!

Kapitel 38– Beginn der Ausspähung

Ullis Nachricht an Bremer liest sich sehr positiv: „Die erste Trainingsstunde mit Berthold ist sehr erfolgreich verlaufen, in über 95 % der ausgewählten Befehle konnte er die Studenten zu der Aktivität motivieren, die von mir geplant war. Es sind für das kommende Wochenende weitere Experimente geplant, vorausgesetzt, ihr verärgert ihn nicht wieder mit unnützen Versuchen!"

Die Antwort via WhatsApp aus den Staaten kommt umgehend: „Super, danke, lieber Ulli. Wir überlassen jetzt zunächst einmal dir das Feld, aber nach der nächsten Runde müssen wir unbedingt die Beeinflussung der Puppe ins Spiel bringen, bitte bereite ihn darauf vor. Best Wishes, Mat!"

****

Drei Tage später telefoniert Mat Bremer wieder einmal mit John, der sich zu dieser Zeit gerade in seinem Studio aufhält und letzte Hand an die Arrangements für seine Band anlegt. Das Gespräch aus Amerika ist, wie eigentlich alle derartigen Telefonate, kurz und knapp. Bremer weist ihn an, mit der Kommunikationsbox das Menue 'Isabella' und dort den Punkt 'Activate Spy' aufzurufen, mehr sei nicht erforderlich.

John tut, wie ihm befohlen, er kann und darf sich den Befehlen aus Palo Alto nicht widersetzen, zu Vieles steht für ihn und seine Familie auf dem Spiel – und so kommt es, dass Malte beim Frühstück Recht bekommt mit seiner Befürchtung 'Die Puppe beobachtet mich'!

Die theoretischen Möglichkeiten der Puppe hat Ulli den Erwachsenen zwar beschrieben, dass Bremer die Spionagefunktionen in der letzten Nacht mit der Hilfe von John aktiviert hat – entgegen der Vereinbarung mit Ulli und auch entgegen dem Kontrakt – weiß natürlich niemand.

So kommt es, dass Susan in dem Account 'Isabella' verfolgen kann, was im Hause Schaf passiert, was gesprochen wird, wer sich in der Nähe von Isabella aufhält – nichts im Hause bleibt ihr verborgen, selbst die Geräusche der Nacht werden in den Staaten aufgezeichnet und am nächsten Tag analysiert …

****

Die Puppe sitzt, wenn Johanna sie nicht gerade mit sich herumträgt, auf einem der kleinen Sessel in Johannas Zimmer, den Kopf in Richtung Tür gewandt.

Am Montag der Woche, es ist jetzt Mitte November, gibt Susan der Puppe erstmalig direkt einen Befehl, den sie auf den Nachmittag terminiert – eine Zeit, in der nach aller Wahrscheinlichkeit Johanna in ihrem Zimmer sein wird. 'Isabella, sende aktuelles Bild!'

Gestochen scharf ist der Schnappschuss, den sie am folgenden Vormittag auf ihrem Monitor betrachten kann: Er zeigt ein in in hellen Farben gestaltetes Mädchenzimmer mit einem zur Liege umzufunktionierenden Bett, einem weißen Schreibtisch mit Schulbüchern und diversen Utensilien, der Boden mit einem anscheinend flauschigen Teppichboden bedeckt. An der Lampe in Zimmermitte und an der Schreibtischleuchte hängen noch bunte Papierblumen von der Geburtstagsparty.

Johanna ist ebenfalls deutlich zu erkennen – eine hübsche, sportlich wirkende zwölfjährige mit blonden langen Haaren, die ihr über die Schultern fallen, auf ihrem Sofa sitzend in ein Buch vertieft.

Das ganze Foto, das Isabella gemacht hat, wirkt wie von einem Künstler gemalt – 'Zimmer mit junger Dame', so könnte man das Bild benennen.

Susan ist von der Qualität des Bildes begeistert, jedes Detail ist klar erkennbar, und wenn man es etwas vergrößert, ist sogar der Titel des Buches erkennbar - „Ferien auf dem Ponyhof"!

Sie ruft Mat herbei, er soll seine Meinung zu den Möglichkeiten von Isabella abgeben: „Mat, sag bitte, ist das nicht großartig? Mit Isabellas Augen können wir alles in ihrer Umgebung beobachten. Als Nächstes werde ich durch sie eine Hörprobe anfordern, die technischen Möglichkeiten hat sie ja, danach will ich bewegte Bilder sehen, und dann soll sie auch bald mit Johanna sprechen, finde ich."

„Damit würde ich noch so lange warten, bis unser Proband entsprechend motiviert ist, ihr Befehle zu geben, und denk daran, dass das in der ganzen Familie dort akzeptiert werden muss – und es würde von uns wieder Nachtschichten verlangen."

„Wieso, ist es dir unangenehm, mit mir die Nächte hier zu verbringen?" Susan hat wieder ihr ganzes 'Sehnsucht'-Timbre in ihre Stimme gelegt.

„Susan, bitte nicht schon wieder diese Versuche! Du bist mir eine liebe Kollegin, aber wirklich nur eine Kollegin, bitte merk dir das!" Mat ist ein wenig verärgert.

„Schade! Aber wie wollen wir denn mit unserem Probanden vorgehen?" Susan schaltet sofort wieder auf 'geschäftsmäßig', „wenn er, wie im Bericht deines Freundes steht, sogar mehrere Menschen gleichzeitig manipulieren kann – wann soll er denn mit Isabella beginnen? Viel besser kann es doch nicht werden!"

„Lass uns die nächste Trainingsrunde in Deutschland abwarten, dann entscheiden wir über unsere Vorgehensweise."

„Na gut, ich beuge mich deiner Anweisung, Boss", Susan sieht ihn mit ihren großen braunen Augen an, „was soll ich denn dagegen tun, auch wenn ich zu gern schon heute anfangen würde? Du bist der Leiter dieses Projektes!"

Kapitel 39– Die nächsten Schritte

B erthold hat sich entschieden: Er wird den ihm angebotenen Job als Leiter Konzerneinkauf für Non-Food in Münster nicht annehmen – in dieser für die Familie zurzeit extrem schwierigen Lage will er nicht nur an den Wochenenden zuhause sein.

Unter der Woche läuft im Hause Schaf alles ganz normal, von der Spionage-fähigkeit der Puppe wissen lediglich die Erwachsenen, und das auch nur sehr oberflächlich.

„Ulli hat angerufen, bittet, dass du schon am Freitag nach Arbeitsende nach Hannover kommst, er hat für Samstag acht Uhr etwas geplant. Ruf ihn bitte kurzzeitig zurück." Die Nachricht erreicht Berthold in seinem WhatsApp-Account, als er gerade in die Mittagspause gehen will – in der Woche geht er hin und wieder 'auf eine Bratwurst' in das Grillrestaurant, das sich im Markt be-findet.

„Hallo, Ulli, du hast nach mir wegen Freitag gefragt?", ruft er sofort im Insti-tut in Hannover an.

„Ja, ich plane eine spannende Aktion für den Samstag, und da wäre es sehr gut, wenn du schon am Abend vorher kommen könntest – übernachten kannst du in meinem Gästezimmer. Vielleicht machen wir ja wie in alten Zeiten auch einen kleinen Zug um die Häuser, Hannover hat da eine Menge zu bieten!"

„Ich bin mir nicht sicher, wann ich am Freitag aus der Firma loskomme, aber im Prinzip ist das in Ordnung. Stimmt deine Anschrift noch? Dann komme ich direkt zu dir nach Hause."

„Wunderbar, mein Freund, da freue ich mich. Bis Freitag dann, Tschüß!"

„Mach's gut, Ulli, bis Freitag!"

Berthold informiert Beate sofort darüber, dass er am Freitag direkt aus dem Büro nach Hannover fahren wird, und geht seine Bratwurst essen.

Am Nachmittag hat er noch das Gespräch mit seinem Chef wegen Münster, der wird sehr erstaunt sein – aber der Job hier im Einkaufszentrum ist ihm zurzeit doch lieber ...

****

Susan lässt, wie sie es Mat zugesagt hat, die Puppe noch nicht nach außen aktiv werden, aber im Rechner von Isabella tut sich so manches.

Wieder einmal nutzt sie den WLAN-Router von John Bertoli und tauscht die komplette Software der Puppe gegen die neueste Version aus. Schon in den letzten Monaten hat sie, gemeinsam mit einem alten Freund von der Universität, im Geheimen an dieser Version, die auch einmal Kitty bekommen soll, gearbeitet: Ab sofort verfügt Isabella über Fähigkeiten, die sonst nur in großen Rechenanlagen zu finden sind – ein selbstlernendes, neuronales Netzwerk, das wie ein menschliches Gehirn arbeitet. Eingegebene oder selbst erfahrene Informationen werden gespeichert, logisch miteinander verknüpft und als neue Erfahrungen abgelegt. Aus diesen Erfahrungen kann das 'Puppengehirn' dann situationsabhängige Entscheidungen treffen, lernt ständig hinzu.

Wenn sie diese Funktion der Puppe einsetzen kann und darf, so hofft Susan, wird Isabella zu einem richtigen Familienmitglied aufsteigen, mit großem Wissen, intelligenten Entscheidungen, sogar emotionalen Reaktionen – einfach perfekt, und für die telepathische Beeinflussung durch Berthold ist sie dann auch ebenso empfänglich, wie es Menschen es sind!
Zunächst aber, wie gesagt, ruhen diese Funktionen, erst am Montag, nach den Tests von Mats Freund Ulli, wird sie entscheiden, wann das Gehirn von Isabella voll aktiv wird.

Unabhängig von diesem Erfolg, den sie leider vorerst mit niemandem teilen kann, arbeitet Susan bereits an ihrem ehrgeizigsten Projekt – dem Gedanken-Scanner. Um das zu realisieren, muss sie jedoch entweder die Puppe austauschen oder aber in ihr Labor holen. Dann wird sie die optischen Einheiten, sprich Isabellas Augen, um magneto-sensorische Elemente erweitern, die aus einer bestimmten Entfernung die Gedanken eines Menschen lesen und darauf reagieren können.

****

„Ich fahre jetzt los, Liebling, passt gut auf euch auf", ruft Berthold bei Beate an, „ich denke, morgen am Nachmittag bin ich wieder zurück."

„Bitte sei vorsichtig, das Wetter ist ja nicht gerade einladend zum Autofahren. Ich freue mich schon auf morgen, und grüß Ulli!"

Dieser November ist glücklicherweise bisher wettermäßig bisher nicht allzu schrecklich gewesen. „Hoffentlich hält sich das Wetter zum Wochenende", hofft Beate. Berthold ist ein guter, besonnener Autofahrer, deshalb hat sie auch keine Angst wegen seiner Fahrt nach Hannover.

Ulli erwartet seinen Freund schon an der Haustür – hier in Sarstedt, seinem Wohnort südlich von Hannover, ist das Wetter vor einigen Stunden umgeschlagen, Regen und starker Nordwestwind machen es draußen ungemütlich – es wird nichts mit einem 'Zug um die Häuser' in Hannover.

„Schön, dich gesund zu sehen, komm herein - wie war die Fahrt?"

„Erst ab Minden auf der A2 wurde es schlechter, bei uns war das Wetter ganz moderat, Probleme gab es nicht, und Staus zu meinem Erstaunen auch nicht – nun bin ich hier!"

„Du hast bestimmt noch nicht zu Abend gegessen, vorsichtshalber habe ich eine Kleinigkeit vorbereitet, komm bitte mit ins Esszimmer."

Ulli führt seinen Gast zu einem reich gedeckten Tisch, Berthold wundert sich: „Kommen noch Gäste? Du hast ja reichlich aufgefahren!"

„Nein, nein, alles nur für uns, bitte nimm Platz. Rot oder weiß?" „Rotwein, wenn du hast." „Würde ich sonst fragen?"

Ulli nimmt zwei Rotweingläser aus dem Vitrinenschrank an der Seite des Raumes, holt eine Karaffe mit einem dunkelrot schimmernden Wein vom Sideboard: „Ein schöner alter Bordeaux, mein Freund. Ich habe ihn in weiser Voraussicht schon vor einiger Zeit geöffnet, damit er atmet und die richtige Temperatur hat."

Ulli schenkt ein, „Sehr zum Wohl, auf unsere Arbeit morgen!"

„Auf dein Wohl, lieber Ulli, und danke für die Einladung. Ich bin schon richtig gespannt, was du mit mir vorhast!"

„Lass dich überraschen, aber nun erst einmal 'Guten Appetit'".

Die beiden Freunde machen sich einen gemütlichen Abend, sprechen über die alten Zeiten, in denen sie gemeinsam mit Beate und anderen in Hannover schöne fröhliche Stunden hatten, schwelgen in Erinnerungen: "Weißt du noch …?" ist eine heute Abend häufig gebrauchte Redewendung.

Die Zeit geht gegen Mitternacht, als Ulli zum Schlafengehen drängt: „Es wird morgen eine anstrengende Angelegenheit für dich, wir sollten schlafen gehen, lieber Berthold, aber einen solchen Abend wie heute sollten wir unbedingt wiederholen!"

„Da stimme ich sofort zu, vielleicht bei uns in Werterfehn, Beate wäre sicher auch davon begeistert. Gute Nacht!"

Berthold schläft sofort ein, kein Wunder nach dem schweren Wein – erst am Morgen wird er durch ein Klopfen an der Zimmertür geweckt: „Auf, auf, du altes Murmeltier, der Kaffee ist schon fertig!"

Noch etwas schlaftrunken wälzt sich Berthold aus dem Bett, stellt sich unter die Dusche. Zähneputzen, Anziehen - Rasieren fällt heute aus – dann geht er hinüber in Ullis Esszimmer, der ihn schon auf erwartet.

Die beiden Freunde nehmen in Ruhe ein ausgiebiges Frühstück ein, dann müssen sie starten.

„Wir sind knapp in der Zeit, komm, lass uns fahren!"

Berthold nimmt seinen eigenen Wagen, damit er nachher zügig wieder nach Hause starten kann, Ulli fährt mit seinem Porsche langsam voraus, weist ihm den Weg.

Etwa vierzig Minuten dauert die Fahrt, am Ziel steuert Ulli den Dozentenparkplatz an, Berthold folgt ihm.

„Dann wollen wir mal, ich bin gespannt!"

****

Beate hat für die Kinder und sich das Frühstück wie immer vorbereitet, und natürlich ist Puppe Isabella mit am Tisch.

„Liebe Johanna," flirtet Malte mit seiner Schwester, „würdest du Isabella bitten, mich nicht immer anzusehen? Ich bin schließlich der einzige Mann hier am Tisch!"

Beate und Johanna lachen laut heraus, „Malte, dann zeig dich auch als ganzer Mann und sei auch zu Isabella freundlich, sie tut doch nichts Böses!" Ein lautstarkes „Grrrr! Sie hat mich angeknurrt, als ich ihr ein Pflaster aufs Auge kleben wollte", ist Maltes Antwort darauf.

Niemand von den drei Schafs beim Frühstück weiß, dass sie tatsächlich von Isabella beobachtet werden. Ohne Kopf und Augen zu bewegen, scannt sie die Umgebung, sendet Bild und Ton vom Frühstück der Familie in die Staaten, sehr zur Freude von Susan am nächsten Arbeitstag. Eine Sache irritiert die jedoch, und das ist die kritische Meinung des Jungen zu Isabella – einer möglichen Aktion Maltes gegen Isabella muss unbedingt vorgebeugt werden!

Kapitel 40– Zweite Testphase

B erthold und Ulli gehen hinüber zum kleinen Hörsaal in Haus K7, der beruflichen 'Heimat' von Ulli – in diesem Gebäude ist auch sein Institut untergebracht.

Den Raum betretend, sieht sich Berthold mit etwa zwanzig, dreißig Studenten konfrontiert, die sich fröhlich miteinander unterhalten. Nach deren Begrüßung gibt Ulli, der Professor, seinen Studenten noch einige Erläuterungen zum Versuchsablauf: „Meine Damen und Herren, dieses Experiment dient dazu, die Möglichkeiten der Telepathie auszuloten. Mein Freund Berthold Schaf – anscheinend unvermeidbar das 'Bääh' einiger Scherzbolde bei der Nennung des Namens – hat bei diversen Gelegenheiten und dokumentierten Experimenten bewiesen, dass er diese Technik gegenüber Einzelpersonen beherrscht. Heute soll nun mit Ihrer Hilfe bewiesen werden, dass auch eine größere Gruppe von Menschen von ihm beeinflusst werden kann.

Ich werde Herrn Schaf Zettel mit Aufgaben vorlegen, die er Ihnen durch die Kraft seiner Gedanken übermitteln wird, und jetzt bitte ich Sie um Ihre ungeteilte Aufmerksamkeit. Danke."

Ulli wendet sich Berthold zu, der neben ihm steht und das Auditorium ebenfalls kurz begrüßt, bevor es an die Arbeit geht.

„Ich bitte um Konzentration, hier kommt die erste Aufgabe."

Ulli legt Berthold die erste Aufgabenkarte vor:„Schreiben Sie Ihren Namen auf Ihren Kontrollzettel."

Berthold konzentriert sich, versucht, nacheinander zu allen Studenten Augenkontakt aufzubauen, denkt intensiv die Aufgabe.

Dem ersten Augenschein nach haben alle - oder fast alle? - Teilnehmer den Befehl empfangen und richtig interpretiert, ein Raunen geht durch die Reihen.

Eine Studentin in der dritten Reihe hebt die Hand: „Ich sollte meinen Namen auf den Zettel schreiben, ist das richtig?"

„Ja, genau das war der Befehl!"

Die meisten Teilnehmer nicken zustimmend, nur ein junger Mann in der letzten Reihe meint: „Bei mir ist nichts angekommen, bin ich zu weit weg?"

„Wenn Sie Ihr Smartphone abschalten würden, wäre Ihre Konzentration besser, denke ich", und an das ganze Auditorium gerichtet: „Ich bitte um größte Aufmerksamkeit, meine Herrschaften, denn schließlich sind Sie Teil eines weltweit erstmaligen Experimentes!"

Ulli legt seinem Freund die nächste Aufgabe vor, und so setzt sich der Test etwa eine drei Viertel Stunde fort, alle Studenten sind hoch motiviert dabei – etwa neunzig Prozent aller Aufgaben wurden richtig erkannt und von fast allen Teilnehmern richtig gelöst.

„Bitte sammeln Sie jetzt die Kontrollzettel ein und legen Sie sie auf auf mein Pult, danke. Zum Abschluss habe ich noch ein ganz besonderes Bonbon für Sie, verehrte Teilnehmer. In diesem Experiment reagieren Sie bitte nur, wenn Sie die Aufgabe ganz eindeutig verstanden haben!"

Im Auditorium werden die Kontrollzettel eingesammelt, jemand legt sie auf Ullis Pult. Der legt Berthold die letzte seiner Testkarten vor, ein breites Grinsen in dessen Gesicht ist die Folge: „OK, das wird spannend!"

Er konzentriert sich und sendet die Aufgabe an alle Versuchsteilnehmer.

Nach wenigen Sekunden springen drei Viertel aller Studenten auf und singen fröhlich und lautstark, natürlich manchmal etwas schräg

„Old MACDONALD had a farm

E-I-E-I-O

And on his farm he had a cow

E-I-E-I-O

With a moo moo here

And a moo moo there ….

Ein tosendes anerkennendes Klopfen auf die Tische als Anerkennung für die Arbeit ihres Professors und seines Freundes beendet diesen Teil der besonderen 'Vorlesung'.

„Wenn Sie Fragen haben, jetzt ist die Gelegenheit dazu, meine Damen und Herren!"

Eine Frage kristallisiert sich besonders heraus: „Wie ist Ihnen, Herr Schaf, diese Kunst möglich, wieso können Sie uns Ihre Gedanken übertragen?"

„Ich habe längere Zeit im Koma gelegen, und während ich in absoluter Finsternis zwar alles wahrnehmen, mich aber nicht äußern konnte, habe ich die telepathische Verständigung mit meiner Familie geübt – wie Sie sehen, mit recht gutem Erfolg!"

„Und das könnten Sie jetzt immer einsetzen? Wenn Sie mir jetzt in einem Café gegenübersäßen, könnten Sie mich dann manipulieren?" fragt eine hübsche Studentin in der dritten Reihe.

„Ich könnte vielleicht, wenn Sie emotional dazu bereit wären, aber ich würde nicht, denn das wäre im Fall des Falles für alle Beteiligten nicht sinnvoll. Es wäre im Grunde so unanständig und kriminell wie eine Vergewaltigung - Menschen zu manipulieren, ist für mich, trotz meiner Fähigkeiten, unakzeptabel. Wichtig ist in diesem Zusammenhang auch, dass ich die Telepathie nur nutzen kann, wenn mein Gegenüber irgendwie dazu bereit ist!"

Ulli ergreift noch einmal das Wort: „Wir haben gemeinsam, dank der Unterstützung von Herrn Schaf, heute besondere Erfahrungen machen dürfen – in der nächsten Woche thematisiere ich das Ganze in meiner Vorlesung. Bis dahin wünsche ich Ihnen allen ein schönes, nachdenkliches Wochenende. Bis zur nächsten Woche dann!"

Der Hörsaal leert sich, und Berthold und Ulli ziehen noch einmal Bilanz. - Berthold ist von den Anstrengungen ziemlich erschöpft, sein Kopf schmerzt fast unerträglich, und es flimmert ihm vor den Augen.

„Habt ihr hier einen Platz, an dem ich mich einen Moment ausruhen kann?"

Ulli geht mit ihm hinüber in sein Arbeitszimmer, dort steht eine alte Couchliege, auf der Berthold ein wenig ruhen kann, während Ulli seinen Bericht für Bremer schreibt.

„Aber ein Riesenerfolg war das Ganze doch, mein Freund, du bist wirklich großartig gewesen – einmalig!"

„Aber mir wäre es lieber, wenn ich diese Fähigkeit wieder loswerden könnte, glaub mir, das belastet mich!"

„Das glaube ich dir, aber trotzdem kommt jetzt noch eine weitere, eigentlich die wesentliche Aufgabe auf dich zu, wenn du wieder in eurem Haus bist: Du musst die Puppe zu Handlungen veranlassen, zunächst durch Sprache, und dann durch deine Gedankenkraft. Wenn dir das gelungen ist, werden dich die Amerikaner, so hoffe ich, nicht mehr belästigen!"

Kapitel 41 – Arbeit mit der Puppe

D ie Ergebnisse der Tests in Hannover, die Ulli noch an diesem Wochenende zu Mat Bremer gemailt hat, lösen am Montag bei Brainrise Robotics wahre Begeisterungsstürme aus, selbst Ellen Winter meint: „Der Mensch ist einfach großartig! Aber ich möchte nicht mit ihm zusammensitzen, wer weiß, wozu der mich manipulieren könnte."

Dieser Ausspruch löst bei Susan und Mat jeweils ein verstecktes Grinsen aus – 'wozu soll der sie schon manipulieren, so attraktiv ist sie ja nun auch nicht mehr!' denken beide im Stillen, aber laut sagt Susan: „Ich würde das Opfer bringen, er ist doch ganz sportlich und auch gut aussehend!"

„Susan, du kannst es nicht lassen, am liebsten hättest du doch seine Fähigkeiten, um mich zu beeinflussen!", antwortet ihr Mat daraufhin, „oder?"

„Schluss jetzt mit dem Geplauder, an die Arbeit! Wie geht es jetzt weiter, was ist der Plan?" Ellen führt ihre Mitarbeiter wieder 'auf den Pfad der Tugend' zurück.

Mat erläutert ihr die weitere Vorgehensweise: „Als Nächstes werden wir die Puppe einsetzen, aber nur dann, wenn die Kinder nicht im Haus sind, möglichst, wenn unsere Zielperson mit ihr allein ist. Zunächst muss sie die Spracherkennung mit der Zielperson trainieren, und parallel dazu müssen wir die Sprachfähigkeit von Isabella offenbaren, damit unser Mann mit ihr offen kommunizieren kann.

In dieser Phase können wir dann auch mit den ersten Gedanken-Experimenten beginnen – und dann haben wir ja auch schon fast X-Mas – Weihnachten, und an den Feiertagen werde ich nicht arbeiten, da steht meine Familie ganz oben auf der Liste, Ellen, und die deutsche Familie sollte dann auch ihre Ruhe vor uns haben!"

„OK, macht das so. Heute ist der 4. Dezember – in einer Woche habe ich euren Fortschrittsbericht auf dem Schreibtisch – mit allen Details bitte!"

Dann rauscht sie wieder davon, hinauf in ihr Office.

„Bekommen wir das mit dem Puppentraining hin, Mat?"

„Es ist davon abhängig, ob unser Mann von seiner Firma für diese Zeit freigestellt wird – können wir das irgendwie beeinflussen?"

„Ich weiß es nicht, falls nötig, sollte Ellen vielleicht ihre Kontakte zu FB und zum FBI spielen lassen, und wenn sein Boss einen Flecken auf der Weste hat ... - vielleicht hat die Zielperson aber auch noch Resturlaub, den er einsetzen kann, ich werde ihn anrufen und fragen, und er könnte ja auch seine Fähigkeiten gegenüber seinem Boss einsetzen."

****

Der Anruf bei Berthold Schaf kommt denkbar ungelegen – es ist jetzt fast 23 Uhr, und die Eheleute sind gerade im Begriff, es sich im Bett gemütlich zu machen.

„Berni, wir haben eine Bitte."

Berthold unterbricht ihn sofort: „Finden Sie es gut, uns beim Ins-Bett-Gehen zu stören, werter Herr? Ich halte das für ziemlich unverschämt!"

„Entschuldigung, Entschuldigung, wieder einmal die Zeitverschiebung nicht bedacht ... Ich habe auch nur eine ganz kurze Bitte: Können Sie in der nächsten Woche Urlaub von Ihrer Firma nehmen? Wir müssen mit Ihnen ein wenig trainieren, was nur möglich ist, wenn Sie allein zu Hause und die Kinder in der Schule sind. Bitte informieren Sie mich kurzfristig.

Und nun bitte ich nochmals um Verzeihung und wünsche Ihnen beiden eine gute Nacht – ich werde nicht mehr stören!"

Damit ist das Gespräch beendet.

„Was wollte er denn zu dieser Zeit?" Beate fragt nach.

„Der Mensch ist ein bisschen dusselig, weiß nie, welche Uhrzeit wir hier haben. Er möchte, dass ich in der nächsten Woche Urlaub nehme, will mit mir etwas trainieren, was, hat er nicht gesagt, nur, dass ich dafür allein im Haus sein soll."

„Wenn du Urlaub bekommst, mache ich auch ein paar Tage frei, er merkt ja nicht, ob ich hier bin!"

„Ja, tu das. Jetzt wollen wir aber nicht darüber reden, es gibt etwas Wichtigeres, mein Schatz!" und rollt sich hinüber in ihr Bett.

Am Morgen beim Frühstück, die Kinder sind bereits auf dem Weg zur Schule, denken Beate und Berthold über den Wunsch Bremers nach, was er mit den freien Tagen Bertholds geplant haben könnte.

„Ich will nicht hoffen, dass er mich an den Tagen irgendwie außer Gefecht setzen will, mein Gehirn noch weiter strapazieren – es reicht mir ohnehin. Die Kopfschmerzen nach der Trainingseinheit mit Ulli haben mir gereicht!"

„Wir können nur abwarten, vielleicht bekommst du jetzt in der Vorweihnachtszeit auch nicht frei, dann ist das Thema ohnehin erledigt, er will dich ja unbedingt allein im Haus haben – die Frage ist, wozu wird es gut sein?"

„Ich denke, es hat etwas mit der Isabella zu tun, allerdings habe ich keine Ahnung, worum es gehen könnte – lassen wir uns überraschen.

Nachher frage ich meinen Chef wegen des Urlaubs, hoffentlich versagt er ihn mir."

Berthold beendet sein Frühstück, packt seine Aktenmappe und radelt, wie eigentlich immer, wetterfest angezogen zu seinem Markt. Während der Fahrt denkt er noch einmal über Bremers Wunsch nach: „Ich könnte Monsel beeinflussen, meinen Wunsch abzulehnen - aber nein, das will ich nicht!"

Heute ist der im TV angekündigte Regen glücklicherweise ausgeblieben, sodass er ohne großes Umkleiden gleich zu seinem Chef hineingehen und nach dem Urlaub fragen kann.

Der ist wenig erfreut: „Eine dringende Sache, Herr Schaf? Wir haben hier im Büro nur dringende Angelegenheiten, aber Sie haben Ihren Job ja gut im Griff. In Ordnung, machen Sie nächste Woche frei, aber später ginge es nicht mehr, Sie wissen ja, das Weihnachtsgeschäft ...!"

Von seinem Arbeitsplatz aus ruft Berthold per Smartphone bei Brainrise Robotics an, dort ist nur der Anrufbeantworter geschaltet. Er hinterlässt seine Nachricht für Bremer und kümmert sich für den Rest der Arbeitswoche nur noch um seinen Job und seine Familie – die Amerikaner lassen ihn tatsächlich zufrieden.

****

Auch das Wochenende verläuft im Hause Schaf ruhig und ohne Stress – nur ein 'Bewohner' ist sehr aktiv: Puppe Isabella.

Isabella wurde von Susan durch einen Internetbefehl über den WLAN-Router von John so eingestellt, dass sie permanent ihr ganzes Umfeld beobachtet –

sie sieht und hört alles, und auf dem Server bei Brainrise Robotics wächst das Datenvolumen beachtlich, Susan wird die vielen Gigabytes Daten mit einem Analyseprogramm auf ein vertretbares Maß schrumpfen müssen, um überhaupt eine brauchbare Aussagen treffen zu können – „Man wird das Spionagevolumen reduzieren müssen", denkt sie.

Malte fühlt sich zu Recht von Isabella beobachtet und setzt der Puppe, als die anderen nicht in der Küche sind, seine Mütze auf, über die Augen, was deren Selbstschutz erneut aktiviert: Sie schüttelt die Mütze wieder ab.

Laut rufend rennt Malte zu Beate, die gerade im Flur steht und Johanna zur Schule verabschiedet: „Mama, Mama, Isabella lebt! Sie hat gerade die Mütze runtergeworfen, die ich ihr aufgesetzt habe!"

Alle drei laufen sofort in die Küche - Berthold ist noch im Bad, denn er hat ja heute Urlaub. Isabella sitzt unverändert auf dem alten Kinderstühlchen, das ihr Johanna aus dem Keller geholt hat, und blickt mit ihren schönen großen Augen unschuldig wie immer.

„Malte, du spinnst, und jetzt heb deine Mütze wieder auf, sonst fällt noch jemand darüber!" Beate ist ein wenig ärgerlich, sie weiß zwar um die technischen Möglichkeiten der Puppe, aber eine Reaktion, wie Malte es beschrieben hat?

Johanna nimmt ihre geliebte Puppe in den Arm: „Lass dich nicht von Malte ärgern, meine Isabella – er ist ein Junge und hat keine Ahnung von Puppen!"

„Soll ich es euch vorführen?" Malte nimmt seine Mütze und setzt sie der Puppe wieder über die Augen – nichts geschieht, die Puppe hat aus dem Ereignis gelernt und reagiert nicht.

„Siehst du, Malte, sie lebt wirklich nicht, und jetzt mach dich bitte fertig, und du, Johanna, musst los, der Bus wartet nicht!"

Damit ist Malte natürlich nicht zufrieden: „Warum glaubt mir immer keiner, das ist wie bei Papa, als er krank war und etwas zu mir gesagt hat – das habt ihr auch erst nicht geglaubt!"

„Aber Papa ist ein Mensch, und die Isabella ist eine Puppe, Malte", meint Johanna, „die lebt nicht", und macht sich auf den Weg zum Bus. Auch Malte muss sich langsam fertigmachen – brummelt aber immer noch vor sich hin

„aber die Mütze hat sie doch runter geworfen, ich hab es gesehen!"

„Unt dir bin ich noch nicht fertig, du dumme Puppe!", knurrt Malte Isabella an, „irgendwann kriege ich dich!"

****

Eigentlich müsste Beate auch bald starten, aber sie hat mit ihrer Chefin in Dresden vereinbart, dass sie in dieser Woche trotz des Weihnachtsgeschäftes Urlaub nehmen kann, und so sind Beate und Berthold zu Hause.

Es ist neun Uhr am Vormittag, als der erwartete Anruf von Brainrise Robotics kommt.

„Herr Schaf, Berni, wir können beginnen. Bitte setzen Sie die Puppe so, dass Sie ihr direkt ins Gesicht schauen können, und reagieren Sie dann auf das, was da auf Sie zukommt. Ihre Aufgaben gebe ich Ihnen anschließend direkt."

„Wie, direkt – durch Zuruf ist ja wohl nicht möglich."

„Nicht durch Zuruf, da reicht meine Stimme wohl nicht über den großen Teich, eben direkt, warten Sie es doch einfach ab! Ach, noch eines, Herr Schaf, Berni: Wir hatten doch vereinbart, dass Sie allein mit der Puppe sein sollten, und nun ist Ihre Frau doch im Haus?!"

„Woher wissen Sie das, Herr Bremer? Spionieren Sie uns aus?"

„Ich habe Ihnen doch gesagt, dass die Puppe vieles kann – sie meldet mir alles, was in Ihrem Haus geschieht."

„Alles? Sie sind unverschämt, ich werde dagegen Maßnahmen ergreifen! Die Puppe wird in den Keller verbannt, da kann sie Marmeladengläser zählen, und meine Frau bleibt natürlich hier, Sie können nicht alles bestimmen, Herr Bremer."

„OK, ok, dann ist das eben so, es wird den Job nicht behindern, denke ich. Aber bringen Sie die Puppe bitte, bitte nicht in den Keller, unser gemeinsames Projekt würde daran scheitern! Ich verspreche, die Ausspähfunktion von Isabella massiv einzuschränken - ist das in Ordnung?"

„Ja, gut, dann lassen Sie uns beginnen, damit ich es bald hinter mir habe."

„Berni, ich bitte jetzt um unbedingte Konzentration. Ich sehe, Sie sitzen der Puppe direkt gegenüber, das ist gut. Achtung jetzt!"

Mat im fernen PaloAlto setzt ein erstes Kommando an die Hypnose-Funktion in Bertholds Gehirn, in einen Bereich des Unterbewusstseins ab, und Susan schickt das Codewort „STEPP-ONE" an Isabella.

Einige Sekunden später sagt Isabella zu Berthold mit der Stimme von Susan: „STEPP-ONE", und sein Unterbewusstsein zwingt Berthold zu „Mein Name ist Berthold Schaf!"

Die Puppe sagt: „Nicht verstanden, bitte wiederholen", und Berthold wiederholt lauter und langsamer: „Mein Name ist Berthold Schaf!"

„Bestätigung. Dein Name ist Berthold Schaf. Ich bin Isabella."

Die Rückmeldung der Puppe an Mat und Susan erfolgt umgehend über die IP-Adresse von Isabella, und das nächste Kommando von Mat geht wiederum über die im Receiver-Chip hinterlegte IP-Adresse, erneut direkt in das Gehirn von Berthold, der bereits von der ersten kleinen Übung einen dumpfen Schmerz im Kopf verspürt.

Ein neues Codewort geht von Susan an die Puppe: „STEPP-TWO", und Berthold hebt die rechte Hand, weil dies der Befehl war.

Isabella sagt: „Bestätigung. Du hast die rechte Hand gehoben."

Berthold gehorcht seinem Unterbewusstsein: „Nenne die aktuelle Uhrzeit!", ist der nächste Befehl, der Schmerz in seinem Kopf verstärkt sich.

„Neun Uhr fünfundzwanzig," sagt Berthold.

„Bestätigung, es ist neun Uhr fünfundzwanzig deutscher Zeit", sagt die Puppe.

Bertholds Stirn zeigt erste Anzeichen starker Schmerzen.

Beate im Hintergrund und von Isabella nicht zu sehen, beobachtet die Szene, sieht ihrem Berthold die Schmerzen an, versucht ihm ohne Worte zu bedeuten, er solle das Experiment beenden – aber schon kommt, gnadenlos, wie ihr scheint, der nächste Auftrag in sein Gehirn, und Isabella spricht ohne Emotionen gnadenlos „STEPP-THREE".

Berthold stützt den Kopf auf, holt sich ein Glas mit Wasser, nimmt eine Tablette.

„Ich halte nicht mehr lange durch", sagt er in Richtung Beate, dann zwingt ihn sein Unterbewusstsein zur Konzentration auf die Puppe: „Sag mir deinen Namen und deinen Besitzer!", und die Puppe sagt. „Ich bin die Puppe Isabella und gehöre Johanna!"

Isabella meldet die Situation zu Brainrise Robotics, dort entscheiden Susan und Mat: „Wir unterbrechen bis zum Nachmittag, also sieben Uhr hier bei uns, dann ist es in Deutschland 16 Uhr."

„Das geht nicht, Mat, dann sind die Kinder wieder zurück. Entweder machen wir jetzt noch ein paar Sprechversuche, oder für heute ist Schluss!"

Mat nimmt sein Smartphone, ruft bei den Schafs an: „Wir machen jetzt nur noch eine Sprachübung mit der Puppe, keine direkten Befehle mehr für heute. Berni, bitte lesen Sie der Puppe aus der Tageszeitung vor, so etwa zwanzig Minuten lang, dann kann sie wieder in Johannas Zimmer, und Sie haben für den Rest des Tages frei – es kann allerdings sein, dass ich mich noch einmal melde. Bis nachher oder auch bis morgen um die gleiche Zeit. Erholen Sie sich gut, Sie werden gebraucht!"

Puppe Isabella hört sich geduldig an, was ihr Berthold vorliest, selbst den Bericht über die Vogelausstellung im Nachbarort – irgendwie kommt er sich dabei albern vor! Manchmal, bei besonders schwierigen Worten, wird er aber von der Puppe mit der ihr vorgegebenen sanften 'Susan'-Stimme unterbrochen. „Nicht verstanden, bitte wiederholen", sagt sie, und dann liest er folgsam den letzten Satz noch einmal etwas langsamer vor.

Um etwa zehn Uhr bringt Beate die Puppe in Johannas Zimmer, setzt sie dort auf ihren 'Stammplatz'. Beim Verlassen des Zimmers meint sie ein leises „Auf Wiedersehen, Beate!" zu hören …

Kapitel 42 – Gewalt

S chon am nächsten Tag soll mit Isabella weiter trainiert werden – sie muss unbedingt die Eigenschaften und Eigenarten von Bertholds Stimme erlernen, damit sie später auf seine Kommandos und Wünsche richtig reagieren kann.

Nach einer ruhigen Nacht trifft sich die Familie beim morgendlichen Frühstück, natürlich ist Isabella wieder mit von der Partie.

„Johanna, kannst du heute Isabella wieder in dein Zimmer bringen? Sie soll heute nicht mit uns frühstücken."

Bertholds Wunsch kommt bei Johanna nicht gut an: „Warum denn, Papa, sie ist doch ganz artig!"

„Erkläre ich später, bring sie bitte in dein Zimmer." Bertholds Stimme duldet keinen Widerspruch.

Es ist noch etwas Zeit, bis die Kinder zu ihren Schulen starten müssen; Beate und er haben sich entschlossen, den Kindern, sobald es sich ergibt, alle verfügbaren Informationen über Isabella zu geben, aber jetzt will die Familie in Ruhe ausgiebig frühstücken.

Malte freut sich: „Endlich einmal Frühstück ohne die blöde Puppe, ich hasse sie!" ist sein Spruch zur Lage. Die Antwort von Johanna bleibt nicht aus: „Das ist keine blöde Puppe, ich hab sie lieb, du bist blöd!"

„Kinder, streitet doch nicht schon wieder deswegen! Johanna, die Puppe ist nicht blöd, und du, Malte, nimmst dich bitte zusammen. Du sollst Johanna nicht immer ärgern, das ist unfreundlich!"

Die Kinder machen sich auf den Weg, Johanna zum Bus, Malte zur Schule. Das Wetter ist heute noch ruhig, nur von Nordwest ziehen langsam dichte Wolken auf – der Regen kommt bestimmt. Beate ordnet ihre Küche, Berthold hat sich mit der Tageszeitung auf die Couch im Wohnzimmer zurückgezogen, wartet auf den Anruf aus den Staaten, der aber nicht kommt …

Es ist genau neun Uhr, als er wieder einen Schmerz im Kopf verspürt, genau so heftig wie bei den Versuchen gestern, das scheint ihm das Signal für den Beginn der heutigen Übungen zu sein. Er geht hinüber in die Küche, bittet

Beate, die Puppe von oben zu holen und in den Sessel ihm gegenüber zu setzen, und Beate selbst soll auch mit zu ihm ins Wohnzimmer kommen.

Beate geht in Johannas Zimmer, holt die Puppe und platziert sie gegenüber Berthold im Sessel.
Die Puppe sitzt kaum in ihrem Sessel, scheint Berthold mit ihren Äuglein zu fixieren, dann wandert ihr Blick hinüber zu Beate, geht wieder zurück.
Susan beobachtet die Szene an ihrem Monitor, ist verwundert: „Mat, sieh mal, die Frau ist auch mit dabei!"
„Das macht mir nichts aus, ich fange jetzt an, und du schickst bitte das erste Codewort raus an Isabella!"

Gesagt, getan, und Sekunden später gibt Isabella das Codewort für den Befehl: „Schick deine Frau raus!" frei.
Berthold erschrickt, sagt zunächst kein Wort, wendet sich zu Beate: „Ich bekomme einen Befehl, den ich nicht ausführen werde, ich soll dich hinausschicken!"
„Ich habe kein Problem damit, Berthold, aber ich komme natürlich wieder herein!"
„Nein, nein, nein – ich werde das nicht tun, egal, was mein Unterbewusstsein will!"
Die Puppe hat natürlich alles mitgehört und zu Susan gemeldet: „Ablehnung des Befehls!"
„Tja, dann muss ich wohl etwas massiver werden, damit er tut, was wir wollen, wir sitzen doch nicht zum Spaß mitten in der Nacht hier, was denkt denn der Mensch, wer er ist? Sende bitte ein neues Codewort raus, Susan: 'GEWALT'"
„Was hast du vor, Mat, soll er seine Frau prügeln?"
„Nein, sie nur aus dem Raum führen, notfalls handfest!"
„Ich denke, das wird er auch nicht tun!"
„Ich hämmere ihm das so lange ein, bis ihm der Kopf platzt, wollen wir doch mal sehen, wer hier der Stärkere ist! Los, schick den Code raus!"

Isabella spricht das Codewort aus: „GEWALT".

Der Schmerz in Bertholds Kopf verstärkt sich, unvorstellbar, dass das Unterbewusstsein bei seiner Aktivierung solche Schmerzen hervorrufen kann, er hält sich die Schläfen. „Er will mich zwingen, dich hinaus zu schaffen, notfalls mit Gewalt. Ich tu das nicht, nein, ich tu das nicht!"

Isabella sagt das Codewort noch einmal, lauter, intensiver: „GEWALT!"

Der Schmerz wird unerträglich, Berthold windet sich in seinem Sessel.

„Schluss jetzt, was macht Ihr mit ihm? Puppe, ich bringe dich hinaus, das geht so nicht!"

Sie klemmt sich Isabella unter den Arm, trägt sie in Johannas Zimmer und wirft sie dort voller innerer Wut auf Johannas Sofa, kommt wieder herunter ins Wohnzimmer, tröstet ihren Berthold, dem bei der ganzen gewaltsamen Prozedur die Tränen gekommen sind.

„Komm, wir machen einen Spaziergang, der wird dir gut tun. Hast du die Nummer von Bremer?"

„Ja, in meinem Smartphone."

„Gut, dann rufen wir ihn später an, jetzt gehen wir erst einmal an die frische Luft, bevor die Kinder kommen und uns Löcher in den Bauch fragen, wieso es dir so schlecht geht!"

Der Spaziergang durch den Ort tut beiden sehr gut, Bertholds Kopfschmerz legt sich ein wenig, und Beates Wut geht ebenfalls zurück – trotzdem ist sie fest entschlossen, Bremer gewaltig auf die Füße zu treten!

****

Nach dem Abendessen ist Beate wild entschlossen, dem Herrn Bremer die Meinung zu sagen – sie hat ohnehin ja schon gegen ihn opponiert. Er müsste jetzt erreichbar sein, denn in Kalifornien ist es jetzt etwa zehn Uhr am Vormittag.

Sie schreibt sich seine Rufnummer aus Bertholds Smartphone ab, geht zum Telefon und ruft an.

Eine Mailbox-Ansage hindert sie daran, ihren Frust und ihre Wut auf die Amerikaner dort loszuwerden – wenn sie die englische Ansage richtig interpretiert, ist bei Brainrise Robotics zurzeit niemand erreichbar.

„Keiner zu Hause," ruft sie zu Berthold hinüber, „aber die Sache heute Vormittag war für die ja auch mitten in der Nacht, ich versuche es nachher noch einmal."

Es wird ihr heute nicht mehr gelingen, Bremer telefonisch zu erreichen, es scheint dort technische Probleme zu geben!

****

Von Brainrise Robotics ist an diesem Mittwoch zunächst nichts zu hören und zu sehen, allerdings können natürlich Beate und Berthold nicht beurteilen, ob die Puppe ihre 'Spionagedienste' aktiviert hat – aber solange sie in Johannas Zimmer sitzt, kann sie kaum etwas berichten, außer vielleicht die Gespräche innerhalb der Familie über belanglose Dinge.

Der nach der gestrigen Tagesschau angekündigte Regen ist ausgeblieben, und so macht Berthold heute den Garten winterfest, reinigt und ordnet alle Geräte in dem kleinen Schuppen, kehrt zuvor das restliche Laub zusammen, befestigt einige Latten am Zaun zur Straße, die sich in den letzten Stürmen gelockert hatten.

Die Kinder haben heute lange Unterricht, sodass die Eheleute ungestört sind.

Etwa um drei Uhr kommt der 'befürchtete' Anruf aus den Staaten, schon etwa eine Stunde zuvor hat Berthold einen ihm bisher unbekannten Druck an einer anderen als der 'üblichen' Stelle im Kopf gespürt.

„Beate, unsere Freunde rufen an", ruft er, etwas sarkastisch, in die Küche, „ich bin hier sofort fertig, nimmst du bitte das Gespräch?"

„Beate Schaf hier, Guten Tag!", meldet sie sich.

„Frau Schaf, hallo, hier ist Matthias Bremer in Kalifornien. Ich hätte gern Ihren Mann gesprochen, wie Sie sich denken können!"

„Ja, Herr Bremer, das habe ich mir gedacht, aber zunächst müssen Sie mit mir vorlieb nehmen! Ich habe schon versucht, Sie zu erreichen, um Ihnen etwas zu sagen: Wenn es noch einmal vorkommt, dass Sie oder Ihre Mitarbeiter meinem Mann Schmerzen zufügen oder ihm auf eine andere Art schaden, betrachten wie die Zusammenarbeit als beendet. Der Kontrakt, den wir alle miteinander geschlossen haben, bezieht sich ausschließlich auf seine Fähigkeiten zur Telepathie und nichts anderes, und Ihre Spionagepuppe sollten Sie abschalten, sonst werde ich sie noch heute in einen Drahtkäfig setzen, wenn ich sie nicht überhaupt entsorge – wir haben morgen ohnehin Müllabholung. Denken Sie an meine Worte, wenn Sie gleich mit meinem Mann sprechen, und verhalten Sie sich vertragsgemäß!"

Bremer im fernen Palo Alto ist während des Telefonats fast die Luft weggeblieben, er schaltet das Gespräch zwischenzeitlich weg: „Die Frau ist ein echter Gegner, Susan!"
„Du hast gestern mit deiner Gewaltaktion auch ein wenig übertrieben, mein Lieber. Die Manipulation seines Gehirns steht noch nicht an, das habe ich erst in einigen Wochen auf dem Programm, bitte halte dich zurück!"
„Wollen wir wirklich diskutieren, wie die Sache laufen soll? Er hat auf jeden Fall gelernt, dass er sich besser nicht mit uns anlegen sollte."
„Und du hast hoffentlich gelernt, dass du mit Gewalt überhaupt nichts erreichen kannst, wir können dadurch echte Probleme bekommen!"

Mat setzt das Telefonat mit Deutschland in einem moderaten Ton fort: „Herr Schaf", denn der hat sich inzwischen gemeldet, „ich muss Sie um Verzeihung bitten, gestern habe ich den Bogen wohl etwas überspannt, Verzeihung!"
„Etwas überspannt, Herr Bremer? Das ist sehr stark untertrieben, es war eine richtige Sauerei, was Sie mit mir gemacht haben, ich habe mich vor Schmerzen gekrümmt! Tun Sie das nie, nie wieder, meine Frau hat Recht: Wenn Sie so etwas oder Ähnliches noch einmal mit mir anstellen, geht die Puppe in die Entsorgung, und ich selbst werde mir einen Stahlhelm besorgen und im Haus tragen – dann ist es vorbei mit Ihren Methoden!"
„Bitte, Herr Schaf, glauben Sie mir: Das wird nie wieder vorkommen, Sie haben mein Wort darauf.
Für heute und morgen möchte ich Sie aber trotz unserer Differenzen bitten, noch jeweils eine Lesestunde mit der Puppe zu veranstalten, damit sie Ihre Stimme perfekt erkennen und von allen anderen unterscheiden kann."
„OK, wann soll ich beginnen und wie lange?"
„Am besten sofort für eine knappe Stunde, die Puppe meldet mir das Ergebnis

automatisch, und meine Kollegin und ich können uns wieder dem Tagesgeschäft widmen. Wenn Sie Fragen haben, dürfen Sie mich gern jederzeit anrufen, ist das in Ordnung, Herr Schaf? Und noch einmal bitte ich um Entschuldigung - bis morgen dann."

****

Susan hat das Gespräch mitgehört: „Du hast ihn ganz schön eingewickelt, mein Lieber, warten wir ab, wie er auf deinen nächsten Angriff reagiert – wann soll das geschehen?"
„Morgen oder übermorgen, je nachdem, wie das Hörtraining mit der Puppe läuft!"

„Na dann, gehen wir an die Arbeit! Was macht dein Konzept zur Umstrukturierung?"
„Liegt in den letzten Zügen, ich bin fast fertig, und dann kann ich präsentieren!"

Kapitel 43 – Neue Belastungen

John Bertoli bekommt seit längerer Zeit wieder einmal einen Anruf von Matthias Bremer.

„Hi, John, wie geht's?"

„Danke, gut, ich hoffe, das bleibt so. Wissen Sie, Mat, ich habe Probleme damit, wenn über meinen WLAN-Router Aktivitäten gegen meinen Nachbarn laufen – er weiß natürlich nicht von mir und Ihrem Auftrag, aber wenn möglich würde ich gern von der Verpflichtung entbunden werden!"

„Das, mein lieber John, geht leider zurzeit nicht, aber ich gebe Ihnen Bescheid, wenn es so weit ist. Jetzt aber zum Aktuellen: Das Projekt mit Ihrem Nachbarn geht jetzt in eine entscheidende Phase, und es ist eminent wichtig, dass Ihr Router einsatzfähig bleibt. Falls sich technische oder andere Probleme ergeben sollten, bitte ich um sofortige Nachricht, bei Tag und bei Nacht!"

„Naja, das ist kein Problem, der Router ist ja ohnehin eingeschaltet, was soll da schon passieren!"

„Es könnte theoretisch geschehen, dass bei Ihnen der Strom ausfällt, das Gerät defekt wird, dass eines Ihrer Kinder den Stecker aus der Wand zieht, oder, oder, oder – Sie verstehen, was ich meine? Bitte verschließen Sie sicherheitshalber den Raum, in dem sich der Router befindet, damit niemand Missbrauch treiben kann!"

„OK, Mat, das lässt sich einrichten, hier hat ohnehin niemand etwas zu suchen!"

„Dann sind wir uns ja einig. Gute Nacht, John, bis demnächst!"

****

Ellen Winter will endlich Ergebnisse sehen, will von Mat wissen, wie die Umstrukturierung von Brainrise Robotics geschehen kann.

„Bitte legen Sie mir Ihr Konzept kurzfristig vor, Mat, die Zeit drängt, FB dreht uns sonst den Geldhahn zu!"

„Das Konzept ist fertig, Ellen, Sie können Ihre Geldgeber zur Präsentation einladen – aber bitte nicht morgen Vormittag, dann bin ich verhindert wegen unserer Zielperson in Deutschland!"

„Verstehe ich nicht, Mat, dann ist es doch Nacht dort!"

„Das Gehirn eines Menschen arbeitet auch nachts, Ellen, das wissen Sie doch!"

„Na gut, dann rufe ich meine Leute für morgen Nachmittag zusammen, bis dann!"

Susan hat das Gespräch verfolgt. „Was hast du denn vor, Mat?"

„Ich will seinem Unterbewusstsein nachts ein paar Dinge einflüstern, und dazu brauche ich hier absolute Ruhe – morgen Vormittag ist mein Büro für alle tabu!"

„Und ich werde in der Zeit noch ein paar hübsche Algorithmen schreiben, damit unsere Kitty noch perfekter wird. Hast du übrigens mitgekommen, dass es inzwischen eine zweite Robotta gibt, die sogar laufen kann? Ich habe sie Pamela genannt!"

„Nein, die ist mir noch nicht über den Weg gelaufen!"

„Warte, ich rufe sie!" Sie nimmt das Telefon zur Hand und wählt die 99: „Pamela, komm bitte in das Büro von Mat, und bring Kitty mit!"

Es sieht sehr lustig aus, als die beiden Roboter-Mädchen nacheinander in Mats Büro kommen, zuerst mit ihrem charakteristischen Surren die 'Ältere', dann in geringem Abstand die 'Jüngere' mit etwas schlurfenden kleinen Schritten – Mat kann sich ein Lachen nicht verkneifen.

„Warum lachst du, Mister Mat? Wir finden es sehr unhöflich, seine Gäste auszulachen!" Kitty ist empört.

„Ihr Zwei, ich lache euch nicht aus, ich lache euch an, das ist ein Unterschied!"

„Und wie kann man als Roboter das erkennen?"

„An meinen Augen – wenn die auch mitlachen, ist es freundlich gemeint, und meine Augen haben gerade mitgelacht, wie ihr vielleicht bemerkt habt."

„Nein, wir haben nur deinen Mund beobachtet, aber jetzt haben wir es gelernt", sagt Pamela, „ich bin übrigens Pamela, und ich bin genauso gut wie Kitty, aber ich kann außerdem auch laufen!"

„Ja, das habe ich gesehen, Pam – ich darf dich Pam nennen? - und das machst du schon sehr gut."

„Danke!"

Susan hat das 'Gespräch' zwischen Mat und den Robottas mit Interesse verfolgt, ist erstaunt, wie gut Pamela reagiert und agiert – ob sie ihr Können und Wissen selbsttätig von Kitty abgerufen und implementiert hat? Eine interessante Vorstellung – Roboter lernen direkt voneinander; auf der anderen Seite wurde beiden die Lernfähigkeit mithilfe eines neuronalen Netzwerkes noch nicht einprogrammiert!

„Wir werden jetzt wieder zu unseren Stationen zurückgehen, hier gibt es für uns nichts zu tun, oder hat jemand etwas dagegen?"

„Nein, nein, geht nur, wir kommen sehr gut allein zurecht!" Mat grinst in sich hinein.

Die beiden Roboter ziehen sich zurück, im Hinausrollen hört Mat noch Kitty sagen : „Noch, lieber Mat, noch!"

****

Die kommende Nacht wird für Berthold wieder einmal schlecht, immer wieder wälzt er sich von einer Seite auf die andere. Wilde Träume geistern durch sein Gehirn, einige Male schreckt er auf und ist anschließend hellwach. Beate spürt natürlich seine Unruhe, kuschelt sich zu ihm hinüber in der Hoffnung, dass er etwas Schlaf findet, aber erst in den frühen Morgenstunden schläft er vor Erschöpfung ein – Beate muss jedoch schon aus dem Bett, die Kinder müssen geweckt und versorgt werden – die Schule wartet nicht.

„Warum frühstückt Papa denn heute nicht mit uns?", fragt Malte, denn das ist total ungewöhnlich im Hause Schaf.

„Papa hat ganz schlecht geschlafen, ich wecke ihn, wenn ihr zur Schule seid!" Johanna hat natürlich ihre Puppe an den Frühstückstisch gesetzt, die ohne Wissen von Beate und das der Kinder ihre Spionageaktivität bereits wieder aufgenommen hat – entgegen der Zusage von Bremer.

Malte ärgert sich, wie immer, wenn er sich von Isabella beobachtet fühlt: „Irgendwann klebe ich dir wirklich Kaugummi auf die Augen!"

Um 7.15 Uhr sind beide Kinder aus dem Haus, und Beate sieht nach Berthold, will ihn zum Frühstück abholen.

„Ich stehe heute nicht auf, ich bleibe liegen. Und ich werde weder heute noch später der Puppe etwas vorlesen, ich mache mich doch nicht zum Affen – einer Puppe vorlesen!"

„Berthold, bitte!", Beates Stimme ist drängend, „du musst doch aufstehen und frühstücken!"

„Lass mich, die Nacht war schrecklich, du hast es gemerkt, ich bleibe im Bett."

„Eine Stunde gebe ich dir, mein Schatz, um zehn hast du den Vorlesetermin – und du solltest dich an den Vertrag halten, wenn es die Anderen auch nicht immer tun!"

Berthold dreht sich demonstrativ auf die Seite und antwortet nicht mehr auf ihr Drängen.

Es gelingt Beate, ihren Mann eine Stunde später zum Aufstehen und Frühstücken zu bewegen, und auch die 'Lesestunde' mit der Puppe kann stattfinden – wenn Berthold im normalen Tempo liest, kommen von Isabella keine Rückfragen oder Wiederholungswünsche mehr, Schwierigkeiten gibt es nur noch bei Eigennamen und Worten, die noch nicht im Duden zu finden sind!

Die Aktivität nimmt Berthold voll in Anspruch, und nach der Stunde Lesen ist er völlig erschöpft, wozu natürlich die schlechte Nacht ebenfalls beiträgt …

„Beate, ich lege mich noch ein wenig aufs Sofa, ist das in Ordnung?"

„Wir wollten doch heute Vormittag in den Gartenmarkt fahren, ich möchte mir einige Pflanzen und Blumen kaufen; bitte, lass uns fahren, dann kommst du auch auf andere Gedanken!"

Nur eine drei viertel Stunde später ist das Ehepaar Schaf im 'Pflanzenparadies', so nennt sich der Gartenmarkt, zu finden. Da dieser sich in unmittelbarer Nachbarschaft zu Bertholds Arbeitsstelle befindet, befürchtet er natürlich, Mitarbeitern oder Kollegen zu begegnen, aber nichts dergleichen geschieht – aber es geschieht etwas anderes, sehr unangenehmes: Sowohl Transponder-als auch Receiver-Chip in seinem Gehirn loggen sich in das freie WLAN-Netz des „Profikauf", seinem Arbeitgeber, ein.

Wie von einem Messer verursacht, spürt er plötzlich einen starken Schmerz in der linken Schädelhälfte, er zuckt zusammen, ihm wird schwindlig, er muss sich ganz schnell auf einen der herumstehenden Blumenkübel setzen.

„Was ist los, warum setzt du dich hierher?", fragt Beate verwundert.

„Der Schmerz, genau über meinem Ohr hier, als wenn jemand hineingestochen hat, es ist nicht zum Aushalten!"

Vorbeikommende Kunden des Marktes sehen erstaunt zu ihm herüber, tuscheln etwas von 'jetzt schon betrunken!' und gehen weiter. Beate, die von ihrem Mann in dieser Hinsicht schon Einiges erlebt hat, stellt sich ganz nah zu ihm: „Sollen wir gehen?"

„Nein, kauf du jetzt bitte schnell deine Blumen, und dann gehen wir!" ist Bertholds Antwort auf ihren Vorschlag, „ich halte noch etwas durch, wenn ich nur hier sitzen darf ..."

„Gut, ich bin ganz schnell zurück." Mit diesen Worten nimmt sie sich den Einkaufswagen und geht Blumen kaufen.

Als Berthold den Kopf hebt, sieht er auf einem Display vor sich Rollen mit einem Drahtgespinst, eben Fliegendraht. Ihm kommt eine Idee – mit wenigen Schritten ist er auf der anderen Seite des Gangs, betrachtet das Drahtgeflecht, von dem ein kleiner Abschnitt lose auf dem Stapel der Rollen liegt. „Faradayscher Käfig" geht es ihm durch den Sinn, Abschirmung gegen Strahlung, gegen Funkwellen? – gegen WLAN-Signale? Mögen die Menschen um ihn herum denken was sie wollen – er nimmt den Drahtabschnitt und biegt ihn so zurecht, dass der die Form eines Zylinders mit Deckel hat. Zwei Jungs, vielleicht zehn Jahre alt, beobachten ihn bei seiner Aktivität. Als er sich den 'Helm' über den Kopf stülpt, können sich die Jungs nicht mehr halten. „Ist das cool, Alter!" hört Berthold, hofft, dass sein Schmerz aufhört, so plötzlich, wie er begonnen hat. Die Menschen um ihn herum lachen, zeigen mit Fingern auf ihn, ein Mitarbeiter des Marktes kommt herbei: „Was ist hier los? Bitte legen Sie das Muster wieder zurück!" Er will ihm den Drahthelm abnehmen, Berthold versucht, sich dagegen zu wehren, denn der starke Schmerz in seinem Kopf lässt immer noch nicht nach.

„Was kostet der Draht? Ich kaufe eine ganze Rolle, aber bitte lassen Sie mir das Muster!", fleht er den Mitarbeiter des Marktes an.

„Das geht so nicht, bitte nehmen sie das Ding sofort ab, ich sehe mich sonst gezwungen, die Marktleitung zu informieren!"

Die Herumstehenden betrachten die Szene mit Tuscheln und Grinsen – es ist Berthold schon bewusst, dass er eine lächerliche Figur abgibt mit dem Helm aus Fliegendraht auf seinem Kopf, aber er hofft noch immer auf eine Abschirmung …

Schließlich, endlich kommt Beate von ihrem Blumeneinkauf zurück, den Einkaufswagen vor sich herschiebend.

„Was ist hier denn los, warum hast du den lächerlichen Drahthelm auf dem Kopf?", fragt sie ihren Mann, und der Marktmitarbeiter antwortet, ohne gefragt zu sein: „Der Mann will das Muster stehlen, er soll es wieder zurücklegen!"

„Beate, bitte, lass und gehen, und wir kaufen auch noch eine ganze Rolle von dem Draht."

Sie fragt nicht nach dem Grund dieses Spontankaufes, nimmt Berthold am Arm, und gemeinsam gehen sie zur Kasse, Berthold immer noch mit dem Helm auf dem Kopf, immer noch mit dem enormen Schmerz – er zieht natürlich die Blicke und das Getuschel der anderen Kunden auf sich.

Wieder außerhalb des Marktes, endlich im Auto nimmt er den Drahthelm ab, atmet tief durch, sie verlassen den Parkplatz des Marktes, kommen aus der Reichweite des WLAN-Netzes heraus – der Schmerz hört auf, und er versucht, Beate alles zu erklären.

„Ich muss mit Bremer reden, sie haben schon wieder etwas mit meinem Gehirn gemacht!"

Kaum wieder im Haus, in Kalifornien müsste es jetzt etwa acht Uhr am Morgen sein, ruft Berthold bei Bremer auf dessen Smartphone an, er kann seine Wut kaum beherrschen: „Herr Bremer, Sie haben schon wieder neue Veränderungen an den Chips vorgenommen, oder etwa nicht? Wenn ich im Bereich eines leistungsfähigen WLAN bin, bricht mein Hirn regelrecht zusammen, kann ich nicht mehr denken, geschweige denn arbeiten – wie soll das werden, wenn ich in der nächsten Woche wieder in die Firma muss?"

„Zunächst einmal, Berni, sollten Sie sich nicht so unnütz aufregen, das bringt weder Ihnen noch uns etwas! Es stimmt, die Chips in Ihrem Kopf sind jetzt auf maximaler Leistungsfähigkeit, aber das bedeutet auch, dass wir jetzt mit dem Hauptteil der Experimente beginnen können!"

„Was heißt denn hier Hauptteil der Experimente? Ich leide doch schon jetzt enorm unter Ihren Manipulationen, der Schmerz heute im Gartencenter hat mich fast an den Rand des Wahnsinns getrieben!"

„Der nächste Schritt der Experimente bedeutet, dass Sie mit Ihrer Fähigkeit zur Telepathie, die durch die Chips um etwa das Zehnfache verbessert wurde, ab sofort die Puppe telepathisch zu Aktionen bewegen können, ohne ein Wort zu sagen."

„Und wozu dann die ganze Sache mit dem Vorlesen?"

„Nur für den Notfall, falls die Puppe einmal nicht richtig funktionieren sollte - wenn Sie wollen, können wir sofort anfangen!"

Beate im Hintergrund, die das ganze Gespräch angehört hat, schüttelt den Kopf.

„Das geht nicht, die Kinder kommen in wenigen Minuten!"

„Ok, dann muss ich wohl wieder eine Nachtschicht einlegen, wir arbeiten dann morgen um zehn Uhr deutscher Zeit mit Isabella."

Damit ist das Gespräch beendet, Bremer lässt zwei irritierte Menschen zurück.

„Und wenn ich wieder solche Schmerzen bekomme? Ich kann doch nicht mit einem Drahtkäfig im Bett liegen – wenn ich nur wüsste, wo sich der Router befindet, über den Isabella und meine Chips kommunizieren!"

Beate wird nachdenklich: „Wir sollten heute Nachmittag den Kindern reinen Wein einschenken, die ganze Lügerei und Heimlichtuerei hat doch keinen Sinn, und irgendwann bekommen sie sowieso alles über Isabella heraus!"

„Meinst du das? Sollten wir das heute tun? Johanna wird enttäuscht sein, und Malte sich bestätigt fühlen."

„Egal, ja, wir sollten es tun, gleich heute nach unserer Teestunde."

„Gut, dann machen wir das."

****

Die Kinder kommen erst am späten Nachmittag aus der Schule, und Beate bereitet für die ganze Familie die schon traditionelle Teestunde vor – zur Freude von Johanna und Malte heute wieder mit Papa.

Als Erstes läuft Johanna in ihr Zimmer zu Isabella, kommt zurück und hat sie natürlich im Arm.

„Gut, dass du die Puppe mitgebracht hast, über die wollen wir später reden, mein Mädchen, da gibt es etwas zu besprechen. Jetzt ist aber erst einmal Teestunde."

Die Vier machen es sich bei Omas Keksen, Saft für die Kinder und Tee für die Eltern, gemütlich.

„Hausaufgaben?"

„Ja, aber nicht viel. Wir gehen nach oben, Mama."

Johanna sitzt an ihrem Schreibtisch, genau beobachtet von der Puppe. Als Hausarbeit in Deutsch muss sie einen Lebenslauf von Goethe schreiben – mit ihren eigenen Worten, aber ein Lexikon darf sie dafür benutzen, so ist die Aufgabe.

Sie grübelt, nein, eigentlich träumt sie ein wenig vor sich hin: „Goethe? Wozu muss ich wissen, wie alt er geworden ist, und wo er geboren wurde? Er ist doch schon so lange tot!" murmelt sie.

Vom kleinen Sessel kommt plötzlich eine sanfte Stimme: „Goethe ist wichtig, er wurde am 28.März 1749 in Frankfurt geboren."

Johanna sieht erstaunt zu der Puppe, denn aus der Richtung schien die Stimme zu kommen.

„Isabella, hast du etwas gesagt?" Es kommt keine Antwort, die Puppe konnte sich, was ja eigentlich menschlich ist und nicht für Computeralgorithmen gilt, nicht beherrschen. Aber jetzt ist sie wieder still.

Johanna kümmert sich weiter um ihre Hausaufgabe, schreibt, ohne neue Sprüche der Puppe, an Goethes Lebenslauf, und anschließend ist auch noch Mathe auf dem Programm, was ihr aber noch nie schwergefallen ist.

Nach der Arbeit geht sie hinunter, hilft Beate bei der Vorbereitung des Abendessens – Berthold sitzt derweil im Wohnzimmer und erholt sich, um auf andere Gedanken zu kommen, bei einem guten Buch von den Anstrengungen des Tages.

Nach dem Essen bittet Berthold die Kinder, ins Wohnzimmer zu gehen: „Wir haben etwas zu bereden, Johanna, du bringst die Puppe bitte zuerst in dein Zimmer!"
Bertholds Ton erlaubt keinen Widerspruch, und Johanna bringt ihre kleine Freundin nach oben.
„Kinder, bei uns im Haus hat sich etwas verändert: Wir haben eine Mitbewohnerin, die uns Probleme machen kann – Isabella".
Johanna fühlt sich sofort angegriffen – ihre geliebte Puppe macht keine Probleme, davon ist sie überzeugt.
„Johanna, Malte, ich will es euch, soweit ich es kann, erklären: Also, die Puppe ist nicht nur eine Puppe, sie ist auch ein ganz raffinierter Computer."
„Geil, ich hab's gewusst!" wirft Malte sofort ein, „aber wo ist der Anschluss für die Maus und für einen Monitor?"
„Nein, nein, nicht so ein Gerät wie dein Tablet, Malte, ganz anders.
Isabella hört alles und sieht alles, und was sie hört und sieht, sendet sie direkt nach Amerika zu einer Firma, die das dann irgendwie auswertet. Und sie macht noch viel mehr. Sie kann, aber das habe ich noch nicht testen dürfen, Dinge tun, die ich ihr sagen oder die ich für sie denken werde, zum Beispiel ein Lied singen oder ein Gedicht von Goethe aufsagen."
Johanna hakt sofort ein : „Jetzt verstehe ich. Vorhin habe ich etwas von Goethe gesagt, und da kam eine Stimme von ihr, die mir gesagt hat, wann er geboren wurde, das war richtig ein bisschen gruselig!"
„Und sie hat die Mütze abgeschüttelt, ich hatte wieder einmal Recht!" wirft Malte ein.
„Ja, das kann durchaus sein. Uns wurde gesagt, dass sie immer schlauer wird, und ins Internet kann sie auch. Wir müssen jetzt Regeln aufstellen, denn sie muss ja nicht alles hören und sehen, was bei uns hier im Haus geschieht."
Das Gespräch zwischen Eltern und Kindern ist stürmisch, die Argumente kommen von allen Seiten. „Wenn sie so schlau ist, kann sie mir doch bei Mathe helfen," meint Malte, „Ich würde sie aber gern als Freundin behalten", ist Johannas Meinung, und so kommen noch viele Wünsche, aber auch Ängste

auf den Tisch.

„Alles gut und richtig, was ihr sagt, Kinder, aber sie darf uns nicht ausspionieren! Wir können gern manche Dinge von dem nutzen, was sie kann, aber nur, was wir vier wollen, und nicht, wenn irgendwer in Amerika es will! Darum müssen wir Regeln aufstellen und auch einhalten, ihr Lieben!"

Malte hat eine ausgezeichnete Idee: „Papa, du hast gesagt, dass Isabella schlau ist und auch lernt, was man ihr sagt – genau so wie bei mir!"

Berthold kann sich ein Lachen gerade noch verkneifen, und die beiden anderen kichern hinter vorgehaltenen Händen.

„Malte, du hast Recht! Wir müssen Isabella Regeln beibringen, aber bisher hört sie nur auf mich, das hat man ihr so einprogrammiert. Also jetzt die Regeln für die Puppe, macht Vorschläge." Er sieht erwartungsvoll seine Lieben an: „Wer hat eine Idee?"

Beate sagt: "Sie ist ja eigentlich ein Roboter, und ich habe mal gelesen, was das erste Robotergesetz ist – 'Du darfst keinem Menschen schaden'. Und das zweite Gesetz ist 'Dein Herr oder deine Herrin hat immer Recht!"

„Wenn sich Isabella daran hält, ist ja eigentlich alles in Ordnung, dann kann niemandem hier etwas passieren. Wollen wir es erst einmal so versuchen?"

Berthold erntet rundum ein zustimmendes Nicken.

Einen Vorschlag hat Malte noch: „Wenn sie nicht artig ist, bringen wir sie in die Garage – und sie darf mich nicht immer so ansehen!"

„Werden wir sehen, Malte, morgen früh werde ich mit ihr reden, meine Lieben. Ich hoffe, unsere Idee kommt bei ihr an …!"

Die Puppe ist während dieses Familienrates zwar in Johannas Zimmer, aber die Türen, und darauf hat niemand geachtet, standen offen, und so hat sie mithilfe ihrer hochsensiblen Akustik-Sensoren das Gespräch abgehört und sofort zu Susan und Mat übertragen.

Kapitel 44 – Perspektiven

D as Gespräch über die Neuorientierung von Brainrise Robotics am Nachmittag dieses Tages verläuft sehr positiv, die Geldgeber und die Vertreter des Pentagon sind mit dem Konzept, das Mat erarbeitet hat, einverstanden.

„Dann sind wir uns einig?" Ellen Winter will die Besprechung beenden, „oder gibt es noch Fragen zu diesem Thema?"

Herb Densel fragt nach: „Ja, Ellen, wir haben noch Fragen, aber nicht zur Umstrukturierung, sondern zu unserem gemeinsamen Projekt! Wie ist denn heute der Stand der Dinge?"

Ellen zögert ein wenig mit der Antwort, überlegt, ob sie die Frage an Mat weitergeben sollte, ja, das tut sie: „Mat, können Sie dazu etwas sagen?"

Der ist ziemlich überrascht, fängt sich aber sehr schnell und antwortet auf Densels Frage.

„Wir haben die Algorithmen für die Funktionen der Puppe installiert, wir haben die Chips im Gehirn der Zielperson auf neuestem Stand, alle bisherigen Versuche laufen zu unserer vollen Zufriedenheit. Schon in der nächsten Woche wird die Steuerung der Versuchspuppe durch Worte und auch durch Telepathie erfolgen, und dann können wir Vollzugsmeldung geben, was sowohl die Experimente mit der Zielperson als auch die Einsetzbarkeit der Chips in anderen Personen betrifft!"

„Denken Sie, dass das Implantieren der Nano-Chips dann in größerer Anzahl auch für Soldaten möglich sein wird?"

„Wir untersuchen zurzeit noch, ob sich die Telepathiefähigkeiten unserer Zielperson in die Chips übertragen lassen – wenn uns das gelingt, und da sind wir sehr optimistisch, steht einem Massenversuch nichts mehr im Weg."

„Kann ich Ihre Aussage, Mat, uneingeschränkt weitergeben? Sie wissen, im Pentagon ist man sehr, sehr interessiert, es wurden schon die ersten Freiwilligen für das große Experiment rekrutiert!"

„Ja, Herb, das können Sie! Wir sind fertig!"

Susan, die das Gespräch wortlos verfolgt hat, spricht Mat nach Ende der Sitzung noch einmal auf das Thema an: „Ist das wirklich so, du willst die Tele-pathiefähigkeit des Mannes in die Chips transferieren? Da bin ich aber sofort dabei, das ist ja genauso spannend wie meine Gedankenscans! Und wenn es gelingt, kann man die Chips vervielfältigen und beliebig einsetzen?"

„Ja, meine liebe Susan, kann man! Und ich gehe noch weiter in meiner Pro-gnose: Man wird sie auch unseren Robotern einsetzen können, Kitty und Pam und all den anderen, die noch folgen werden. Die können dann mithilfe deiner Algorithmen, natürlich von Regeln eingeschränkt, gegenüber Menschen agie-ren."

„Das ist eine Wahnsinnsgeschichte, Mat, wenn uns das gelingt ..."

„Du wirst doch nicht an uns zweifeln, Susan? Bisher ist uns alles gelungen, was wir im Team angefasst haben!"

„Übrigens, Mat, was ich dir noch sagen wollte: Die Familie hat beschlossen, unserer Isabella Regeln zu geben, können wir das akzeptieren?"

„Ich bin da ganz gelassen, Susan, Isabella wird alles richtig machen, da bin ich sicher – sind die übergeordneten Regeln nicht ohnehin von dir?"

„Ja, da hast du wieder einmal Recht, mein lieber Mat."

****

Die Tage werden kürzer, in Deutschland ist in diesem Jahr besonders früh schon der erste Schnee gefallen, obwohl gerade erst der Nikolaustag vor der Tür steht.

Das Arrangement mit Isabella scheint zu funktionieren, Berthold geht inzwi-schen wieder jeden Tag ins Büro, Beate verkauft, jetzt in der Vorweihnachts-zeit, in der Schmuckboutique Edles und nicht so Edles, und die Kinder freuen sich schon so langsam auf die nächsten Ferien und das Weihnachtsfest.

Isabella ist, und dafür hat ihr Berthold ganz klare Regeln gegeben, für die Kinder eine tolle Hilfe, auf die beide nicht mehr verzichten möchten: Als Hausaufgabenhilfe ist sie unersetzbar. Maltes Mathezensur zeigt nicht mehr auf 'Rote Karte', und Johanna ist in die Theatergruppe der Schule aufgenom-men, weil sie so gut rezitieren kann – kurz gesagt, alles scheint im Lot zu sein.

Scheint im Lot zu sein!

Mat Bremer und Susan Hanson haben ihr großes Projekt keinesfalls aus den Augen verloren. Inzwischen gelingt es Berthold sogar – wie geplant – mit der Puppe telepathisch zu kommunizieren, was in der Praxis bedeutet, dass er ihr die Kommandos durch seine Geisteskraft übermittelt, die ihm Bremer via Skype aufgibt. Isabella beantwortet (akustisch ungestellte) Fragen, übersetzt von Berthold im Stillen gelesene lateinische Texte und singt auf Wunsch seine Lieblingssongs. Die Matheaufgaben von Malte löst sie allerdings nur, wenn Berthold ihr dazu die Erlaubnis gibt.

Isabella ist in die Familie integriert, wie es scheint, bis zum Mittwoch nach dem zweiten Adventssonntag ist alles in Ordnung.

An diesem Mittwochabend wird John Bertoli, nach längerer Zeit, von Mat Bremer angerufen: „Hi, John, heute habe ich wieder einmal einen Auftrag für Sie. Bitte nehmen Sie die Kommunikationsbox – Ihr WLAN ist doch aktiv? - und wählen Sie 'Activate'. Haben Sie das? Dann gehen Sie auf ' 'Transfer', danach auf 'Integrated Chips'. Fertig?“
„Yes, Sir!“ kommt als Antwort von John.

Im Nachbarhaus bekommt Berthold zur gleichen Zeit über sein Unterbewusstsein das Kommando 'Leg dich zur Ruhe, entspann dich!'
Aus Johannas Zimmer ruft die Puppe, anscheinend völlig unmotiviert: „Berthold, Ruhe!“ - Johanna erschrickt schrecklich, hat sie sich doch gerade zum Schlafen in ihr Bett gelegt.
„Isabella, spinnst du jetzt?“ Sie bekommt keine Antwort.

Im Wohnzimmer legt sich Berthold ganz entspannt auf die Couch, schließt die Augen.
„Willst du schon schlafen, Liebling?“ ist Beates Frage, die Berthold mit einem leichten Kopfschütteln beantwortet, sie hat anscheinend den Ruf der Puppe nicht gehört, weil sie gerade in der Küche war.

Bremer gibt eine weitere Anweisung an John: "John, betätigen Sie jetzt 'Enter', und schalten Sie die Box nicht ab. Ihr Nachbar wird jetzt für einige Stunden Probleme haben, aber machen Sie sich keine Sorgen, er wird sich davon wieder erholen. Gute Nacht!" Damit ist das Gespräch mit Amerika beendet.

John führt den genannten Befehl aus und verlässt sein Studio, geht wieder zu Petra, schaut den Film im TV weiter, den er zuvor unterbrechen musste.

„Bremer?" Petra sieht ihn fragend an.

„Ja, und er hat gesagt, Berthold bekommt jetzt einige Stunden Probleme – ich fühle mich ganz schlecht dabei, aber was soll ich denn tun, die haben uns in der Hand!"

„Ich weiß, John, ich weiß! Es wird schon alles gut werden!"

Im Hause Schaf scheint alles in Ordnung zu sein, allerdings legt sich, zu Beates Erstaunen, Berthold schon jetzt um neun Uhr ins Bett: „Ich bekomme gerade ziemlich Kopfweh, ich lege mich ins Bett!"

„In Ordnung, erhole dich, ich komme nachher, sehe mir den Film noch zu Ende an – schlaf gut!"

Kapitel 45 – Katastrophe

S usan und Mat sitzen gespannt vor den Monitoren in ihrem Labor. „Es geht gleich los, ein paar Minuten ist jetzt noch die Warmlauf-Phase, und dann kommt der große Transfer. Hast du alles vorbereitet?" Susan kontrolliert noch einige Einstellungen der Übernahme-Software, nickt Mat zu: „Alles fertig, du kannst von mir aus loslegen, Mat!"

„Ich werde jetzt noch kurz Frau Schaf über Festnetz anrufen, sie soll unsere Aktivität nicht stören."

Gesagt – getan: „Frau Schaf, hallo, Matthias Bremer hier. Frau Schaf, bitte erschrecken Sie nicht über das, was gleich mit Ihrem Mann passiert, es wird für ihn sehr unangenehm werden, aber es besteht keine Gefahr, wir haben alles im Griff. Ihre Kinder können Sie, falls die aufwachen sollten, beruhigen – alles wird gut, und ab morgen werden Sie von uns nicht mehr belästigt, dies ist jetzt sozusagen der Endspurt!"

„Wie soll ich das verstehen, Herr Bremer? Was geschieht denn jetzt mit meinem Mann? Und wie lange wird das dauern?"

„Das wissen wir noch nicht, ich schätze so etwa zwei bis drei Stunden. Wir werden, bildlich gesprochen, aus den Chips in seinem Gehirn alles absaugen, was er an besonderen Fähigkeiten entwickelt hat, wie mit einem Staubsauger – danach ist er wieder so normal wie vor der Operation damals!"

„Können wir uns darauf verlassen?" Beate zweifelt, aus Erfahrung, an Bremers Worten – zu oft schon hat er sie und ihren Mann belogen.

„Ja, garantiert. Und jetzt gehen Sie bitte zu Ihrem Mann, er wird Sie brauchen! Good Bye!"

Mat wartet noch etwa zehn Minuten, dann gibt er über den WLAN-Router von John den Befehl zum Starten der Aktion an die Kommunikationsbox und damit an die Chips in Bertholds Gehirn.

Im selben Augenblick bäumt sich Berthold in seinem Bett auf, schreit vor Schmerzen, hält sich den Kopf: „Mein Kopf zerspringt, Beate, Hilfe, ruf einen Arzt oder die Rettung oder hol mir von den Schmerztabletten, ich halte es nicht aus!"

Beate, die sich gerade zu ihm gesetzt hatte, springt auf, stürzt aus dem Raum, sucht panisch im Bad nach den Schmerztabletten, füllt ein Glas mit Wasser, stolpert fast über den Badteppich. Vor der Tür stehen mit verstörten Gesichtern die Kinder.

„Legt euch wieder ins Bett, Kinder, ich komme gleich zu euch – Papa hat schreckliche Schmerzen!"

„Warum denn, ist er hingefallen?", fragt Malte. „Später, mein Junge, später!"

Beate ruft bei Petra und John an: „Petra, bitte helft uns! Berthold hat ein großes Problem, dürfen die Kinder zu euch kommen?"

Wenige Minuten später stehen Malte und Johanna, notdürftig bekleidet mit Schlafanzügen, Hausschuhen und ihren Winterjacken, bei den Bertolis vor der Tür.

Beate geht wieder ins Schlafzimmer zurück, gibt ihrem Mann die Tabletten und das Wasser. Er hat sie kaum eingenommen, als ihn ein neuer Schub herumwirft, schreien lässt, dann lässt der aktuelle Schmerz für einen Augenblick nach: „Was machen die mit mir?"

Beate versucht, ihm zu erklären, was Bremer ihr gesagt hat. Sie ist damit noch nicht ganz fertig, als der Schmerz erneut einsetzt. Berthold springt auf, in Schweiß gebadet, läuft im Zimmer hin und her, hält sich den Kopf, Tränen stehen ihm in den Augen.

Etwa zwanzig Minuten sind seit Beginn der Attacken vergangen, Susan zieht eine erste Bilanz der Aktion: „Läuft gut, scheint mir, hoffentlich hält er durch. Haben wir eigentlich seinen Gesundheitszustand gecheckt?"

„Nein, nicht in diesem Zusammenhang. Aber damals im Klinikum, als O'Sullivan ihn operiert hat, war er in einer super Verfassung."

„Hoffen wir, dass das so geblieben ist – wenn sein Herz oder sein Verstand versagen, sehen wir alt aus!"

„Naja, die drei Stunden wird er schon schaffen, und was danach passiert, liegt außerhalb unserer Zuständigkeit!"

„Ich habe es dir schon einmal gesagt, Mat Bremer, du bist ziemlich brutal!"

„Wenn es der Sache dient – jeder muss Opfer für die Freiheit bringen, hat unser Präsident gesagt, glaube ich jedenfalls."

****

Die Quälerei geht für Berthold Schaf weiter, eine Stunde, zwei Stunden. Er ist nicht mehr in der Lage, zu reden, sein Gesicht ist schmerzverzerrt, die Augen scheinen ihm aus den Höhlen zu quellen.

Beate sitzt tränenüberströmt an seinem Bett, hält seinen Kopf, seine Hände, trocknet seine Stirn, wenn wieder ein Schmerzanfall kommt - „Hört das denn nie auf, wie lange quälen sie ihn denn noch?"

Sie geht kurz hinunter ins Wohnzimmer, holt Bertholds Smartphone, wählt Bremers Nummer.

„Bremer, wenn Sie mir in die Finger fallen, werde ich Sie umbringen! Sie sind ein Sadist, wie lange werden Sie meinen Mann noch quälen, hört das denn niemals auf?"

Berthold krümmt sich vor Schmerzen, hat keine Kraft mehr zum Schreien, jammert nur noch leise in sein Kissen. Er windet sich in seinem Bett, kann sich nicht mehr artikulieren, für Beate scheint es, als falle er gleich in die Bewusstlosigkeit, und noch immer scheinen die Amerikaner sein Gehirn zu strapazieren – kurz entschlossen ruft sie die 112 an: „Hilfe, wir brauchen ganz schnell Ihre Hilfe!", und schildert Bertholds Zustand.

„Wir kommen, so schnell es geht, aber mit zwanzig, dreißig Minuten müssen Sie rechnen."

Den Kopf ihres so sehr gequälten Mannes haltend, ruft sie noch einmal bei Bremer an: „Bremer, hören Sie sofort auf, mein Mann stirbt gleich!"

Bremers Interesse gilt, trotz dieses Hilferufes, den Monitoren. Erfragt Susan: „Wie weit sind wir?" „Status sind 98,7 %, ich brauche noch etwa drei, vier Minuten!"

„Dann weiter, abbrechen kommt jetzt nicht mehr infrage!"

Berthold ist in eine tiefe Apathie gefallen, nur hin und wieder kommt von ihm noch ein leises Stöhnen – dann, nach wenigen Minuten, ist er still, atmet ganz flach, kaum zu spüren …

Der Notarzt kommt, entgegen der Vorhersage, schon zehn Minuten nach Beates Anruf.
„Wo ist der Patient?" „Oben, im Schlafzimmer – ich gehe voraus."

Notarzt und Sanitäterin bemühen sich um den apathisch daliegenden Mann.
„Was ist denn passiert?"
„Das kann ich Ihnen in der Kürze nicht erklären, es ist ein Problem des Gehirns – ich fürchte, er hat jetzt einen Schlaganfall oder etwas Ähnliches."
„Wahrscheinlich Apoplexie, Sauerstoff, Kreislauf stabilisieren. Wir spritzen ein blutgerinnsel-auflösendes Mittel, und dann müssen wir ihn sofort ins Klinikum bringen." Der Notarzt wird ihn während der Fahrt begleiten, Beate packt in Eile ein paar Dinge für sich und Berthold zusammen, folgt mit ihrem Wagen dem Rettungsfahrzeug.

Ein Anruf bei Petra: „Wir fahren ins Krankenhaus, bitte kümmert euch um die Kinder!"

Dreißig, fünfunddreißig Minuten Fahrt, Notaufnahme, das volle Programm, Intensivstation. Beate sitzt auf der ihr von früher schon bekannten Wartebank vor der Station.
„Frau Schaf! Sie hier? Was ist denn passiert?" Schwester Daniela, die sie schon seit der Zeit kennt, in der Berthold im Klinikum lag, setzt sich zu ihr.
„Wollen Sie mir sagen, weshalb Ihr Mann wieder bei uns ist?"
Unter Tränen schildert Beate die ganze völlig verfahrene Situation, die qualvollen Stunden Bertholds während der Manipulation seines Gehirns. Schwester Daniela erinnert sich noch gut an die Telepathie-Kommunikation mit Berthold, ist Beate gegenüber sehr mitfühlend.
„Ich werde mich ganz besonders um Ihren Mann kümmern, versprochen, Frau Schaf! Morgen früh hat übrigens Dr. Chakran Dienst, den kennen Sie ja bereits. Wollen Sie sich jetzt nicht ein wenig hinlegen, Sie sind ja ganz blass, kommen Sie."

Bevor sie sich auf die Liege im Schwesternzimmer legt, ruft Beate trotz der vorgerückten Stunde noch einmal bei Petra und John an, entschuldigt sich für die Störung, fragt nach den Kindern, bittet um deren weitere Betreuung.
„Ich kümmere mich, Beate, mach dir deshalb keine Sorgen, und sie kommen auch rechtzeitig in die Schule

****

Dank der intensiven, kompetenten Betreuung im Klinikum übersteht Berthold die Nacht gut – am Morgen ist der dramatischste Teil seines Zusammenbruchs Vergangenheit, und am Abend kann er bereits auf Normalstation verlegt werden.

Beate, die den Tag auf Anraten der Ärzte Zuhause verbracht hat – „Sie können hier nichts machen, Frau Schaf" - fährt am späten Nachmittag wieder zu Berthold, der sie im Bett sitzend erwartet.
„Es geht mir wieder gut, Liebling, morgen darf ich wieder nach Hause, und dann werde ich die Puppe verschwinden lassen und auch den WLAN-Router suchen, über den die ganze Sache abgewickelt wurde. Herr Bremer wird mich nie wieder quälen."

„Ich bin ja so froh, dich wieder so zu sehen – gestern Nacht war es entsetzlich! Ich hatte befürchtet, dass du in meinen Armen stirbst."
„So schnell stirbt es sich nicht, Beate, wie du siehst, aber den Herrn Bremer werden wir jetzt angreifen, er muss für sein Handeln geradestehen, meine ich!"
„Und wie bekommen wir die Chips aus deinem Gehirn wieder heraus? Wollen wir versuchen, O'Sullivan zu engagieren?"

Kapitel 46 – Pentagon-Pläne

D er Bericht, den Ellen Winter eine Woche später an das Pentagon schickt, ruft dort große Freude hervor.
Die zuständigen Mitarbeiter, die die Gruppe der Freiwilligen für das Nano-chip-Projekt betreuen, nehmen sofort Kontakt zu Prof. Dr. Dr. O'Sullivan in Phoenix auf – sein Job wird sein, bei den zwanzig Teammitgliedern die Nano-chips zu implantieren, jeweils einen Receiver- und einen Transponder-Chip.

Bei Brainrise Robotics haben Mat und Susan inzwischen den Inhalt der bei Berthold Schaf 'abgesaugten' Daten analysiert, sortiert, für die bei den Soldaten zu implantierenden Chips aufbereitet – sie sollen mithilfe der neu erworbenen Fähigkeiten zu ungeheuren Telepathie-Leistungen fähig sein - dank der Leiden von Berthold Schaf.

„Hast du inzwischen erfahren, ob unsere Zielperson die Sache überlebt hat?", Susan eines Vormittages ihren Kollegen.
„Nein, interessiert mich auch nicht, du kennst meinen Standpunkt – nur der Erfolg des Projektes zählt!"
„Wenn du dich weiterhin so unmenschlich verhältst, werde ich dir die Freundschaft kündigen, mein lieber Mat – du hast dich in der letzten Zeit nicht gerade zum Positiven verändert!"
„Und wer hat immer davon gesprochen, die Gedanken anderer Menschen beherrschen zu wollen? Wer wollte mit seinen Algorithmen fremde Gehirne beherrschen, Susan? Bist das nicht gerade DU gewesen? Wir wollen doch nicht über solche unwichtigen Dinge streiten, lass uns lieber unsere kleine 'Robotertruppe' aufbauen'!"

Mit den Worten „Gut, gehen wir wieder an die Arbeit, Androiden basteln, aber zuerst wollen noch die Spezialchips ausgerüstet werden!" verlässt Susan das Büro von Mat.

Kitty, ihre liebste kleine Robotta, läuft, nein, surrt ihr über den Weg: „Hi, Susan, wir haben erfahren, dass ihr ganz tolle neue Chips habt, mit denen man Gedanken übertragen und lesen kann – Pam und ich möchten auch diese Chips eingebaut haben!"

„Nein, Kitty, das geht nicht, die sind ausschließlich für Menschen bestimmt und stehen nicht für euch zur Verfügung!"

„Susan, überlege dir genau, was du uns geben willst und was nicht – es gibt Mittel und Wege, wie wir unsere Wünsche erfüllt bekommen!"

„Kitty, was sind denn das für Töne? Willst du mir etwa drohen?"

„Nein, liebste Susan", säuselt Kitty mit ganz sanfter Stimme, während Pamela herangetrippelt kommt und zustimmend nickt „wir wollen dich nur motivieren!"

„Ende der Diskussion, Kitty, Pam", Susan ist ärgerlich, „die Chips bekommt ihr von mir nicht. Geh jetzt wieder auf deine Station, und vergiss nie das Erste Roboter-Gesetz!"

Die beiden Robottas entfernen sich, wie befohlen – Susan hört noch ein leises „Das werden wir ja sehen!".

****

Das Pentagon hat eine ganze Station des Militärkrankenhauses in Phoenix mit einem hoch technisierten, für die Eingriffe optimierten Operationssaal sowie zwanzig Intensivpflegeplätzen ausgerüstet und hermetisch abgeriegelt, nur das medizinische Personal um Professsor O'Sullivan und ausgesuchte Mitarbeiter des Pentagon haben Zutritt.

Aus dem Labor von Susan werden, gerade zu X-Mas, die Chips, die störungssicher in Spezialverpackungen gelagert sind, mit einem Hochsicherheitsfahrzeug ausgeliefert und in einem Tresor auf der Station gelagert. Die ersten Operationen an den Gehirnen der Freiwilligen sollen noch in diesem Jahr erfolgen.

Die Probanden haben ein Aufklärungsprotokoll unterzeichnet: Mit der Army wurde vereinbart, dass ihre Familien eine hohe Entschädigung erhalten, falls die Eingriffe zu Schäden führen sollten. Auch im Erfolgsfall, wovon O'Sullivan natürlich ausgeht, wird viel Geld zu den Probanden fließen - das Pentagon lässt sich in diesem Fall nicht lumpen!

Der technische Teil des Aufklärungsprotokolls beinhaltet sinngemäß Folgendes:

> Der Patient wird nach der OP, die unter Vollnarkose erfolgen wird, in ein künstliches Koma versetzt, in dem er mehrere Tage bleiben soll, damit das Gehirn eine Erholungsphase durchlaufen kann. Daran anschließend erfolgt eine Therapie mit einem Psychologen und einem Neurologen, um ihn auf seine neuen Fähigkeiten vorzubereiten. Drei, vier Tage nach dem Eingriff wird - als kleine Version der bereits erprobten Kommunikationsbox - an der Unterseite eines Armes des Patienten ein weiterer Chip implantiert, mit dem er die erweiterten Funktionen seines Gehirns ein- und ausschalten kann.

Zwei Tage nach dem Weihnachtsfest soll die erste Operation am Gehirn eines Soldaten erfolgen – die Technik wird die gleiche sein, wie sie der Professor vor nun fast einem Jahr in Deutschland angewendet hat, allerdings gilt es dieses Mal nicht, ein Hämatom zu beseitigen. Was die Freiwilligen nicht erfahren: Die Software in den einoperierten Chips beinhaltet auch eine Funktion, die, von außen gesteuert, unbedingten Gehorsam erzwingt – damit könnten die Soldaten zu ferngesteuerten Zombies werden, wenn sie entsprechend eingesetzt werden! Susan hatte sich lange geweigert, die diesbezüglichen Algorithmen zu entwickeln – Ellens massive Einflussnahme hat sie schließlich doch dazu motiviert, und auch Mat ist von der Idee, eigenartigerweise, sehr angetan ...

****

Die erste Tätigkeit nach seiner Entlassung aus dem Krankenhaus ist für Bernhard ein Telefonat mit Ulrich Perley, seinem Freund in Hannover.

„Ulli, mit den Amerikanern bin ich fertig – Beate hat dir sicher von den Ereignissen hier in der vorletzten Woche erzählt. Wir haben uns zu einer OP entschlossen, damit die Chips wieder aus meinem Gehirn entfernt werden!"

„Du bist dir, ihr seid euch über die Risiken und möglichen Konsequenzen im

Klaren, lieber Berthold? Über das Todesrisiko, die Gefahr massiver neurologischer Schäden, möglicherweise ein Leben im Rollstuhl? Ich muss das so deutlich sagen, damit ihr wirklich die richtige Entscheidung treffen könnt! Und ich muss euch auch darauf hinweisen, dass wir die Wucherungen noch einmal überprüfen müssen, bevor ihr euch entscheidet."

„Wir haben uns schon entschieden, Ulli, so ist das auch kein Leben. Ich kann von Glück sagen, dass ich die Attacke überlebt habe, so etwas wollen wir nicht noch einmal erleben.

Unsere Bitte an dich, lieber Ulli: Kannst du bitte einen Kontakt zu O'Sullivan herstellen, damit der die Dinger wieder entfernt?"

„Ein schwieriges Unterfangen, mein Freund, er ist ein viel beschäftigter Spezialist in der Neurochirurgie, und ob er für einen Privatauftrag Zeit finden wird?"

„Bitte versuch es, Ulli, im Namen unserer Freundschaft, und für unsere Familie!"

„In Ordnung, mein Freund, ich mache mich gleich ans Werk; und grüß bitte Bea ganz lieb von mir. Ich melde mich, sobald ich etwas weiß!"

Das Ergebnis von Ullis Bemühungen: Der Professor steht erst Ende Januar des nächsten Jahres zur Verfügung – bis dahin kann Familie Schaf nur hoffen, dass Bremer keine neuen Angriffe auf Bertholds Gehirn vornimmt.

„Was machen wir denn nun mit der Puppe?", fragt am Sonntagmorgen vor Weihnachten Johanna – sie möchte die Puppe so gern wieder in ihrem Zimmer haben, nachdem Berthold die kleine Spionin in die Garage verbannt hat, entsprechend wenig informativ sind die Meldungen, die Isabella zu Brainrise Robotics melden kann.

„Wenn wir wissen, über welchen WLAN-Router sie ihre Informationen weitergibt, kann sie wieder bei uns einziehen, aber bis dahin bleibt sie bei Mäusen und Spinnen!"

„Igittigitt, Spinnen und Mäuse. Stimmt das, Papa?"

„Naja, so schlimm ist es nicht, das habe ich nur so gesagt, mein Mädchen!"

„Meinetwegen kann sie dort bleiben", meint Malte, „ich mag sie nicht!"

****

Nach den überstandenen Problemen will die Familie endlich wieder einmal einen schönen Abend mit ihren Nachbarn verbringen und lädt sie zum Abendessen ein.

„Sag bitte, Berthold, über deinen Zusammenbruch möchte ich nichts von dir wissen, das muss ja schrecklich gewesen sein - aber das Thema 'Telepathie' interessiert mich immer noch brennend." John fragt mit angespannter Miene, denn sein schlechtes Gewissen wegen seiner Zusammenarbeit mit Bremer und Ellen Winter belastet ihn ziemlich.

„Ach, lieber John, mit der Telepathie habe ich eigentlich keine Probleme – ich wende sie einfach nicht mehr an. Schwieriger ist etwas anderes für mich", und er berichtet ganz offen über die Angriffe von Bremer auf sein Gehirn, über das Sprechtraining mit der Puppe, die Petra und John der Johanna zum Geburtstag geschenkt hatten, und über die totale Ausspionierung des Haushaltes und der Familie durch eben diese Puppe.

„Das ist ja unglaublich," meint Petra, „hat das etwas mit dem Gerät zu tun, das man dir aufgezwungen hat, John?"
Beate und Berthold horchen auf – John, Gerät, aufgezwungen?
John wirft einen entsetzten Blick zu Petra, wie konnte sie sich nur so verplappern?

„Ok, ok, ihr beiden, wir müssen euch jetzt etwas erklären." John berichtet ausführlich von seiner Zeit in Afghanistan, der Patrouille, der Erpressung durch Ellen Winter und später Dr. Matthias Bremer, der Ansteuerung von Funktionen auf der Kommunikationsbox.
Beate und Berthold sind erschüttert – ihre guten Freunde und Nachbarn, derart verstrickt in die Machenschaften von Bremers Brainrise Robotics?!

„Ihr seid also, genau wie wir, in die Fänge der US-Gewalt geraten!" Beate versucht, sachlich zu sein, obwohl es in ihr brodelt – wie konnte John nur ...?!
„Ja, sie haben uns absolut in der Gewalt, wenn wir ohne unsere Mitarbeit an

deren Vorhaben einmal zu Oma und Opa in die Staaten reisen, droht John ein Prozess vor dem Militärgericht!"

„Na, dann bleibt doch einfach hier, und lasst Oma und Opa zu euch kommen. Aber, John, was durch deine Mithilfe geschehen ist, kannst du dir überhaupt nicht vorstellen - welchen Belastungen und Quälereien Berthold durch deine Mithilfe ausgesetzt war, wie sehr er gelitten hat, und vor Kurzem noch bis hin zur Todesgefahr. Bremer ist derart gewissenlos, einfach unglaublich, nur seine Experimente zählen, was mit den Opfern geschieht, ist ihm gleichgültig!" Beate hat sich richtig in Wut geredet, Petra und John sitzen ganz verstört in ihren Sesseln.

Berthold will trotz allem nicht die guten Beziehungen zu ihren Nachbarn zerstören, auch wenn es jetzt einen Bruch in dieser Freundschaft gegeben hat.

„Ihr beiden, lasst unsere Freundschaft nicht daran zugrunde gehen, nicht durch skrupellose Menschen in den Staaten. John," spricht er diesen direkt an, „John, ist diese ominöse Box jetzt auch aktiv, und auch dein Router?"

„Ja, Bremer hat mir die Anweisungen gegeben, einschalten, wegschließen, zusperren."

„Dann lasst uns jetzt ein kleines Experiment wagen, um festzustellen, ob dein Router für uns hier zuständig ist, und ob die Puppe darauf reagiert."

„Ich hole die Box, und ich schalte den Router ab!" John springt auf, will sofort hinüber in sein Studio gehen.

„Bevor du das tust, John, solltest du die Konsequenzen noch einmal überlegen," wirft Petra ein, „denk an das von denen gezahlte Geld und an das Risiko, doch noch vor ein Militärgericht zu kommen!"

„Petra, wir sind maßlos enttäuscht von deiner Reaktion." Beate und Berthold sehen sich entsetzt an – ihre lieben Nachbarn haben ebenfalls Geld von Brainrise Robotics bekommen? Geld, um ihnen zu schaden, Berthold unsäglichen Quälereien auszusetzen? Nur, um die eigene Haut zu retten?

„Was hätten wir denn tun sollen, in unserer Situation, Beate, Berthold? Der Arm des militärischen Geheimdienstes der USA reicht so weit, man hätte uns und die ganze Familie ruiniert!"

„Aber zumindest jetzt, nachdem ihr wisst, was geschehen ist, müsst ihr doch euer Gewissen sprechen lassen, müsst versuchen, die Manipulation Bertholds zu beenden – nur ihr könnt das, hier und heute!"

Während Beate das sagt, ist John aufgestanden und hat das Wohnzimmer verlassen – er hat sich entschieden: Die Manipulation von Bertholds Gehirn muss ein Ende haben!

In seinem Studio angekommen, nimmt er als Erstes die Kommunikationsbox, schaltet sie ein, sucht einen Button mit „STOP ALL FUNCTIONS", betätigt ihn. Nach einer Sicherheitsabfrage, die er natürlich bestätigt, schaltet er die Box wieder ab und entfernt die Akkus aus dem Gerät. Als Nächstes geht er zum WLAN-Router, drückt die 'AUS'-Taste und nimmt ihn von Stromnetz – das Gerät hat ab jetzt keinen Zugriff mehr auf das Internet.

Zufrieden verlässt er das Haus, nachdem er noch kurz nach den Kindern gesehen hat, die tief und fest schlafen, und geht wieder hinüber zu den Schafs: „Alles erledigt, alle Geräte sind aus, vom Netz. Über unser Haus wird keine Manipulation und Quälerei mehr kommen, lieber Berthold!"

Nachdenklich sitzen die Nachbarn beieinander.

„Ist es nicht sinnvoll, dass ihr auch euren Router, zumindest vorübergehend, vom Netz nehmt?", meint John, „denn die Leute in Palo Alto sind sehr erfinderisch!"

Berthold ist schon unterwegs in sein kleines Büro, schaltet den Router ab, trennt ihn vom Telefonnetz, anschließend geht er kurz in den Schuppen und holt Isabella.

Die Puppe ist kaum im Wohnzimmer, als sie sofort ihre Umgebung scannt. Mit ihrer sanften Stimme spricht sie Berthold an: „Möchtest du mir eure Gäste nicht vorstellen, lieber Berthold?"

John und Petra sind verwirrt: „Die Puppe spricht mit euch?"

„Ja, und sie würde, wenn wir die Router nicht abgeschaltet hätten, sofort eure Anwesenheit hier bei uns zu Bremer melden!"

Es ist jetzt fast 23 Uhr, und das Gespräch in der Sitzecke dreht sich nicht mehr ausschließlich um die aktuellen Probleme, als Bertholds Smartphone klingelt.

„Bremer hier, was ist bei Ihnen los? Wir bekommen keinen Kontakt zu Ihnen, Berni, nur noch zu Isabella, und die meldet 'Alles dunkel', nein, ich muss mich korrigieren, Isabella sendet wieder, sie sagt, dass ihr Besuch habt – ist das John?"

Berthold geht sofort auf Konfrontationskurs: „Bevor wir weiterreden, Herr Bremer, müssen wir Isabella wieder aussperren!" Er nickt Beate zu, die sich sofort die Puppe nimmt und wieder in den Schuppen sperrt. „Herr Bremer! Nach den letzten Ereignissen kündige ich hiermit den Kontrakt, und zwar mit sofortiger Wirkung! Durch Ihre Manipulationen wäre ich fast gestorben, die Ärzte haben es gerade noch geschafft, mich wieder zu den Lebenden zurückzuholen! Sie werden, soweit es in unserer Macht steht, nie wieder Zugriff auf mein Gehirn bekommen!"

„Aber Berni," Bremers Stimme klingt sehr überheblich, „bilden Sie sich doch bitte nicht ein, dass wir nur mithilfe Ihres Nachbarn Zugriff bekommen – den Weg nutzen wir ohnehin nur noch ganz sporadisch, wir haben noch ganz andere Möglichkeiten, denken sie an die Ereignisse im Gartencenter!"

Berthold hat Beate und seine Gäste mithören lassen, nach Ende des Gespräches hat John eine gute Idee, wie die Gefahren für seinen Freund minimiert werden könnten: „Weißt du was, lieber Berthold? Ich bin ja irgendwie in deiner Schuld, und deshalb werde ich für dich einen WLAN-Blocker entwickeln, bei dessen Einsatz deine Chips nicht mehr über das Internet angesprochen werden können - ich habe da schon eine Idee, wie man das machen kann."

„Das wäre natürlich toll, John, vielleicht kann ich dann ja sogar auf die OP verzichten!" Bei Berthold keimt neue Hoffnung auf. „Und dieser Blocker ist von Bremer und Co. nicht zu überwinden?"

„Ich kann es noch nicht garantieren, aber auf jeden Fall gewinnst du Zeit, es ist alle Mal einen Versuch wert!"

Inzwischen hat Beate Wein nachgeschenkt, und noch etwa eine halbe, drei viertel Stunde sitzen die Vier zusammen, dann verabschieden sich Petra und John: „Wir bleiben doch Freunde?"

****

Am nächsten Morgen.

„Papa, ich kann nicht ins Internet," mault Malte, „ich auch nicht!", schließt sich Johanna an, „und ich will Isabella wiederhaben, Mama, Papa!"

„Ihr zwei, das geht zurzeit nicht! Wir haben euch doch erzählt, dass Papa durch das Internet seine Schmerzen gehabt hat, bevor er ins Krankenhaus musste. Dass Isabella alles nach Amerika zu einer Firma schickt, was sie hier bei uns hört und sieht, wollen wir nicht – deshalb: zurzeit kein Internet!"

Die Kinder sehen Berthold ziemlich verständnislos an: „Aber Papa, was haben wir denn damit zu tun? Wir wollen doch nur Spiele spielen und so!" Malte ist verärgert und rennt die Treppe hinauf in sein Zimmer.

„Malte, komm wieder herunter!", ruft Beate ihm hinterher, aber Malte hat sich voller Wut auf sein Bett geworfen und hält sich die Ohren zu.

„Johanna, wir werden eine Lösung finden, John will uns dabei helfen, aber bis dahin müssen wir Geduld haben, und Isabella darf vorerst nicht wieder zu uns in die Wohnung." Berthold sieht seine 'Große', um Verständnis heischend, an, „vielleicht könnt ihr ja mit euren Laptops zu einem Freund oder einer Freundin gehen – aber nicht zu den Bertolis, die haben zurzeit auch kein WLAN!"

Johanna kann ziemlich gut auf das Internet verzichten, ist sofort einverstanden: „Hauptsache, dem Papa geht es wieder gut!"

„Danke, meine Große, das ist lieb von dir."

Kapitel 47 – Entscheidende Schritte

D ieser Nachmittag, drei Tage nach X-Mas, ist einerseits kein guter Nachmittag für Mat, hat ihn seine Zielperson in Deutschland doch ziemlich ausgetrickst - andererseits ist er hervorragend, denn er hat erfahren, dass in Phoenix die erste Gehirnoperation, das erste Einpflanzen der Nano-Chips erfolgreich von Prof. O'Sullivan vorgenommen wurde. Gleich Anfang Januar will er hinüberfliegen nach Phoenix und den ersten Probanden persönlich testen, bevor dem der Aktivierungschip in den Arm transplantiert wird.

Er geht hinüber zu Susan, um ihr die beiden Nachrichten zu überbringen.

„Ach, Mat, das weiß ich doch längst, die Deutschen spinnen, und die ersten Chips wurden in Phoenix eingesetzt. Für mich viel interessanter ist die Tatsache, dass unsere Werkstatt den ersten Armee-Roboter fertiggestellt hat. Ich bekomme ihn heute Nachmittag, und dann kann ich die Software einspielen. Was meinst du: Soll er gleich mit einem Receiver für Telepathie-Kommandos ausgerüstet werden? Aus dem Gehirn des Herrn Schaf haben wir ja alles zur Verfügung, was dazugehört!"

„Ich würde vielleicht noch warten, bis alle anderen Funktionen ausreichend von dir getestet wurden, Susan - Gesichtserkennung, Hör- und Sprechfunktion, Lernfähigkeit usw., und wenn du dann zufrieden bist, kannst du ihn ja immer noch auf die Menschheit loslassen!"

„Du hast Recht, Mat! Gehen wir heute Abend essen, vielleicht noch einmal in den Menlo Grill?"

„Keine schlechte Idee. Wann machst du Feierabend?"

„So etwa um 8 p.m., ich gebe dir dann Bescheid.

Die Pläne des gemeinsamen Abendessens sind noch nicht ganz ausgesprochen, als die Beiden zu Ellen gerufen wurden – zu ihrer Überraschung sind in Ellens Büro schon wieder die Pentagon-Vertreter Densel und Tailor anwesend.

„Susan, Mat, die Herren möchten gern den Army-Prototyp besichtigen, der hier produziert wurde. Können Sie ihn herholen?"

„Den Körper heraufbringen ist kein Problem, Ellen, aber die Intelligenz fehlt natürlich noch, dass erfordert noch manche Stunde Arbeit!" Susan wendet sich direkt an ihren Boss, die Besucher ignoriert sie in diesem Augenblick.

Die sehen sich verwundert an: „Wir sind nicht nach Kalifornien gekommen, um uns Hutschachteln ohne Funktion anzusehen, Miss Winter", spricht Tailor die Brainrise Robotics-Chefin direkt an, „Sie hätten uns entsprechend informieren müssen! Wenn das ganze Projekt nicht schon so weit fortgeschritten wäre, würden wir uns nach Alternativen umsehen. Noch eines: Wie weit ist inzwischen die Telepathie-Angelegenheit? Reagiert Ihre Puppe schon richtig?"

Mat als zuständiger Projektbetreuer muss, ein wenig kleinlaut, zugestehen, dass die Puppe zurzeit nicht erreichbar ist, weil der Proband und auch der von FB angeheuerte Agent nicht über das Netz erreichbar sind.

„Wir arbeiten zurzeit an dem Problem, Mister Tailor, Mister Densel, ich denke, es dauert nur wenige Tage, dann haben wir wieder alles im Griff".

„Sie wissen, dass in Phoenix schon Implantationen vorgenommen werden, dass Professor O'Sullivan bereits die ersten Teamangehörigen operiert hat? Also bitte beeilen Sie sich, die Probleme zu lösen! Ab sofort werden wir alle Zahlungen für das Projekt bis zur endgültigen Freigabe einstellen, unsere Geduld ist am Ende – Herb, komm, wir fahren sofort zurück, hier gibt es heute nichts mehr zu tun!"

Mit diesen Worten verlassen die Pentagon-Leute verärgert und frustriert das Büro von Ellen – sie lassen drei sehr konsternierte Menschen zurück.

Das Essen im Menlo Grill fällt an diesem Abend aus, sehr zum Bedauern von Susan – und auch von Mat.

****

In Werterfehn hat John durch intensive Arbeit – im Anschluss an seinen normalen Job in der Werft – inzwischen eine Software entwickelt, mit der er den Zugriff des Internets auf bestimmte IP-Adressen verhindern kann. Soweit es sich um 'offene' Adressen handelt, ist das schon praktikabel, er hat es im Büro ausgetestet und damit kurzzeitig seine Kollegen verwirrt.

Schwieriger ist die Blockade von unbekannten, verborgenen Adressen, hier ist eine intensive Versuchsreihe erforderlich, in der alle denkbaren Möglichkeiten experimentell getestet werden.

Am Neujahrstag spricht John die ganze Problematik mit Berthold durch: „Haben wir irgendeine Möglichkeit, zu erfahren, wie die IP-Adressen in deinem Gehirn lauten? Kannst du das von Bremer erfahren? Ach, ich weiß, diese Frage ist überflüssig ..."

„Kannst du den möglichen Adressumfang nicht eingrenzen? Alle Nummer-Kombinationen zu testen, dauert doch Wochen oder sogar Monate!"

„Da hast du Recht, lieber Berthold, denn es sind insgesamt 2 hoch 32, also über 4 Milliarden Adressen darstellbar. Aber bestimmte Bereiche könnte ich sicher bei der Analyse ausschließen, ich denke darüber nach! Ich bin optimistisch, dass wir in einigen Tagen damit fertig sein werden. Morgen bringe ich aus der Firma einen schnellen kleinen Rechner mit, und dann geht es los – wir müssen dafür natürlich meinen WLAN-Router vorübergehend wieder aktivieren!"

An jedem Abend der ersten Januarwochen sitzen John und Berthold im kleinen Studio. „Wir beginnen am Besten in der Mitte des Zahlenbereiches und arbeiten uns dann in zwei Richtungen vor!", meint John und aktiviert seinen Rechner.

Mit seinem Generierungs- und Analyseprogramm versucht John, Bertholds Gehirn zu erreichen – eine zeitaufwendige, mühevolle Angelegenheit. Nach jeweils vier Stunden brechen sie ab, schalten den Router wieder ab und verabreden sich für den nächsten Tag.

Die Kinder der beiden Familien weichen während der Blockade der WLAN-Router in den beiden Häusern mit ihren Geräten zu Freunden aus.

Am Tag neun der ganzen, so mühsamen Prozedur haben die beiden Männer Erfolg: Eine der Adressen in Bertholds Gehirn ist lokalisiert, und wenig später auch die Zweite!

Der Jubel der beiden ist nicht zu überhören, als sie hinunter in das Wohnzimmer von John und Petra gehen: „Wir haben gewonnen! Die Amerikaner können Berthold nicht mehr ins Gehirn sehen!"

Petra holt sofort ihre Nachbarin zu ihnen herüber – Beate kann, verständlicherweise, den Jubel noch nicht so ganz teilen ...

„Lass uns jetzt noch den großen Funktionstest machen, Berthold, damit wir wirklich sicher sein können. Wir sollten jetzt noch einmal ins Studio gehen und den Router wieder einschalten, mal sehen, was passiert."

Gesagt, getan. Oben im Studio aktiviert John zunächst den IP-Blocker, gibt die zu blockierenden IP-Adressen ein. Dann schaltet er den Router wieder an. In der gleichen Sekunde stöhnt Berthold, erneut von Schmerzen im Gehirn gepeinigt, auf: Die in den vergangenen zwei Wochen seit dem Abschalten der Router angesammelten Versuche Bremers, in sein Gehirn einzudringen, führen jetzt zu erhöhter Aktivität des Routers.

„Schalt das Ding ab, John, bitte schalt das Ding ab, mein Kopf platzt gleich", fleht er seinen Freund und Nachbarn an.

„Nein, Berthold! Ich schalte jetzt den IP-Blocker ein."

Das Gerät, klein wie ein Smartphone, reagiert sofort – so schnell, wie die Schmerzen begonnen haben, sind sie wieder beendet!

Berthold springt auf, umarmt John stürmisch: „Du hast mich gerettet, John, dein kleines Wunderkästchen rettet mich vor Bremers Zugriffen und Manipulationen! Danke, danke, danke, lieber John!"

Gemeinsam gehen sie wieder hinunter zu den Frauen: „Er hat es geschafft, Beate, John hat es geschafft! Nie wieder Bremers Attacken, nie wieder seine Quälereien, das normale Leben hat uns wieder!"

„Dann können wir jetzt versuchen, die Chips wieder aus deinem Kopf entfernen zu lassen, und erst einmal noch von Ulli die Wucherungen untersuchen lassen? Damit wir garantiert nie wieder unter die Macht von Bremers Algorithmen kommen können?"

„Ja, Liebling, wir werden es versuchen, obwohl ich schreckliche Angst vor der Operation, sogar vor Ullis Untersuchungen habe."

Die beiden Ehepaare sitzen noch eine ganze Weile beieinander, besprechen, wie es weitergehen soll, auch im Hinblick auf Ellen Winters Nötigung, bis sie sich weit nach Mitternacht trennen.

„Wollen wir Bremer jetzt gleich die 'Frohe Botschaft' überbringen, Beate?"

„Ja!" ist ihre knappe, eindeutige Antwort und holt das Telefon von der Konsole, hier, bitte, die Nummer ist noch eingespeichert."

Berthold wählt Bremers Nummer bei Brainrise Robotics.

„Bremer hier, hallo!"

„Hier ist Berthold Schaf, guten Tag, Herr Bremer. Wir müssen reden."

„Richtig, wir müssen unbedingt reden. Was ist denn bei Ihnen in Werterfehn los? Wir können Sie über das Internet überhaupt nicht erreichen, nur die Puppe reagiert noch auf unsere Signale, schickt uns aber Null Informationen, keine Bilder, keine Testberichte, keine Töne!"

„Die Puppe ist in Quarantäne, lieber Herr Bremer, sie hat verbotene Spionagearbeit geleistet, das ist gegen den Kontrakt.

Über das Internet können Sie weder meinen Nachbarn, der ja Ihr Agent war, erreichen, weil der Router dort abgeschaltet war – inzwischen ist er wieder aktiv. Auch unser eigener Router läuft wieder, aber Sie haben keine Chance mehr, auf die Chips in meinem Gehirn zuzugreifen und mich zu quälen!"

„Wie das, Herr Schaf, wie soll ich das verstehen?"

„Sie haben es übertrieben mit Ihrer letzten Aktion, und das müsste Ihnen eigentlich auch klar sein. Ich habe Mittel und Wege gefunden, die Ihre Zugriffsversuche verhindern. Und was die Puppe betrifft: Auch sie hat keinen Zugriff mehr auf mich."

Bremer ist entsetzt: Die Arbeit vieler Monate war vergeblich, wenn Schaf mit seinen Worten Recht hat, Susans Algorithmen wurden vergeblich programmiert, die Zusagen an das Militär werden nicht einzuhalten sein – das bedeutet das 'Aus' für Brainrise Robotics, für Susan und für ihn.

Er muss versuchen, mit Schaf eine neue Übereinkunft zu treffen, bevor das ganze Projekt 'Steuerung mit Gedankenkraft' den Bach hinuntergeht.

„Herr Schaf, darf ich Sie in etwa einer Stunde noch einmal anrufen?"

„Nein, Herr Bremer, bitte nicht, es ist jetzt weit nach Mitternacht, meine Frau und ich werden jetzt ins Bett gehen. Wenn Sie noch einmal mit mir sprechen wollen, dann morgen nach achtzehn Uhr deutscher Zeit. Bis dann, Herr Bremer."

Berthold beendet das Gespräch, wendet sich Beate zu: „Ich denke, wir haben es geschafft, mein Liebling, lass uns schlafen gehen."

Kapitel 48 – Letzter Versuch der Brainrise Robotics

Im Hause Brainrise Robotics in PaloAlto/Kalifornien ist eine Krisensitzung anberaumt – so ernst sind die Probleme, die Bremer seiner Chefin mitzuteilen hat.

Keine Telepathie zur Puppe – kein Geld von den Pentagon-Mächtigen. Kein intelligenter Army-Roboter – Zusammenbruch der Produktion. In beiden Fällen: Freistellung des CEO, des Projektleiters, der Chef-Entwicklerin. Es muss ganz schnell etwas geschehen!

„Wir werden jetzt nicht nach Schuldigen suchen, Susan, Mat! Lassen Sie uns nach vorn schauen und nach Lösungen suchen.

Hauptproblem scheint dieser Mister Schaf zu sein, der gemeinsam mit John Bertoli unser System ausgehebelt hat. Mein Vorschlag: Aideen bucht für uns Drei sofort die nächsten Flüge nach Deutschland – wir müssen mit den Menschen dort persönlich, Aug' in Auge, reden. Vielleicht können wir noch etwas retten. Was meinen Sie dazu?"

Susan und Mat sind sofort einverstanden – es bleibt dem Team ja auch keine andere Wahl.

„Ellen," wendet sich Mat noch einmal an seine Chefin, „sollten wir meinen Freund Ulrich Perley nicht einweihen und mit ins Boot holen?"

„Gute Idee, machen Sie das, Mat - und Aideen soll sofort die Flüge und auch ein Hotel buchen!"

****

Am übernächsten Tag, es ist ein Mittwoch, startet das Brainrise Robotics-Team nach Deutschland – zuvor hat Matthias Bremer noch Kontakt zu Ulrich Perley aufgenommen und ihn um Hilfe bei der Lösung des aktuellen Problems gebeten – der reagiert jedoch auf eine völlig unerwartete Weise, wie Mat aber erst später feststellen wird.

Wie schon im letzten Jahr für Mat und Professor O'Sullivan, wurden auch dieses Mal Zimmer im Hotel 'Emspark' gebucht.

Dort angekommen, nimmt Mat sofort Kontakt zu Familie Schaf, John Bertoli und auch Ulrich Perley auf, verabredet mit allen einen Termin am Abend in der Lobby des Hotels.

Die Verhandlungspartner treffen sich in der Lobby, nach der Begrüßung gehen sie hinüber in das kleine Konferenzzimmer, setzen sich um den vom Hotel mit Getränken und Gebäck bestückten langen Konferenztisch. Die Amerikaner sitzen auf der linken, Familie Schaf, John und Ulli auf der rechten Seite des Tisches.

Ulli, als 'Neutraler' in dieser Runde, eröffnet das Gespräch, in dem er zur Überraschung aller einen Gast hereinbittet, den er mitgebracht hat: Es ist Edwin Mueller, Mitarbeiter in der frankfurter Niederlassung der amerikanischen Rechtsanwaltskanzlei Mueller, Mueller, Brandon and Smith – eine Kanzlei, die für ihre Erfolge in Schadensersatz-Prozessen auch in den Staaten bekannt ist; Ulli hat mit Mueller schon vor einigen Tagen Kontakt aufgenommen für den Fall, seinem Freund Berthold gegebenenfalls helfen zu müssen.

„Meine Damen und Herren, Mister Mueller vertritt Herrn Schaf in allen Vertragsangelegenheiten mit US-Firmen und -Bürgern. Ich habe ihn gebeten, für seinen Mandanten ein Urteil über den seinerzeit zwischen Brainrise Robotics und den Eheleuten Schaf geschlossenen Vertrag abzugeben und eine Vereinbarung für die zukünftige Zusammenarbeit zu erarbeiten."

„Mister Perley, wir sind ziemlich geschockt über diesen Schritt von Herrn Schaf! Wir haben in den vergangenen Wochen erfolgreich an dem gemeinsamen Projekt gearbeitet und ...", Ellen Winter wird sofort von Berthold unterbrochen: „Frau Winter," Mat muss übersetzen: „Frau Winter, wenn Sie lebensbedrohende Maßnahmen Ihrer Mitarbeiter als erfolgreiche Zusammenarbeit bezeichnen, kann ich dazu nichts sagen, für mich war das alles Andere als erfolgreich!"

„Aber das Telepathietraining in Hannover, die Sprachübungen mit der Puppe – alles Nichts?"

„Nein, soweit war das in Ordnung. Aber die Manipulation meines Unterbewusstseins war schon sehr hart an der Grenze des Erlaubten, und der Gipfel war die Quälerei, durch die Sie mich fast umgebracht hätten. Sie, Herr Bremer und auch Sie, Frau Hanson, sollten sich schämen!"

„Nun, Herr Schaf, ich verstehe die ganze Aufregung nicht. Das ganze Projekt war bisher definitiv erfolgreich, und jetzt sind Sie so entsetzlich destruktiv und vernichten unsere Arbeit, auch Ihre Mitarbeit von Monaten! Bitte überlegen Sie noch einmal diesen Schritt."

Mat drängt mit seinen Worten auf eine weitere Zusammenarbeit: „Was jetzt noch fehlt, ist lediglich der Nachweis, dass die Puppe auf Ihre Gedankenbefehle zu Handlungen fähig ist – wir werden, wenn wir wieder Kontakt zu ihr haben, die Software der Puppe noch einmal verbessern. Wenn Sie dann noch einen, vielleicht zwei Tage lang mit der Puppe arbeiten könnten, würden Sie uns sehr helfen, und wir könnten das ganze Projekt zum Abschluss bringen."

Berthold sieht zu Beate, zu John, zu Ulli hinüber. Mueller macht sich Notizen, ergreift das Wort: „Frau Winter, Frau Hanson, Herr Bremer, alles schön und gut, aber das Ganze funktioniert nur mit einem hieb- und stichfesten Vertrag nach amerikanischem Recht, mit eindeutigen Sanktionsmöglichkeiten von unserer Seite. Ich denke, falls Frau und Herr Schaf zustimmen, werde ich einen entsprechenden Vertrag noch heute ausformulieren. In diesem Vertrag wird ganz klar geregelt werden, was Brainrise Robotics darf und was nicht. Die Nötigung gegenüber Herrn Bertoli sollten Sie ebenfalls ganz schnell vergessen, auch die US-Dienste haben nicht das Recht, Menschen derart unter Druck zu setzen."

„Herr Schaf, wären Sie denn unter den genannten Voraussetzungen bereit, in dem erwähnten Umfang noch einmal mit uns zusammenzuarbeiten?" Ellen Winter sieht Berthold fragend an, dessen Blicke sich mit denen seiner Frau treffen.

„Nur für die Zusammenarbeit mit der Puppe?"

„Ja, das haben wir gerade gesagt."

„Das geht in Ordnung, wenn Sie mir zuvor die IP-Adresse von Isabella nennen, damit wir sie unter Umständen sperren können!"

Susan blättert in ihren Unterlagen, nimmt einen Notizzettel, schreibt den entsprechenden Code auf.

Mat blickt auf das Blatt, nickt, reicht ihn weiter zu John.

„Ok, dann sollten wir das Meeting für heute beenden. Wir treffen uns morgen früh beim Frühstück hier im Hotel?"

Kapitel 49 – Das letzte Kapitel

M it einem guten Frühstück im Magen verhandelt es sich viel besser, als wenn man hungrig ist, und das Frühstück hier im Hotel Emsblick ist wirklich von internationaler Klasse.

Die große Frühstücksrunde mit vielen Smalltalks wird unterbrochen von einer Hotelmitarbeiterin, die an alle Personen je eine Kopie des von Mueller erarbeiteten Vertrages verteilt – natürlich vertiefen sich sofort alle in die Papiere.

„Das soll ich unterschreiben?" Ellen Winter ist verärgert, „Mueller, wollen Sie uns ruinieren?"

Mueller schweigt zunächst, nimmt sich ein Croissant, schenkt noch ein wenig Kaffee nach: „Es wird Ihnen, Miss Winter, kein anderer Weg bleiben, um aus der Misere, die Ihre Leute provoziert haben, wieder herauszukommen!"

Ellen knirscht mit den Zähnen. „Geben Sie den Originalvertrag her!" Sie unterschreibt, schiebt den Vertrag zu den Schafs, die ebenfalls beide unterzeichnen, und als Letzter zeichnet Mueller noch das Dokument gegen.

Das Frühstück ist noch nicht ganz zu Ende, als John, der nicht im Hotel übernachtet hat, zur Tür hereinkommt, die in Alufolie eingewickelte Puppe unter dem Arm, seinen IP-Blocker in der Hand.

„Hallo, ihr Lieben, da sind wir, Isabella und ich! Ich habe die IP-Adresse der Puppe getestet, sie stimmt mit meiner Analyse heute Nacht überein. Berthold, du kannst mit Isabella", während er redet, wickelt er die Puppe langsam aus, das Köpfchen zuletzt, „ab sofort ganz normal arbeiten.

Miss Hanson, Sie hatten gestern Abend nur eine IP-Adresse notiert, die zweite für die Spionagefunktion hatten Sie uns leider verschwiegen – ich habe sie gelöscht. Isabella kann jetzt auch mit Netzverbindung nur noch Testergebnisse liefern und Spielgefährtin sein, aber nicht mehr spionieren. Sie sind doch einverstanden?"

Was bleibt Susan übrig, als voller innerer Wut zu nicken.

„Berthold, möchtest du der Puppe diesen Auftrag telepathisch übermittel?"

John reicht Berthold einen Zettel mit einer Notiz.

Berthold nickt, nimmt den Zettel, konzentriert sich auf die Notiz.

Der Auftrag an die Puppe lautet: „Begrüße die Gruppe, jeden mit seinem Namen!"

Die Narbe auf der Stirn von Berthold schwillt an, er investiert alle telepathische Energie in die Übermittlung.

Die Puppe scannt die Frühstücksrunde, und mit ihrer sanften Stimme hebt sie an: „Guten Morgen, meine Damen und Herren, guten Morgen Frau Winter, guten Morgen Miss Hanson, Herr Mueller, Frau Schaf, Herr Schaf, Herr Bertoli!"

Die Amerikaner von Brainrise Robotics hören und staunen – es ist mehr, als sie erwartet hatten.

John legt Berthold einen weiteren Zettel hin: 'Lies die aktuellen News aus der New York Times', zeigt ihn der Tischrunde. Berthold konzentriert sich erneut, und die Puppe beginnt mit den 'Nachrichten'.

Sie ist gerade mitten im Satz eines Artikels, als John eine Taste auf seinem IP-Blocker betätigt.

Die Puppe bricht ab: „Kein Kontakt!" sagt sie mit sanfter Stimme.

Berthold wendet sich an Ellen Winter: „Damit ist meine vertragliche Leistung erbracht, Frau Winter. Es gibt keinen Internetkontakt ihrerseits mehr von und zu Isabella, wenn wir es nicht wollen – in der anderen Zeit ist sie nur noch eine nette, intelligente Puppe, mit der die Mädchen spielen dürfen. Es ist endgültig vorbei mit Ihren heimlichen Zugriffen und Spionageaktivitäten. Wir sind nicht mehr Ihre Sklaven – wir sind nur noch die Familien Bertoli und Schaf", und zu Ulli gewandt: „Die OP kann ich mir unter diesen Umständen auch ersparen, was meinst du?" „Ja, aber nicht die Untersuchung!" ist dessen Antwort.

„Immerhin", ergreift Ellen Winter noch einmal das Wort, „der Einsatz der Telepathie, unser erstes Ziel, ist erreicht, und die Software der Puppe kann eingesetzt werden – wir werden sehen, wie es weitergeht! Susan, können Sie bitte unsere Rückflüge buchen? Danke! Ach ja, übrigens: John, haben Sie nicht Lust, einen gut dotierten Job bei Brainrise Robotics anzutreten? Das Silicon Valley kann eine sehr schöne neue Heimat für Sie und Ihre Familie sein!"

Die Teilnehmer der Besprechung verabschieden sich, soweit sie verschiedene Wege gehen müssen, freundlich und höflich voneinander.

John, Berthold und Beate fahren zurück nach Werterfehn, zufrieden mit dem Ergebnis dieses Treffens. Ulli, der sich eigentlich von den Amerikanern bestimmte Informationen für seine Arbeit in der Neurologie erhofft hatte, ist natürlich ein wenig enttäuscht, andererseits fährt zufrieden wieder nach Hannover, hat er doch seinen Freunden helfen können. Anwalt Mueller nimmt seinen Mietwagen und startet unverzüglich zurück nach Frankfurt.

Ellen bittet ihre Mitarbeiter noch zu sich für ein kurzes Resümé.

„Können wir so weiterarbeiten, Susan, Mat?"

„Ja," meint Susan, „das Pentagon freut sich schon auf die Telepathieversion der Robotersoftware!"

E N D E

Zeit-Gegenüberstellung

Deutschland	Kalifornien
00:00:00	15:00
01:00	16:00
02:00	17:00
03:00	18:00
04:00	19:00
05:00	20:00
06:00	21:00
07:00	22:00
08:00	23:00
09:00	00:00
10:00	01:00
11:00	02:00
12:00	03:00
13:00	04:00
14:00	05:00
15:00	06:00
16:00	07:00
17:00	08:00
18:00	09:00
19:00	10:00
20:00	11:00
21:00	12:00
22:00	13:00
23:00	14:00

Informationen zum Autor

Karl-Heinz Knacksterdt hat erst nach dem Eintritt in das Rentenalter seine Liebe zum Schreiben romanhafter Literatur entdeckt. Jahrgang 1941, war er lange Zeit ehrenamtlich in einer Kirchengemeinde in Oldenburg aktiv - Kirchenältester und Lektor waren dort seine Professionen. In seiner beruflichen Laufbahn hat er sich über vier Jahrzehnte mit Problemen der Informationsverarbeitung befasst.

Er ist seit mehr als 50 Jahren mit seiner Frau Annelie verheiratet; zwei verheiratete Kinder und zwei Enkel gehören zur Familie.

Die biblischen Bilderzyklen seiner Frau Annelie als Inspirationsquellen haben ihn motiviert, sich mit wichtigen Frauen der Bibel auseinanderzusetzen – die Trilogie „Große Frauen der Bibel" waren die ersten als Bücher erschienenen Erzählungen.

Mit der Arbeit zu „Im schwarzen Kokon" wagte er sich auf ein völlig anderes Terrain: Eine Geschichte, die zwischen Fiktion, Fantasie und Realität changiert, die ihre Fortsetzung in diesem Buch findet.

Romane von Karl-Heinz Knacksterdt

„Maria. Frau. Mutter. Heilige."
Die Lebensgeschichte der Maria von Nazaret
176 Seiten
2014 / ISBN 978-3738-60164-0 / 11,99 €

„Bathseba und David"
Eine Liebesgeschichte aus alter Zeit
244 Seiten
2015 / 978-3741-28080-1 / 11,95

„Eva und Adam"
Ihre drei wundersamen Existenzen
204 Seiten
2017 / ISBN 978-3743-19409-0 / 11,95 €

„im schwarzen kokon"
208 Seiten
2017 / ISBN 978-3744-88250-7 / 10,00 €

Alle Bücher sind bei Bod als Printbuch und
als E-Book erschienen